Wilhelm Jastram
Kloster Lüne

SEVERUS

Jastram, Wilhelm: Kloster Lüne
Hamburg, SEVERUS Verlag 2012
Nachdruck der Originalausgabe von 1914

ISBN: 978-3-86347-268-9
Druck: SEVERUS Verlag, Hamburg, 2012

Der SEVERUS Verlag ist ein Imprint der Diplomica
Verlag GmbH.

**Bibliografische Information der Deutschen
Nationalbibliothek:**
Die Deutsche Nationalbibliothek verzeichnet diese
Publikation in der Deutschen Nationalbibliografie;
detaillierte bibliografische Daten sind im Internet über
http://dnb.d-nb.de abrufbar.

Kloster Lüne

Erzählung aus Lüneburgs
Reformationszeit

Von

Wilhelm Jastram

Meiner Frau.

Erstes Buch.

—

Peter Rosegger.

I.

Kloster Lüne . . . waldgrüne Einsamkeit mitten im
Treiben einer hastenden Zeit . . . weltferne Stille
hart neben dem Fluten und Brausen des unruhigen
Weltgetriebes . . . weite Hallen und Höfe, lauschend auf
die Klänge des Klosterglöckleins . . . Kreuzgang und
Eulenflucht, Remter und Kapitelsaal, Barbara-Kapelle
und Klosterkirche: Stätten alter Sagen und reicher Geschichte — — Kloster Lüne mit seinem Zauber ehr-
würdiger Heimlichkeit . . . unverwischbar und unverlier-
bar für die Erinnerung.

Vor Lüneburgs Toren liegt es an der Straße,
welche nach Lübeck hinausführt, unweit der Ilmenau:
das alte, ehrwürdige Kloster Lüne.

Schon vor Jahrhunderten breiteten — wie heute
noch — mächtige Eichen ihre dichten Zweige schirmend
um seine ragenden Dächer. In Sommerhitze spenden

sie Schatten und Kühle. Bei Wintersturm brechen sie den ersten stürmischen Anprall des schlimmen Gesellen.

Eng drängen sich die zahlreichen Gebäude mit ihren Mauern und Giebeln aneinander, schutzsuchend und schutzgebend, alle überragt von dem steilen Dache der Klosterkirche mit dem Glöcklein im Dachreiter. — — —

Eine Welt für sich bildet Kloster Lüne, ob auch unaufhaltsam die neue Zeit dem verträumten Fleckchen Erde näher und näher rückt. Von allen Seiten hat sie den alten Bau mit ihren Fangarmen zu umklammern versucht ... immer mehr die friedliche, baumumhegte Stätte eingepreßt und eingekeilt.

Längst drängen sich von der Stadt Lüneburg her die eisernen Schienenwege heran, gerade auf Lüne zu. Aber vor dem lauschigen Klosterparke steht schützend der kleine Friedhof. Mit seinem stillen Ernst tritt er dem rauchschwarzen Unhold entgegen: „Störe mir meine Toten nicht!" Da weicht er aus ... die Hamburger Fernzüge suchen sich einen Weg, auf dem sie den Klosterfrieden nicht brechen. Neugierige Augen werfen wohl aus den Fenstern der eilenden Wagen einen verwunderten Blick auf das friedliche, stille Bild, aber kein Ruf vermag störend hinüber zu bringen. Offen liegt für die Vorüberfahrenden dort ein Stück Klosterwelt ... es gibt keine Klostergeheimnisse mehr, die sorgsam versteckt werden müßten: gegen zudringliche Neugier jedoch ist die ehrwürdige Stätte geschützt.

Auf der anderen Seite stellt sich der mächtige

schilfbewachsene Teich als Schutzwehr auf. Auch dort
muß der Bahndamm ausbiegen. Er schneidet freilich den alten Fischteich des Klosters mitten durch
und hat manche stattliche Eiche hinweggerafft am
Rande des Wäldchens, das einst ganz an den Klostergarten heranreichte . . . aber ausweichen muß er. Die
schwerrollenden Güterzüge von Lübeck, welche ganze
Wälder nordischer Hölzer, in Bretter zersägt, dahin-
schleppen, ziehen in weitem Bogen um Lüne und
um seine alten Eichen hinweg.

Der schlimmste Feind aber ist der friedlichen
Klosterstille in der breiten Landstraße erstanden. Der
Bahndamm hat sie vom Ufer der Ilmenau verdrängt,
wo sie einst zwischen Krautgärtlein und grünen Wiesen
nach der braunen Heide hinausführte. Mitten durch
die Klosterwelt zwängt sie sich jetzt. Sie zerreißt den
alten Klostergarten, der sich in einsamer Stille rings
um die Fischteiche breitete, und trägt Lärm und Unruhe in den schweigenden Wald.

So hat manche Fährlichkeit im rastlosen Eilen
der Jahre die klösterliche Stille der friedlichen, baum-
umschatteten Stätte bedroht. Aber den alten Klosterfrieden hat Kloster Lüne sich hindurchgerettet. Bis
in die stillen Winkel jener lauschigen Weltferne dringt
der Lärm einer hastenden neuen Zeit nicht hinein.

*   *   *

Auch die alten vergilbten Urkunden über die Ent-
stehung des Klosters und eine Fülle von Handschriften

aus fernen Jahrhunderten sind in Lüne von treuen Händen sicher bewahrt worden.

Weit reichen die ersten Nachrichten zurück.

Die älteste Urkunde über die Gründung des Klosters lautet:

„Im Namen der heiligen und untheilbaren Dreyeinigkeit, Amen. Im Jahre des Herrn 1172 haben die Treugesinnten diesen Lühnischen Ort angefangen und mit Gütern bereichert, nemlich Hermannus, von Gottes Gnade ein Bischof, auf Bitte Gottschalks, Abt zu St. Michaelis in Lüneborch. Eine Kapelle von Holz, zur Ehre der seligen Jungfrau, hat er geweihet, welche ein gewisser Bruder namens Theodorich auf Befehl des gedachten Abtes völlig ausbauete. Und da Theodorich mit unglaublichem Eifer und mit unermüdlicher Arbeit fortfuhr, hat er auch hernach eine steinerne Kirche errichtet, durch Hilfe eines Mannes aus der Vorstadt, Namens Hunerus, welche nachher auf Bitte des ehrwürdigen Abts Markard geweihet und mit Nebengebäuden versehen wurde. Zur Zeit des ehrwürdigen Abts Bartold, welcher diesen Ort vor andern erweitert und gezieret hat, kam eine christliche Magd, Namens Hildewich, aus Antrieb des Heiligen Geistes an diesen Ort Luine. Diese verband sich mit ihren Freundinnen durch ein Gelübde in schwesterlicher Liebe, dem Herrn zu dienen im heiligen Schleyer. Sie bat daher, daß die Klosterthüren beständig verschlossen und sowohl Eingang als Ausgang denen, die hier wohnen würden, versperret werden mögte.

Dieses Gesuch wurde gewähret von dem Abt Bartold mit Zustimmung Herrmanns, Bischofs in Verden. Und so wird unser Kloster Luine verschlossen bleiben mit Gottes Hilfe." — — — —

Noch ein zweites uraltes Pergament von dem Bischof Hugo von Verden berichtet über die Anfänge von Lüne.

„Zur Zeit Wolframs, Abts in Lüneburg, der die Gerichtsbarkeit über Lüne hatte, kam ein Bruder, Namens Rethardus, bat demüthig um brüderliche Aufnahme und erhielt sie. Dieser, ein sehr tugendhafter Mann, bat sich einen einsamen Ort im Gebiete des Abtes, nämlich Luine, aus, wo er, entfernt vom Geräusch der Welt, ganz dem Dienste des einigen Gottes und der seligen Jungfrau sich widmen könne. Sein Gesuch wurde gewähret. — Luine zahlte damals dem Lüneburgischen Hospital jährlich 12 Schilling. Zu derselben Zeit kam ein gewisser Mann aus der Vorstadt, Namens Hunerus, beschenkte den Ort ansehnlich und zahlte 1 Panstale 16 Schilling von einem Hildesheimischen Canonicus Rodrich für 5 Mark Silbers und gab's jenem Hospitale für obige 12 Schillinge zum Wohl seiner Seele und vollendete den Ort Luine mit allem Zubehör mit Einwilligung des Abts Wolfram und aller Brüder. Als hierauf der gedachte Rethardus beneidet und verfolgt wurde, wanderte er aus nach erhaltener Erlaubniß und verließ den beynahe ganz veröbeten Ort, der nun wieder abnahm, weil es an Einwohnern fehlte. In der Folge übernahm es ein Klosterbruder,

Namens Thiederich, auf Befehl Abts Gottschalk in
Lüneburg, dessen Mißfallen er auf sich gezogen hatte,
diesen Ort zur Büßung seiner Sünden wieder an=
zubauen. Er that, was er konnte, und bauete in kurzer
Zeit mit Hilfe des gedachten Hunerus und vieler an=
dern, die ihm ergeben waren, eine hölzerne Kapelle,
welche der Bischof Hermannus in Verden auf Bitte
des Abts Gottschalk zur Ehre der heiligen Gottes=
gebährerin Maria geweihet und mit Äckern, Wäldern,
Wiesen und Flüssen sammt aller Nutzung begabet
hat. Nach Verlauf einiger Zeit hat der erwähnte
Bruder Theodorich mit göttlicher Gnade und Hilfe
der seligen Gottesgebährerin durch unermüdete Arbeit
eine steinerne Kirche errichtet, welche geweihet wurde
vom Bischof Hugo auf Bitte des ehrwürdigen Abts
Markward. Ihm folgte der Abt Bartoldus. Dieser
erweiterte und verschönerte den Ort noch mehr. —
Zu dieser Zeit diente eine christliche Jungfrau, Namens
Hildeswidis, von Markboldestorf mit einigen Gottes=
mägden in Nordburstolt Gott dem Herrn und seiner
frommen seligen Gebährerin Maria im heiligen Schleyer.
Weil sie aber dort gehasset wurde von Leuten, die
ihr abgeneigt waren, kam sie aus Antrieb des Heiligen
Geistes mit ihren Freundinnen an den erwähnten
Ort Luine und verband sich durch ein Gelübde, dem
Herrn zu dienen. Ihr Gesuch wurde gewähret, und
der Abt Heinrich machte sie nachher zur ersten Priorin.
— Ihre erblichen Güter in Nordburstolt, hernach auch
Heligenrode genannt, bestehend in liegenden Grün=

ben, vermachte sie der Kirche — welche in der Folge
ein Anverwandter, Namens Huberus, durch Ver=
tauschung gegen zwey Güter in Geldersheim mit dem
Vorbehalt wieder an sich brachte, daß, wenn er einst
diese Güter wiederhaben wolle, er sie gegen sieben
Mark Silber zurückerhalten könne. — Zur Bestätigung
dieses Briefes, und damit kein Nachfolger dieses Decret
umzustoßen vermögte, rief der Bischof den Namen
des Herrn Jesu, der Apostel Petri und Pauli und aller
Heiligen an, setzte sein Siegel auf den Brief und legte
einen ewigen Fluch darauf.   Zeugen:

Heinrich, Herzog.

Guntselinus, Graf.   Bernhardus, Graf.

Bruningus, Abt von Ullesen.*)

Heinrich von Lüneborch; Otto von Erteneborch**);

Friedrich von Dalenborch.

Heinrich Pincerna;   Wernher, Camerarius.

Wichbert, Thanquardus, Capellane des Bischoffs.

Gottfried, David, Capellane des Herzogs.

Joseph, Bruder des Bischoffs.

Hildemarus, Vorleger des Bischoffs.

Gegeben am Tage der Menschwerdung des Herrn,
im Jahre 1172."

*   *   *

Zwischen dem Kloster und der Ilmenau winkt
der alte, ehrbare Klosterkrug. Auch der könnte erzählen

---

*) Ulzen.
**) Artlenburg.

von großen und kleinen Ereignissen, die er in den Jahrhunderten gesehen und miterlebt hat.

Festgefügt stehen seine Eichenbalken. Und ihre kernigen Schnitzereien, einst von kunstfertigen Händen der Zimmerleute in das harte Eichenholz eingegraben, reden von blühender Handwerkerkunst einer fernen Zeit.

Der Hausbalken über der Tür trägt eine alte Inschrift. Von der nachdenklichen, sinnigen Art der Väter gibt sie Zeugnis. Deutlich heben sich die Buchstaben und Worte ab:

„Radt . nach . der . Thadt .
Ist . viel . zu . spadtt .
Fiendes . Mundt .
Redt . kein . gruntt.“

Auch auf den anderen Seiten finden sich herzhafte Sprüchlein aus jenen alten Tagen:

„Habe . acht . wie . gros . sey . dein . deck .
Darnach . dich . kehr . leg . Wend . und . streck.“ —

Verzer . nicht . mehr . ben . du . erwerbst .
Sunst . du . in . grundt . gar . bald . Verderbst.“ —

„Ohn . gottes . hülf . und . gunst .
Ist . unse . thune . Umbsunst .
Schafft . ehr . nicht . Rath . im . Hauß .
Reicht . Unser . fleis . Wenich . auß.“ —

Neben der Haustür grüßen zwei vielsagende geschnitzte Balkenköpfe die Kommenden: dieselben Gesichter, das eine lachend, das andere die Zunge ausstreckend, wie sie gegenüber am Giebel des Mühlenhauses beim Kloster angebracht sind. · Auch an den Hausecken zeigen die Balken bemerkenswertes Schnitz= werk ... an der Straßenseite ist der Neid dargestellt.

Der ganze Klosterkrug ein schönes malerisches Bild. Kunstvoll gefügte Ständer, die vielen mit Schnitz= zereien ausgefüllten Dreiecke im Balkenwerk, bunt gemauerte Steine, der Stern, der als Wahrzeichen an langer Eisenstange von der Hausecke auf die Straße hinausragt, straßauf straßab zum Einkehren einladend: Altes und Neues, bis zurück zu dem Jahre 1570, da der Klosterkrug als stattlicher Neubau emporwuchs. —

Über dem Eingange zwingen zwei große ge= schnitzte Gestalten in dreieckigen Feldern die Blicke auf sich. Die beiden Figuren schneiden unten mit dem langen Balken über der Haustür ab, auf dem die hoch= ragende, doppelt vorspringende Giebelwand lastet.

Das eine Bild, rechts vom Beschauer, zeigt den König des Himmelreiches.

Strahlen umgeben sein Haupt: „Er ist das Licht der Welt. Sein' Königskron' ist Heiligkeit." — In der linken Hand hält er die Weltkugel mit dem Sieges= zeichen des Kreuzes: „Ihm ist gegeben alle Gewalt im Himmel und auf Erden." Engelköpfe ringsum bestätigen es. — Er zeigt die aufgehobene Rechte: „Siehe, ich bin bei euch alle Tage bis an der Welt Ende." Nach oben weist er: „Niemand kommt zum Vater denn durch mich." Es ist die Schwurhand, die er emporhebt: „Er ist die Wahrheit. Seinen Bund bricht er nicht. Er ist treu."

In dem Felde daneben kehrt sich ein irdischer Fürst, gekrönt mit Herrscher-Barett und der wallenden Feder, dem Größeren zu: dem König der Ehren huldigt er mit dem Zepter, das er von ihm empfängt.

Alte markige Schnitzereien . . . aber was für eigenartige Gestalten . . ?

Am Balken die Jahreszahl 1570 erklärt alles.

Vorüber war, als der Klosterkrug in seiner jetzigen Gestalt erstand, für das Lüneburger Land die Zeit der Himmelskönigin, der Jungfrau Maria mit der Krone, die ihr nicht zukam. Die Kämpfe der Reformationszeit waren durchgekämpft . . . selbst für Kloster Lüne, das so lange sich kraftvoll gewehrt. Auch hier wurde schließlich der Maria die Krone vom Haupte genommen und offen dem wieder zuerkannt, dem sie gebührt. — Ein Bekenntnis bedeuten die Darstellungen am Klosterkruge.

*   *
*

Schon lange vor jenen Tagen, da Luthers Name und Luthers mannhafte Wittenberger Tat durch die deutschen Lande drang, streckte auf demselben Platze dem Kloster gegenüber ein Krug sein Wahrzeichen nach der Gasse aus. Der erste Klosterkrug bereits ein breiter Bau mit guten Stallungen, wohl geschätzt bei den Fuhrleuten von fern und nah, die in großer Zahl jahraus jahrein Woche um Woche nach der reichen Salzstadt fuhren und nicht selten in Lüne über Nacht bleiben mußten, wenn sie Lüneburgs Tore schon geschlossen fanden.

Auch damals schaute man aus den Fenstern des Kruges ungehindert nach den ehrwürdigen Kloster= gebäuden hinüber. — —

Es war am 19. Oktober 1481, am Tage nach St. Lucas Evangelista, an einem Freitage, als in der Mittagsstunde die neugierigen Augen der runden Wirtsfrau immer wieder trotz eiliger Arbeit bald vom Fenster, bald von der Tür aus spähend nach der Ein= gangspforte des Klosters wanderten.

In dem Schankraume sah es bunt aus.

Fuhrleute, welche im Klosterkruge ausgespannt hatten, und bestaubte Wanderburschen, die gen Lüne= burg zogen, drängten durcheinander. Brefthafte und sieche Leute, von fern gekommen, rasteten auf den Bänken: den Sankt Gungels-Brunn in der Lüner Heide wollten sie aufsuchen . . . den Gnaden= und Heilbrunnen mit der Kapelle des heiligen Gangelinus. — Im Jahre 1480 war er kund geworden und hatte schon vielen Heilung und Rettung gebracht. Die Kapelle war von Probst Nikolaus Graurock in Lüne erbaut worden.

An einem besonderen Tische in einer Nische hockte enggepfercht eine Gesellschaft aus einem stattlichen Reisewagen, der dicht vor seinem Ziele notgedrungen noch in Lüne halt gemacht. Es lahmte ein Pferd, das ein Eisen verloren.

Für die dralle Klosterwirtin gab es alle Hände voll zu tun, den verschiedenen Gästen Krüge mit Lüne= burger Bräu oder Kannen Wein zu bringen. Sie

mußte sich tummeln, daß die Schlüssel am Gurt nur
so klirrten.   Hogrewe, der behäbige Wirt, überließ
das Laufen heute allein der Schenkin und schaute
nur unverwandt nach dem Hofe und dem Kloster hinaus.

Auf dem Hofplatze vor dem Kruge hielten einige
Gespanne . . . starke Pferde vor schweren Frachtwagen.
Die Gäule ließen es sich wohl sein hinter gefüllten
Krippen.   Lustig klirrten und klingelten die vielen
blanken Messingplatten und Schellen am Geschirr,
wenn die Rosse Mähnen und Kummet schüttelten
oder unruhig stampften.

Heute glitt des Klosterwirtes Blick achtlos über
das Treiben hinweg nach dem Klostereingang jenseit
der Straße.

„Kommen sie noch nicht?" fragte die flinke Wirtin
jetzt schon zum dritten Male ihren bequemen Eheherrn.
Sie unterbrach ihre geschäftige Eile und lugte an seiner
Seite aufmerksam die Gasse hinab.   Hogrewe schob
sein Käppchen zurecht und zuckte schweigend die Achseln.

„Wen erwartet ihr denn?" fragte aus der nahen
Nische einer der Fremden, seiner Kleidung nach einer
aus den Geschlechtern. — „Ohm Lange" hatte ihn
der Jüngste in der Reisegesellschaft eben genannt.

„Die Ebstorfer . . . ja, ja . . . die Ebstorfer," beeilte
sich die Wirtin zu antworten.   „Heute kommen sie.
Könnten billig schon hier sein."

„Klosterleute?" forschte der andere, stand lebhaft
auf und trat zum Fenster. Sinnend ließ er den Blick
auf dem ernsten Klosterbilde ruhen.

„Freilich, Klosterleute. — Heute ziehen ja die neuen Nonnen aus Ebstorf ein . . .“ begann die Schenkin zungenfertig zu erzählen, da wurde sie von ihrem Manne mit einem Auftrage in die Küche hinausgeschickt.

Der Fremde wandte sich zum Wirte und deutete nach den Klostergebäuden hinüber. „Wenn die Mauern dort reden könnten. — Was ist wohl hinter ihrem Schutze alles geschehen? — Die würden zu erzählen wissen!“ Der Klosterwirt schob wieder bedächtig sein Käppchen zurecht, rückte an seinem Lederschurz und meinte gelassen: „Kann nichts davon nachsagen.“ Er trat mit schweren Schritten vom Fenster zurück und machte sich unter den Gästen zu schaffen. Der Fremde gesellte sich wieder zu seinen Reisegefährten am Tische. —

In dem kleinen Kreise wurde das Gespräch über Kloster Lüne lebhaft weitergeführt.

„In Lüneburg erzählt man sich böse Dinge über Kloster Lüne.“

„Wenn alles wahr ist, müssen’s unter den frommen Nönnchen da drüben manche doch arg getrieben haben.“

„Ja — wenn!“

„Bei Weibern und Pfaffen ist alles möglich. — Ist den Kräutlein zu wohl geworden.“

„Peccatur intra muros et extra,“*) warf nachdenklich ein hagerer Mann der Reisegesellschaft in das Gespräch . . . dem blassen Antlitz nach war es ein Ge-

---

*) Es wird hinter den Mauern gesündigt und braußen.

lehrter. „Und es ist hier gewesen, wie überall in den Nonnenklöstern . . . nicht besser und nicht schlechter."

„Habt recht, Magister Vischer."

„In Wienhausen ist es noch schlimmer hergegangen. Sonst hätte der Herzog das nicht getan."

Von zwei Seiten klang es durcheinander: „Im Nonnenkloster? . . . Der Herzog?"

„Dort ist es dem Herzog denn doch schließlich über den Spaß gegangen. — — Hat eine Mauer um das ganze Kloster bauen lassen, als es ihm zu bunt wurde."

„Um die sittigen Jüngferlein einzusperren?"

„Ob der meint, mit einer Mauer zuchtlose Kloster=jungfrauen abschließen zu können?"

„Ganz viel wird die Mauer nicht nützen."

„Da hilft selbst kein Zaubertränklein aus Wur=zeln und Heilkräutern."

„Hab' vor kurzem ein scharfes Wort über die Nonnenklöster erkundet," sprach jetzt der Magister da=zwischen.

„Sagt an!"

„So lautet's: ‚Es ist leichter, einen Scheffel Flöhe zu hüten als ein mannstolles Frauenkloster'."

„Deutlich genug ist es."

„Wahr ist es."

„Nun ja, es mögen arge Zustände gewesen sein in Wienhausen."

„Die Kanoniker von Bardowik können sich nur mit den Eingemauerten zusammentun. Sind auch nichts besser."

„Willst du rein behalten dein Haus,
So laß Pfaffen und Mönche drauß,"

murmelte der hagere Magister sinnend vor sich hin.
Laut sprach er weiter: „Und wie gebärdet sich die
Pfaffheit . . ! Als sei ein geweihter Pfaffe gegen
andere getaufte gemeine Christen wie der Morgenstern gegen einen glimmenden Docht."

„Die Klostergeheimnisse sind ja längst ein Land-
sagen geworden. Weiß jetzt bald jeder, wie es hinter
Klostermauern zusteht."

„Es muß doch endlich einmal mit eisernem Besen
ausgefegt werden."

„Ja, in manchen Klöstern ist schon gründlich auf-
geräumt worden. In anderen bleibt es immer noch
beim alten."

„Hier in Lüne hat der Bischof scharf ausgefegt.
Hat die Domina Priorissa einfach abgesetzt und die lieder-
lichen Weibsbilder, die nicht gut getan, zum Teufel gejagt."

„Ob's besser wird, wenn die neuen Nonnen aus
Ebstorf hier hausen?"

„Müssen's abwarten. — Im Marienkloster am
Ochsenmarkt in Lüneburg bei den Franziskanern hat
Barthold von Landsberg nicht viel erreicht. Dort ist
schon wieder alles beim alten."

„Also da hat der Bischof auch Ordnung schaffen
wollen?"

„Es soll eine Herkulesarbeit gewesen sein, den
Augiasstall am Ochsenmarkt einmal zu reinigen. Es
hat aber nicht vorgehalten."

„Ob es in Lüne von Dauer sein wird?"

„Gott walt's!" —

„Was sinnst du, Konrad?" unterbrach der Magister das Reden und legte mit gütigem Blick seine schmale Hand auf den Arm eines jungen Mannes. „Hängst ja den Kopf, als ob in Lüneburg ein Feinslieb jetzt vergeblich dein warte. — — Ist es dir so unlieb, dicht vor Lüneburgs Toren noch rasten zu müssen?"

Der Angeredete war Konrad von Wittorf . . . eine langknochige, noch jugendlich unfertige, aber kraftvolle, markige Gestalt. Tief in Gedanken hatte er dem Gespräch der anderen bisher schweigend zugehört. Finster vor sich hinstarrend saß er da . . . die geballte Faust gegen den Tisch gestemmt. Durch sein düsteres Brüten hatte er jetzt die Aufmerksamkeit aller auf sich gelenkt. Ungewollt wurde er plötzlich zum Mittelpunkt des ganzen Kreises.

Wie aus bösem Traume erwachend atmete er auf, strich mit der Hand über Stirn und Blondhaar und wiederholte leise: „Laß Pfaffen und Mönche raus . . ." Seine Stimme klang grollend und rauh dabei. Ein bitterer Ausdruck legte sich auf die jugendfrischen Züge. „Hab's gesehen in jungen Jahren, was die Pfaffen anrichten können . . . damals bei meiner Schwester Gespielin, der Ursula von Dassel . . . dem Dirnlein mit dem braunen Bubengesicht."

Fragende Blicke trafen den Sprechenden. Magister Bischer, der Mann mit dem blassen Antlitz des Stubenhockers, nickte ernst und still, als wisse er, um was es sich handle. Er war Lüneburger und ein alter Freund des Dasselschen Hauses.

„Die haben sie der Mutter richtig abgeschwatzt fürs Kloster," sprach Konrad von Wittorf ingrimmig weiter. „Die vermaledeiten Pfaffen ..! Nach Ebstorf hat man sie geschleppt in die Klosterschule. — — Jetzt grämt sich der Vater."

Mit bekümmerter Miene warf der Magister das Wort dazwischen: „Vor getan und nach bedacht hat manchen in groß Leid gebracht. — — Es ist so. Der Vater härmt sich."

Wieder ballte Konrad von Wittorf die Faust und zürnte: „Ha! Ich möcht's nicht sehen, was sie aus dem holdseligen Kinde schon gemacht haben im Kloster. — — Eine Sünde und Schande ist es, solch warmherziges junges Ding hinter Klostermauern zu sperren." Immer schneller hatte er gesprochen. Tiefe Zornesfalten gruben sich dabei in die Stirn des jungen Mannes.

„Wollen wir nach Ebstorf und das holdselige Mägdlein aus den Armen der Pfaffen befreien?" scherzte mit ernstem Gesicht der alte Herr, der vorher so nachdenklich die Klostergebäude gemustert hatte. Der andere fuhr mit der Rechten an den Schwertgriff. Die stahlblauen Augen blitzten. Man sah es der kraftvollen Erscheinung an, daß die Hand, die das Schwert packte, im Gebrauch der Waffen geübt sein mußte. „Weiß Gott, Ohm Lange, ich wäre dabei." Hart auflachend rief er es. „Und Ursulas Bruder, der Ludolf von Dassel, würde auch mittun, wenn er nicht in weiter Ferne wäre."

„Konrad von Wittorf — mit dem Schwerte wird da nichts ausgerichtet. Gewalt wäre eitel Vermessenheit." Schwermütig sagte es der alte Herr. „Hinein ins Kloster führen gar viele Wege, aber nicht wieder zurück."

Trotzig entfuhr es Konrad von Wittorf: „Ein schändlicher Schelmenstreich war's doch von den Pfaffen."

———

II.

Während man in Düne bereits auf das Ankommen der Ebstorfer Klosterfrauen wartete, waren diese erst bis zu der sagenumwobenen Hellkuhle unweit Bardenhagen gelangt. Als die schweren Wagen aus dem freien Felde in die Buschwildnis der Heide kamen, ging es nur langsam Schritt um Schritt in den arg zerfahrenen Wagenspuren zwischen hohem Heidegestrüpp vorwärts: die Räder wühlten sich tief in den losen Sand der Heidewege.

Steiler wurde der Pfad, daß die dicken Klostergäule oftmals schnaufend stehen blieben, neue Kräfte zu sammeln. Schließlich war die Höhe erreicht. Aus grauer Ferne grüßte schon der Lüneburger Johannisturm herüber. Drei Stunden noch — dann war man wohl am Ziele. Bergab würde es leichter und rascher gehen, wenn auch die Wege ausgefahren und von abstürzendem Regenwasser unterspült waren.

Aber gerade bei einer scharfen Biegung der Straße brach plötzlich ein Hirsch aus dem Dickicht und setzte in voller Flucht über den Weg, daß die Pferde scheuten. Die Frauen stießen laute Schreckensrufe aus. Der erste Wagen kam dem Wegrande zu nahe. Ein Hinterrad rutschte in den Graben. Das ganze Gefährt wäre ums Haar, alles unter sich begrabend, umgeschlagen.

Die bewaffneten Klosterknechte, welche den Zug begleiteten, stiegen von ihren Gäulen und versuchten, den Wagen wieder aufzurichten. Aber der Langbaum war gebrochen. Es mußte erst Hilfe von Belgen herbeigeholt werden, um das Fuhrwerk wieder reisefertig zu machen. —

Die Frauen gingen inzwischen vom Wege weiter in die Heide hinein. Sie suchten einen geschützten und bequemen Lagerplatz.

Es war ein warmer, lichter Herbsttag. Die reine Herbstluft herb und doch weich. Noch prangte an den Zweigen der Erlen sattes Grün, aber die Birken lachten im vollen Goldschmuck des Herbstes . . . noch nicht entblättert von Herbststurm und Frostnächten.

Altweibersommer zog seine weißen Fäden. Freundlicher Sonnenschein übergoß mit einer Fülle von Glanz den goldgelben Blätterschmuck und die weiße schimmernde Rinde der schlanken Birken, das Braungold der herbstlichen Buchenblätter und das Silbergrau der glatten Buchenstämme. Er ließ die verblühenden und die braungewordenen Heideblüten noch einmal rosig aufleuchten: das Blühen sollte noch nicht aufhören. Selbst aus den dunklen Kronen der Föhren lachte ein stilles Leuchten, und wie blankes altes Kupfer glänzten die braunen Stämme.

Zwei Klosterjungfrauen . . . jugendliche Gestalten . . . waren hinter den übrigen ein wenig zurückgeblieben. Die eine groß und blond, die andere schmächtig und dunkeläugig: Mechtild Wilde, die schon einige Jahre im heiligen Schleier Gott diente, und Ursula von Dassel, eine Novize.

Jetzt machten sie halt und blickten bewundernd in die Weite. Sichere Ruhe die Blonde, zierliche Beweglichkeit die andere.

Auf Mechtilds offenen Zügen lag ein sonniger Schein . . . das tiefe Frohsein, das nicht laut wird . . . ein Abglanz der schweigenden, stillen Herbstesschönheit ringsum.

Ursula schaute mit großen, strahlenden Braunaugen bald zu den treibenden weißen Wolkenballen, die licht und rein ihre Bahn am Blauhimmel zogen, bald in das Leuchten und Schimmern der sonnigen herbstlichen Heide und flüsterte wieder und wieder: „Wie schön, Schwester Mechtild . . . wie schön!"

Die Kleine hatte die warme Reisekappe zurückgeschoben, daß die Sonnenstrahlen den glänzenden braunen Scheitel küßten. Staunende Überraschung sprach aus den kindlichen Zügen des jungen feinen Gesichtes. Jetzt brach es wie heller Weihnachtsjubel los: „Sieh nur, Mechtild!" Ursula kniete nieder und pflückte vorsichtig ein winziges Blümchen mit rosigen

Blüten: zierliche Immortellen grüßten in zarten leuchten=
den Frühlingsfarben aus der braunen Herbstheide wie
Verheißung kommender Frühlingstage. In glückseliger
Freude ruhten Ursulas lachende Augen auf den lieb=
lichen kleinen Blumen. Sorgsam barg sie ihren Schatz
im Kleide. —

An einem lauschigen Plätzchen unter mächtigen
Kiefern lagerten die reisenden Klosterjungfrauen. Acht
waren es, eine Konversa dazwischen. — So wurden
die Mägde des Klosters genannt, die zum Lohn treuer
Dienste in die Verbindung des Klosters aufgenommen
waren, ohne Nonnen zu werden. —

Der Hügel gewährte im Norden weiten Aus=
blick . . . links nach Betzendorf zu in die freie Heide hin=
aus . . . zur Rechten über die dunklen Tannen des un=
heimlichen Hellgrundes hinweg auf das ferne Lüneburg.

Auf der Lüneburger Seite ragten vor dem Tannen=
dickicht zwischen dem hellen Gelb der herbstlichen Birken=
büsche Gruppen düsterer Wacholder wie drohendes
Unheil empor und redeten ihre ernste Sprache. Fast
schwarz erschienen die starren, finsteren Büsche, aus=
geschlossen von all dem Glänzen und Leuchten ringsum.

Es wurde still in dem Kreise der lagernden Nonnen.
Sinnend blickten die Frauenaugen in die Weite der
schimmernden Heide. Dabei wanderten die Gedanken
nach der Stätte, wo fortan die Heimat sein sollte, nach
dem Kloster Lüne. Zukunftsfragen drängten sich auf.
Zukunftsbilder reihten sich aneinander.

Festen Blickes sahen Mechtilds klare graue Augen

in die Ferne, wo hinter Lüneburgs Türmen Kloster Lüne liegen mußte.

Auch Ursula von Dassel hatte ihre Blicke von der sonnigen Heide losgerissen und schaute träumend nach dem fernen Lüneburg hinaus. Aber bald kehrten ihre Augen wieder zu dem Tannengrunde dort unten und zu den düsteren Wacholderbäumen zurück. Ein angstvoller Ausdruck legte sich auf das junge Gesicht. Die kleine Novize rückte näher an Schwester Mechtild heran, neben der sie in der Heide sich niedergelassen.

„Ich fürchte mich," flüsterte sie der Gefährtin zu.

Jetzt richtete Mechtild von der Ferne hinweg den Blick groß und voll in Ursulas ängstliche Augen. Leise, aber bestimmt sprach sie: „Wer seines Weges gewiß ist, braucht sich nicht zu fürchten. Wir gehen nicht selbstgewählten Weg. Gott ruft uns dorthin."

„So nicht," flüsterte Ursula zurück. Wieder blickte sie scheu auf das schwarze Dickicht der Wacholderbüsche im Grunde und schob sich schutzsuchend noch dichter an die Seite der Freundin. „Hier fürchte ich mich. Wenn uns etwas zustieße . . !"

Die letzten Worte waren lauter gesprochen. Auch die anderen hatten sie gehört. Gertrud von Etzen wies nach der Straße und den Wagen hinüber. „Wir haben ja Bewaffnete bei uns; kommen auch vor Nacht ans Ziel. Wir brauchen uns keine Sorge zu machen." Aber die Kleine ließ den Kopf hängen. „Wenn wir die Nacht hier bleiben müßten . . . ich fürchte mich so vor dem Helljäger. Dort unten ist die Hellkuhle. Da hat er sein Wesen."

Jetzt wurde die älteste der Klosterjungfrauen aufmerksam: Sophia von Bodendike, die in stillem Sinnen ein wenig abseits gestanden. Ein mütterliches Lächeln auf den ernsten Zügen, trat sie zu dem kleinen Angsthäschen und strich liebevoll über den dunklen Scheitel.

„Kind, diese Spukgestalten sind recht ungefährlich."

Mit großen ängstlichen Augen blickte Ursula auf. „Er hat schon manchem armen Wandersmann bei Nacht das Genick umgedreht."

„Alte Sagen und Gerede der Leute," erwiderte Sophia von Bodendike. „Einbildungen furchtsamer Menschenkinder. — — Was wird schließlich dahinter stecken . . ? Vielleicht nichts als eine harmlose Nachteule. Die braucht nur mit ihrem unheimlichen Rufe oder mit ihrem Flügelschlag einen verspäteten Wanderer auf seinem nächtlichen Wege zu erschrecken, gleich soll's der Helljäger sein."

Die Novize schaute ungläubig drein.

Ernst fügte die Ältere hinzu: „Das beste Mittel gegen jeden Spuk ist das Beten. Und es gibt schlimmere Feinde als diese Spukgestalten des Aberglaubens . . . Feinde, die uns nahe genug sind . . . Feinde in uns. Vor denen sollen wir uns fürchten. Da sollen wir wachen und beten. Wir werden es nötig haben an dem neuen Platze."

„Bald sind wir wieder im Schutze des Klosters," tröstete Schwester Mechtild die Gefährtin, „da sind wir geborgen."

*   *   *

Sophia von Bobendike schritt langsam in die offene Heide hinaus, den eigenen Gedanken wieder nachhängend. Die Zurückbleibenden aber konnten von dem Helljäger noch nicht loskommen.

„Huh — der Hellgrund und der Helljäger! Es ist doch etwas daran."

„In Ebstorf die Konversen erzählten oft davon."

„Auch die Knechte haben unterwegs nichts anderes geredet," nahm Ursula von Dassel von neuem das Wort. „Habt ihr es nicht auch gehört, was sie sagten?"

„Sie ritten ja dicht hinter unserem Wagen," fiel eifrig Gertrud von Etzen ein. „Und sie sprachen ganz laut. Wir sollten es hören. Alles konnte ich verstehen."

Die Blicke richteten sich auf die Sprechende. Sie nahm es als Aufforderung. „Ich habe genau aufgemerkt. Soll ich's euch wiederholen?"

Dichter rückten die Klosterjungfrauen aneinander und steckten die Köpfe zusammen.

„Der Helljäger," begann Gertrud von Etzen, „ist einst ein Mann namens Koch gewesen. Dort unten in Bardenhagen hat er gewohnt. Er konnte keine Ruhe finden, weil er einen falschen Eid geschworen hatte, und machte schließlich seinem Leben selbst ein Ende. Seine Frau fand ihn eines Morgens nahe beim Hause tot im Fischteiche, mit dem Kopfe im Schlamm steckend . . ."

„Die Knechte sagten," sprach Ursula mit großen fragenden Augen dazwischen, „wir kämen nachher an dem Teiche vorüber."

„Aber auch im Grabe," fuhr die Erzählende fort,

„gab es für ihn keine Ruhe. Nacht für Nacht erschien er in Bardenhagen und erschreckte seine Frau im Schlafe. Die Ärmste versuchte es auf jede Weise, den Quälgeist loszuwerden. Zuletzt ließ sie einen der Knechte nachts auf der Ofenbank in der Stube Wache halten und stellte eine geweihte Kerze in ihre Kammer. In der Nacht wurde sie durch ein arges Poltern aufgeschreckt. Der Wächter lag tot in der Stube. Der Spukgeist hatte ihm den Hals umgedreht. Der nächtliche Spuk trieb es ärger als zuvor. Jetzt wandte sich die geängstete Frau an einen Pater, der Gewalt hatte über böse Geister . . ."

„Den Pater aus Betzendorf," warf die Konversa mit wissenden Augen dazwischen.

„Der Pater also sollte den Spuk auf Nimmer= wiedersehen wegpatern. Er fing den Koch in einem Sack, trug ihn in das Bardenhagener Moor und bannte ihn dort fest. Dann gab er ihm einen Eimer ohne Boden: wenn er diesen Eimer mit Wasser gefüllt vor die Stubentür stellen könne, dann dürfe er zurückkehren. Jetzt war das Spuken in Bardenhagen vorbei."

Die Sprechende machte eine Pause und schaute forschend nach der Seite hinüber, wo Sophia von Bodendike in die Heide hinausgewandert war. Eifrig erzählte sie dann weiter.

„Der kommende Winter brachte strenge Kälte. Es fror Stein und Bein. Da stellte der schlaue Koch seinen bodenlosen Eimer in flaches Wasser und ließ einen Boden hineinfrieren. Nun war ihm geholfen:

er konnte den Eimer mit Wasser füllen. So stand denn eines Morgens zum Schrecken der Frau der Eimer, bis zum Rande mit Wasser gefüllt, vor der Stubentür in Bardenhagen. — Nun ging das Spuken wieder los. Noch einmal mußte der Pater aus Betzendorf kommen und Koch in den Sack bannen. Er ließ ihn nach dem dunklen Walde, dem Süsing hier, fahren. Der Fuhrmann aber sollte sich unterwegs nach dem Sack nicht umsehen. In seiner Neugier tat er es doch. In demselben Augenblick war Koch vom Wagen verschwunden. Unverrichteter Sache kehrte der Mann nach Bardenhagen zurück. — — Zum dritten Male brachte es der Pater fertig, Koch zu überlisten und in den Sack zu bannen: er lockte ihn mit einem Buchweizen-Pfannkuchen hinein. Den hatte Koch immer für sein Leben gern gegessen. Diesmal glückte auch die Fahrt nach dem Süsing. Dort unten in der Hellkuhle oder dem Hellgrund haben sie den Koch im Sack begraben und um die Hellkuhle einen tiefen Graben gezogen, über den er nie hinauskommen dürfe. Heulend bettelte Koch, man möchte ihm doch erlauben, jedes Jahr Bardenhagen ‚einen Hahnentritt näherzukommen‘. ‚Und die Arbeit,‘ jammerte er, ‚fehlt mir hier auch.‘ Aber der Pater fertigte ihn schroff ab: er solle nur die Heidesträucher umher zählen, da hätte er Arbeit genug; und den Grenzgraben des Süsings dürfe er nicht überschreiten. — — Seitdem,“ schloß Gertrud von Etzen ihre Geschichte, „ist es aus mit dem nächtlichen Spuken in Bardenhagen.“

„Ja, in Bardenhagen wohl," nahm jetzt rasch die Konversa das Wort. Sie wußte noch mehr und brannte schon ungeduldig darauf, es mitzuteilen. Mit geheimnisvoller Miene flüsterte sie: „Es ist nicht aus mit dem Spuk. Noch immer treibt er es gar arg zur düsteren Nachtzeit in der verrufenen Hellkuhle. Muß ein Wandersmann zur Geisterstunde durch den Hellgrund gehen, flugs ist der Spukgeist da und hängt sich ihm schwer auf den Rücken und läßt ihn nicht los bis zum Grenzgraben des Süsings. Kommt der arme Mensch endlich keuchend unter seiner Last und halbtot vor Angst dort an, so verschwindet der grause Spuk." Mit tiefernster Miene beteuerte die Konversa: „Ich habe selbst einmal einen gehört, der früher über den Spuk gelacht und gespottet hat, bis er selbst den tückischen Spukgeist durch die Hellkuhle hat schleppen müssen. Jetzt verschwört er sich hoch und heilig, er werde niemals zur Nachtzeit wieder allein durch den Hellgrund des Süsing gehen." —

In heimlichem Grauen drängten sich die Nonnen zusammen. Jede hatte noch etwas Besonderes jetzt zu fragen oder auch selbst zu berichten. Ängstlich flüsterte Ursula dazwischen: „Die Knechte sagten, es könnte doch Nacht werden, ehe wir aus dem Hellgrunde herauskommen." Andere klagten ganz offen: „Ich fürchte mich auch." — — „Wenn wir nur erst mit heiler Haut hinaus wären aus der Hellkuhle." — — „Wir kommen gewiß nicht lebendig hindurch."

Je länger die Frauen so halblaut miteinander

tuschelten, um so größer und ängstlicher wurden die Augen der furchtsamen Novize. Zagend warf sie die Frage auf: „Ob es im Kloster Lüne auch Spukgeister gibt?" Da rief Mechtild Wilde mit gedämpfter Stimme in den Kreis hinein und zeigte nach den dunklen Wacholderbüschen zur Seite: „Sie kommt zurück. Still jetzt!"

Sophia von Bodendike trat wieder in ihre Mitte. Sie sah die erregten Gesichter. „Sprecht ihr noch immer vom Helljäger? Nun laßt es genug sein. Wir werden ja bald aus seinem Spukreiche wieder hinausfahren." Freundlich wandte sie sich zu dem kleinen Sorgenkinde: „Im Klosterfrieden von Lüne soll er dir nichts tun. Da schützen dich die Heiligen."

*   *   *

Von der Straße her drangen laute Rufe.

„Es sind unsere Knechte," beruhigte Sophia, als sie ängstlichen Augen begegnete.

Der Schaden war ausgebessert. Die Reise konnte fortgesetzt werden. Gertrud von Etzen behielt recht: noch vor Dunkelwerden würde man in Lüne einziehen. Ohne weiteren Unfall wurde der steil abfallende Weg durch den Hellgrund zurückgelegt.

Anfangs saßen die Reisegefährten schweigend auf ihren Wagen, bis die düsteren Gründe mit ihren dichten Tannen und dumpf rauschenden Föhren hinter ihnen lagen und die Fahrt wieder durch offenes Feld führte. Da lösten sich die Zungen. Mechtild Wilde begann, nach dem Kloster Lüne und seiner Geschichte

zu fragen. Sophia von Bodendike übernahm das
Antworten:

„Das Kloster ist ursprünglich eine Niederlassung
der Benediktiner. Aus dieser hat sich später das Frauen=
kloster Lüne gebildet. Unter Herzog Heinrich dem
Löwen ist das schon gewesen. Hildewig von Mark=
boldestorp war die erste Domina Priorissa. Der Bischof
Hugo von Verden hat Hildewig als Domina bestätigt.“

„Ist es wahr,“ fragte Gertrud von Etzen, „ist
Kloster Lüne so reich?“

„Man sagt es. — Aber der Reichtum hat dem
Kloster nicht lauter Segen gebracht.“

Sophia von Bodendike sann kurze Zeit still vor
sich hin. Dann erzählte sie weiter: „Es ist auch schon
viel Ungemach über Kloster Lüne gekommen. Eine
Feuersbrunst hat einst die ganzen Klostergebäude
zerstört. 1372 ist das geschehen . . . am letzten April.
Im Schlafhause bei dem Chore ist das Feuer aus=
gebrochen . . . das ganze Kloster mit allen Gebäuden,
Nebenhäusern und Werkstätten ist damals ein Raub der
Flammen geworden.“

„Es muß doch lange gedauert haben, alles wieder
aufzubauen?“

„Das hat es. Erst im Jahre 1412 sind die Kloster=
gebäude endlich fertig gewesen. — Unter Propst Hein=
rich und der Priorissa Rychsa ist das meiste gebaut.
— — Es soll aber jetzt noch manches fehlen.“

„Ob bei dem Brande auch Menschen zu Tode
gekommen sind . . ?“ fragte Ursula.

„Drei . . . so wird erzählt. Ein Laienkind und zwei Nonnen. Man weiß auch die Namen der beiden: Margaretha Gewes, eine Patriziertochter aus Lüneburg, und Margaretha Dithmers."

Nach einer Weile brach Sophia von Bodendike von neuem das Schweigen. „In ganz alter Zeit ist das Kloster schon einmal abgebrannt. In alten Schriften ist davon zu lesen. — — Am Tage des Stifters Theodorich soll der Brand ausgekommen sein. Das Jahr ist nicht genau bekannt. Aber es ist lange vor dem zweiten Brande gewesen. — Es heißt, das Feuer sei beim Dörren von Hanf entstanden."

Sophia von Bodendike brach das Gespräch ab. „Ich hoffe," schloß sie, „wir finden im Kloster Lüne selbst noch alte Schriften, die uns mehr aus alter Zeit berichten werden." — — — — — — — —

Als die Wagen Melbeck verlassen hatten, wurde bald die letzte Höhe vor Lüneburg erreicht. Dort machte der Zug noch einmal halt.

Die alte Salzstadt mit ihren neunzig Türmen und Türmchen lag vor den Augen der Reisenden — die kraftvolle Hansastadt, von der drei Jahre später einer der hervorragendsten Lüneburger Bürgermeister, Nikolaus Stoketo, dem herzoglichen Kanzler und seinen Räten gegenüber rühmte: durch Gottes Gnade gäbe es in Lüneburg über dreißig Bürger, von denen jeder eines Grafen Gut besitze, damit sich zur Not schon etwas ausrichten lasse. — Unter dem bewährten Regiment des alten patrizischen Rates war Lüneburg damals auf der Höhe seiner Entwicklung angelangt, fast unabhängig von der herzoglichen Hoheit, reich an sorgsam gehüteten Privilegien aller Art. — —

Ein sonniges, farbenreiches Bild schauten die Frauenaugen.

Die Nachmittagssonne schüttete in verschwenderischer Fülle vom klaren Herbsthimmel ihren goldigen Glanz über die Wälle und kalksteingrauen Mauern der wehrhaften Stadt Lüneburg, über die ragenden Kirchtürme und hochstrebenden Giebel und Türmchen, über den wuchtigen Kalkberg mit seinen drohenden Mauern und dem trotzigen Turme auf seinem Gipfel. Von den Siedehütten der Sülze stiegen dichte weiße Rauchwolken empor und legten einen dünnen, mit Goldfäden durchzogenen Schleier über die nächsten Dächer.

In der gedämpften Lichtfülle des durchsichtigen Herbsttages leuchteten die Farben des ganzen Stadtbildes reiner nebeneinander: der tiefblaue, herbstlich klare Himmel . . . die roten Dächer der Häusermassen .. der weiß schimmernde Kalkberg, scharf sich abhebend von den lichten Wolkenballen, die hinter ihm, fern im Norden der Stadt, lagerten, umwogt von dem weißen Qualm der Sülze. — Lüneburgs Farben trug das Bild: rot, blau, weiß. Um die breiten bunten Felder spielte ein blitzender Goldrand von flimmerndem Sonnenlicht.

Alt-Lüneburg . . . ein leuchtendes, farbenprächtiges Bild.

3*

Links blickten die Augen der Reisenden in die Weite der rotbraunen Heide hinaus. Ganz klar war die Ferne. Wellige Hügel reihten sich endlos aneinander, immer mehr ansteigend und zuletzt das sonnige Heidebild scharf gegen den lichten Himmel abgrenzend. Vergeblich versuchten die Blicke der Frauen über die Wellenlinien der Heidehügel hinweg zu schweifen dorthin, wo weit, weit dahinten in unabsehbarer Ferne die alten Bischofsstädte Verden und Bremen liegen sollten. Nur bis zu dem runden Felsenturme der Kirche von Betzendorf reichte das Auge. Dort, wo Himmel und Heide einander berührten, hob er sich, noch deutlich erkennbar, breit und massig aus mächtigen Granitfelsen erbaut, neben der scharfumrissenen Krone einer sturmerprobten Eiche ab.

Zur rechten Seite breitete sich das Ilmenautal mit seiner Fülle von Grün aus. In starken Windungen und Schleifen glitt der blinkende Fluß durch lachende Wiesenflächen . . . bald verschwindend, dann wieder aufblitzend. Immer weiter wurde das Tal nach Lüneburg zu . . . umsäumt von goldigem Herbstlaube . . . auch auf der Ostseite begrenzt von rotbraunen, sich übereinandertürmenden Heidehügeln . . .

Während die anderen laut das braune Heidebild und das grüne Flußtal bewunderten, blickte Ursula von Dassel schweigend nur nach Lüneburgs Dächern. Ihre Augen suchten unruhig und nahmen zuletzt einen geradezu starren Ausdruck an. — — —

Weiter ging die Fahrt . . . dem Lüneburger Sülz-

tor entgegen . . . vorbei an der Sülze, an der Sülfmeisterkirche St. Lamberti und dem Hospital zum
Großen Heiligen Geist.

Stumm saßen die Frauen nebeneinander, solange
die Wagen polternd durch die Straßen fuhren. Über
den breiten Sand und durch die Bäckerstraße führte
der Weg.

Kurz vor dem Marktplatze war es, als Ursula von
Dassel mit krampfhaftem Griffe Mechtild Wildes Hand
faßte. Sie suchte einen Halt, an den sie sich an-
klammern mußte. Starr hafteten ihre weitgeöffneten
Augen an der Utlucht und der hochstrebenden Giebelwand eines stattlichen Hauses.

Ein Eckhaus an einer schmalen Twiete an der
Ostseite der Bäckerstraße war es. Über der Haustür
prangte das Lindenblatt-Wappen des Dasselschen Geschlechtes.

Keine der anderen Nonnen achtete sonderlich
auf Ursula und Mechtild. Alle horchten gespannt nach
Klängen, die vom Marktplatze zu ihnen drangen. Vom
höchsten Rathausturme klang die feierliche Weise des
Glockenspieles beim Stundenschlage ihnen entgegen:
„Da pacem, domine, in diebus nostris." „Gib Frieden,
Herr, in unsern Tagen."

Vorüber am Rathaus auf dem Markte, durch
breite Straßen und enge Gassen ging es zum Wen-
dischen Dorfe, über die Ilmenaubrücke zum Lünertor
hinaus — der neuen Heimat entgegen.

*　　*　　*
*

Zwischen dem Klosterkruge und den Kloster=
gebäuden plätschert ein lustiges Wässerlein mit kristall=
klaren Wellen.

In enge Schranken wird es hier beim Kloster
freilich gezwängt: Steine unten, Steinwände zu beiden
Seiten. Aber der klare Bach hat eine lebensfrohe Art.
Er macht sich nicht viel daraus. Fröhlich mit sich selbst
plaudernd, gleitet er in dem engen Steinbett über
den Klosterplatz und blinzelt und lacht frisch und un=
bekümmert in die Sonne hinein. Das flinke Ding
drückt sich und schickt sich, solange es eben dort durch
die Enge der Klosterwelt seinen Lauf macht. Bald
aber geht es hinaus in die Freiheit. Der Zwang wird
nicht lange mehr währen.

Der reine Bach hat ja auch schon Schlimmeres
hier in Lüne erlebt. Der Weg durch des Propstes
sonnenlosen Garten und dunkles Haus: schön war
das nicht. Man kann es beinahe sehen, wie die klaren
Wellen sich schütteln und schaudern, nachdem sie glücklich
aus dem Dunkel heraus sind. Da hinein und hindurch
— das kostet immer von neuem Überwindung für die
durchsichtigen Fluten. Am liebsten kehrten sie vorher
um. Aber man muß eben hindurch.

Da wäscht der Bach doch noch lieber draußen
im reinen Sonnenschein die braunen Füße der Buben
und Dirnlein aus den vielen armseligen Hütten, die
sich in der Nähe des Klosters angesiedelt haben. Fast
täglich patschen Kinder mit lautem Geschrei auf dem
Klosterplatze in dem Steinbett des Wasserlaufes ent=

lang, oder sie lassen bei der Überfahrt vor dem Kloster=
eingange die nackten Beine von den hohen Ufersteinen
in das strömende frische Wasser hinunterbaumeln. Aber
all der Staub und Schmutz von draußen bleibt an
dem reinen Bache nicht haften, und dahinten winkt
doch die Freiheit: er kommt hindurch. —

Auch dort bei den unsauberen Jungen und schlecht
gekleideten Dirnen auf der Gasse dreht sich heute
Denken und Reden um das große Ereignis des Tages:
um das Kommen der Ebstorfer Nonnen.

Lange schon saß eine bunte Schar von Lüner
Kindern wartend auf den Kantensteinen des Baches.
Sie ließen die bloßen Beine in die kalte Flut hängen
und spritzten sich mit den Füßen Wasser in die schmut=
zigen Gesichter und über die wirren Haare. Oder sie
jagten sich lärmend hin und her über den Graben,
suchten sich gegenseitig hineinzustoßen, rissen sich fast
das zerlumpte Zeug vom Leibe, warfen einander
Kletten in die Haare und verübten sonstige lose Streiche.

Hinter der Ecke des Propsthauses stand eine Gruppe
größerer Mädchen, auch sie in schlampigen, unreinen
Kleidern. Mit wichtigen Mienen sprachen sie über
die alten und die kommenden Klosterinsassen.

„Der Hufschmied hat erzählt, die Lüner Nonnen
würden alle nacheinander am Galgen vor dem Alten=
brückertor aufgehängt."

„Und meine Mutter hat gesagt, erst müßten die
Nonnen alle auf dem Schinderkarren durch Lüneburg
gekarrt werden."

„So? — Und wißt ihr, was der Gärtnerbursche im Klostergarten sagt?"

„Was denn?"

„Das wäre doch zu schade um die feinen Jüngferchen. Sie wären gar nicht so schlimm."

„Ach was," mischte sich ein schmutziger Bengel in zerrissenen Hosen dazwischen. „Nur alle aufhängen. Geschieht ihnen recht. — Wenn einer bloß mal ein paar Äppel aus ihrem Garten holt . . . was brauchen die Donnerkatzen denn gleich solche Schande zu machen?"

Ein großes Mädchen mit groben, alten Zügen und unruhig flackernden Augen rief ihm überlegen zu: „Du dummes Luder . . . das ist nicht um die Äpfel. — Hä-hä! Ich weiß Bescheid, was die Klosterkatzen im Garten vorhaben. Es soll sie nur keiner dabei sehen. — Hä-hä!"

„Ach, du!" fertigte ein blasser, schmal aufgeschossener Junge die Überkluge ab und spuckte verächtlich in den Bach. „Sie gönnen uns bloß nichts. Die haben den Apfelboden im Kloster voll genug liegen. Aber wir . . ?"

„Sich selbst lassen sie nichts abgehen, aber andere können sich das Maul wischen."

Altklug fiel eine andere ein: „Meine Großmutter sagt's auch: ‚Die Nonnen pflegen sich 'nen guten Tag . . . und Müßiggang ist aller Laster Anfang'."

Eine Kleine versuchte es, die geschmähten Klosterfrauen in Schutz zu nehmen: „Unsere kranke Muhme kriegt immer gutes Essen aus dem Kloster." Aber sie drang nicht durch.

„Wenn die Neuen kommen, ob die auch so gierig auf die Appel sind . . ?"

Die schwierige Apfelfrage blieb ungelöst. Die Gasse herunter stoben schmutzige Kinder und schrien: „Sie kommen! — — Sie kommen!" Alle liefen spornstreichs zur Ecke des Propsthauses und drängten sich dort zu einem dichten Haufen zusammen.

Bewaffnete Knechte auf schweren Gäulen klapperten die Straße entlang und hielten unweit der Haustür des Propstes. Wagen tauchten rasselnd am Ende der Gasse auf und fuhren um die Kirche nach dem Klostereingange. Beim Pförtnerhäuschen wurde eilig das Tor geöffnet.

Die tiefstehende Nachmittagssonne des lichten, warmen Herbsttages schüttete ihre schrägen Strahlen über die Baumkronen und Dächer und über den Zug der Ankommenden. Mit fragenden Blicken musterten die Frauen die dunklen Mauern, die fortan ihr Leben umschließen würden. In ernstem Schweigen stiegen sie von den Wagen und ordneten sich zum Einzuge in das neue Heim.

Nur Ursula von Dassel, die letzte im Zuge der Klosterfrauen, betrachtete mit großen Augen die sonnige Welt um das Kloster her. Auf die nahe, enggedrängte Kinderschar fiel ihr Blick. Ganz vorn stand ein kleiner rotbackiger Blondkopf. Tapfer hatte er sich zwischen den Großen hindurchgezwängt: er wollte auch sehen. Als Ursula ihm in die klaren, reinen Kinderaugen blickte, streckte er ihr die kleine Hand entgegen. Da kniete Ursula nieder und küßte ihn. Mechtild Wilde aber trat rasch an Ursulas Seite und zog die Novize mit festem Griffe in die Reihe zurück.

Gesenkten Hauptes schritt Ursula der Klosterpforte zu. Bei dem hastigen Aufstehen war ihr die Reisekappe nach hinten gerutscht. Jetzt lag über dem glänzenden Braunhaar ein lichter Schimmer von dem Goldglanze der Sonnenstrahlen . . . nicht der starre Heiligenschein der Marienbilder in den Kirchen . . . nein, warmes, sonniges Leben.

Aus den Eichen des Klostergartens erhob sich ein dunkler Schwarm krächzender Dohlen. — Gegen Abend pflegten sie dort ihre Schlafbäume aufzusuchen.

Mit einem schrillen „Jäck-jäck!" breiteten die schwarzen Vögel die Flügel aus und zogen unter kreischendem „Da-ah . . . da-ah!" ihre Kreise. Bald trennten sich kleine Gruppen und einzelne Vögel von dem ganzen Schwarm und fuhren zankend aufeinander los — dann hieß es auf der Gasse: „Die Nonnen können sich wieder nicht vertragen." Bald schlossen sie sich eng zusammen und flogen friedlich nebeneinander.

So strichen sie mit klappendem Flügelschlag über Klosterplatz und Klosterpforte und begleiteten mit häßlichem Geschrei den Einzug der neuen Klosterfrauen. — — —

Auf der Gasse zerstob die Kinderschar lärmend nach allen Seiten zu neuen Taten. Mit großem Gekreische spielten sie jetzt: „De Wulf, de kummt . . . de Wulf, de kummt."

Eine Stunde später lag die Straße leer und still da. Ein müdes, weltfernes Schweigen umfing die Klostergebäude.

Das flimmernde Märchengold, das die sinkende Abendsonne über Dächer und Höfe gegossen, versank. Düster ragten die Klostermauern. Die Dämmerung brach rasch herein und breitete ihre dunklen Fittiche aus.

Von den Ilmenauwiesen zogen wogende Nebelwolken herüber, drängten sich übereinander und schoben sich ineinander, preßten sich zu einer dichten Wand zusammen und hüllten in kurzer Zeit das ganze Kloster in geheimnisvolles, undurchdringliches Grau.

III.

Der Tag nach dem Einzuge der reisemüden Ebstorfer versammelte in der Frühe den ganzen Konvent in dem langen Kapitelsaale. Alle standen sie einig nebeneinander: die alten Klosterinsassen, welche bei der tief in das Klosterleben einschneidenden Veränderung in Lüne geblieben waren, und die neuen aus Ebstorf gekommenen Nonnen. Sechsunddreißig Klosterjungfrauen waren es im ganzen.

Der Lüner Propst Nikolaus Graurock und der Abt Johannes von St. Michaelis in Lüneburg führten die von Bartold von Landesberge, Bischof in Hildesheim und Administrator in Verden, entsandten Kommissarien herein — nämlich Otto Bullen, einen Dekan, der vorher ein Jahr lang auch Propst in Lüne gewesen, Hermann Skuten, Scholastikus des Klosters in Verden, Matthias von Knesebeck, Propst in Ebbekestorp*), und Magister Gerhard Halepagen. —

Die Kommissarien hatten ihre Arbeit, die Visitation des Klosters Lüne, beendet. Ernstlich war das Klosterleben geprüft worden auf Vergehungen und Sünden, auf Ungehorsam, auf Abweichung von der Ordnung des Gottesdienstes und auf Verschwendung.

Jetzt konnte das Ergebnis verkündet werden: „Durch Gottes Gnade sei die Versammlung gehorsam, gottesfürchtig und wohl unterrichtet gefunden, so daß eine Erneuerung des Klosters nicht nötig gewesen wäre." —

Singend zog die Schar der Klosterfrauen in feierlicher Prozession, geführt von Propst Nikolaus, dem „Vater des Klosters", und Abt Johannes, durch die hallenden Klostergänge nach dem Altar der Klosterkirche.

Feierlich legten dort die Frauen aufs neue ihr Gelübde ab, und jede unterzeichnete eine Urkunde mit einem Kreuz.

Auf Mechtild Wildes Zügen lag dabei ein willensstarker, stiller Ernst. Die Stimme klang klar und sicher. Mit fester Hand unterschrieb sie die alten Worte der Urkunde: „Ick, Süster Mechtild Wilde, lave Stedechkeit

---

*) Ebstorf.

und Bekeringhe*) miner Sede**) und Horsam vor Gade und synen Hilghen in dissen Closter des Ordens St. Benedicti, dat gebuwet is in be ere des hilghen Cruces und der hilghen Junbroen Marien unde des hilghen Apostels Sancti Bartholomäi, in Gewardicheit†) Herrn Johannis des Abbates††) und Herrn Niclas, unseres Probstes und Baders."

Der jungen Novize Ursula von Dassel aber bebte die Stimme bei ihrem Gelübde, und tonlos kamen die Worte über ihre Lippen. Mit schiefen Strichen malte ihre zitternde Hand das Kreuz auf das Pergament.

Unter Absingen lateinischer Lieder kehrte der Zug nach dem Kapitelsaale zurück. Dort wurde in feierlicher Weise die Wahl einer neuen Domina Priorissa vorgenommen. Sie fiel auf Sophia von Bodendike. Als Subpriorin wurde Gertrud von Etzen gewählt.

Noch an demselben Tage nahm die neue Klosterobrigkeit die Gehorsamsverpflichtung der Klosterinsassen entgegen. In Gegenwart der Priester und Laien gelobten alle, mit Ausnahme der Klosterkinder und Konversen, der Domina Priorissa Gehorsam, händigten ihre Schlüssel an den Propst aus und begaben sich damit des Rechtes, das Kloster eigenmächtig zu Wegen nach draußen zu verlassen.

---

*) Besserung.

**) Sitten.

†) Gegenwart.

††) Zu St. Michaelis in Lüneburg.

Die Gottesdienste, wie sie nach der Neuordnung des Klosters mit Singen und Beten fortan pünktlich gehalten werden sollten, nahmen mit der hora vespera und hora completa ihren Anfang. Auf diesen Tag fiel die Vigilie der heiligen Ursula. — — —

Ursula von Dassel war den ganzen Tag wie eine Traumwandelnde einhergegangen. Die junge Novize verstand sich selbst nicht. Konnte in ihrem Denken und Fühlen plötzlich eine Veränderung geschehen sein? Sie war nicht mehr dieselbe wie zuvor in Ebstorf. Alles ringsum erschien ihr als eine ganz fremde Welt, in der sie sich nicht zurechtfand. Die langen Klostergänge, die weiten Räume und vielen Gebäude, die unbekannten Gesichter, der fremde Klang des Klosterglöckleins: alles neu, ungewohnt, fremdartig.

Wie ein wunderlicher bunter Traum zog alles Erleben des ereignisreichen Tages an ihr vorüber. Die Feierlichkeiten im Kapitelsaale und in der Kirche hatten sie beängstet. Vor den Altar war sie nur mit innerem Widerstreben getreten. Was sie dort an heiliger Stätte gelobt, wußte sie kaum. Ihre Gedanken waren eigene Wege gegangen . . . auch dann noch, als sie willenlos im Zuge mit den anderen aus der Kirche zurückschritt.

Immer wieder hatte Ursula im Laufe des Tages mit ihren Blicken fragend und bittend Mechtild Wildes helle Augen gesucht. Sie verlangte danach, sich einmal mit der klaren Gefährtin auszusprechen. Mechtilds sichere Festigkeit wirkte stets beruhigend auf sie. Ihr brachte sie das volle Vertrauen ihres jungen Herzens entgegen. Aber es gelang Ursula nicht, eine Gelegenheit zu ungestörter Zwiesprache zu erspähen. Was auf ihr lastete, was sie Mechtild sagen wollte . . . sie wußte es selbst kaum. Vielleicht würde sie nur klagen: „Ich fürchte mich hier. Hilf mir zurecht!" — —

So kam die Nacht heran. Die Klosterfrauen zogen nach dem Dormitorium, dem Schlafhause. Aber auch jetzt glückte es Ursula von Dassel nicht, an Mechtilds Seite zu kommen.

An einer Stelle im Kreuzgange merkte sie, wie ihre Nachbarinnen sich bekreuzten und nur zögernd weiterschritten. Scheue Blicke sah sie und hörte leises Flüstern: „Hier war es." Eine der alten Lüner Nonnen versuchte beruhigend auf die Neulinge einzusprechen und die Gedanken abzulenken: „Die Antiphone Salve regina ist ein zuverlässiges Schutzmittel gegen den Blitzschlag." Aber keine achtete recht auf die Worte.

Ursula schauerte zusammen. Man stand an jener Stätte im Kreuzgange, wo in alter Zeit eine Nonne vom Blitze erschlagen worden. Gestern Abend hatten es die alten Klosterinsassen heimlich den neuen erzählt:

„Ein Gewitter hat einst drei Tage lang mit furcht=barer Gewalt über Lüne gehalten. Da erklärt eine der Nonnen, sie wisse wohl, was das zu bedeuten habe. Sie läßt sich von zwei anderen Klosterfrauen betend in die Mitte nehmen und zieht also durch die Gänge des Klosters. Als sie zu jener Stelle des Kreuzganges kommt, fährt der Blitz herab und erschlägt sie. Das Gewitter aber hat sogleich aufgehört . . ."

Ursula von Dassel segnete sich wie die übrigen mit dem Zeichen des heiligen Kreuzes und versuchte, ihre Schritte zu beschleunigen. Aber die Füße versagten fast den Dienst. —

Lange noch floh auf dem Lager der Schlaf ihre Augen. Die wechselnden Ereignisse und Eindrücke der letzten Tage wühlten in Ursulas jungem Herzen vieles wieder auf, was schon still geworden, und ließen sie Gegenwart und Vergangenheit vergleichen. Fragen über Fragen drängten sich auf, die Antwort forderten.

Früh — noch an der Grenze der Kindheit stehend — war sie in die Klosterschule nach Ebstorf gebracht worden. Wohl hatte sich das Leben zwischen den stillen Klostermauern dort in der Heide in engen Schranken bewegt: über Horensingen und Messehören war es kaum hinausgekommen. Ihr Herz, losgerissen von allem, was bis dahin ihm lieb gewesen, hatte heimlich erst bitter geweint . . . aber in der Klosterstille war es doch still geworden.

Jetzt hatte ihr Weg sie unerwartet am Elternhause in der Bäckerstraße zu Lüneburg vorübergeführt. Die alten Wunden aus der Kinderzeit waren plötzlich wieder aufgerissen.

Warum brachte man sie in diese fremde Welt? Wäre es für sie nicht besser gewesen, in Ebstorf zu bleiben? Dort hatte ihr junges Leben schon Wurzel geschlagen, dort hätte sie ihre Probezeit als Novize still zu Ende gebracht.

Jetzt war sie den Stätten ihrer Kindheit in Lüneburg zu nahe. Von der ersten Stunde an hatte es sie beunruhigt in Kloster Lüne.

Weiter gingen im Schweigen der Nacht die Gedanken. Im Geiste stand sie wieder mit den anderen Klosterjungfrauen vor dem Altar der Klosterkirche, von dem sie bei dem gemeinsamen Singen die Augen nicht hatte losreißen können. Greifbar deutlich sah sie die holzgeschnitzten bunten Gestalten und Darstellungen.

Sie hatte versucht, die Figuren der Heiligen in den beiden Schreinsflügeln des Altars zu erkennen. Nicht bei allen war es ihr gelungen. Einer mußte der Schutzheilige des Klosters sein, St. Bartholomäus. An einem großen Messer und an schwarzem Kraushaar sollte er kenntlich sein. Johannes den Täufer, das Gotteslamm zeigend, und St. Georg, den Drachen tötend, konnte sie leicht herausfinden.

Das schmale, lange Feld unter dem Mittelstück des Altars war ihr gleich verständlich gewesen mit seinen Gruppen und bunten Gestalten. Dort der Engel Gabriel, wie er der Gebenedeieten unter den Weibern, der Jungfrau Maria, mit seiner Verkündigung naht . . weiterhin die Begegnung zwischen Maria und ihrer Gefreundten Elisabeth . . . . dann im Stalle zu Bethlehem das Kindlein in Mariens Schoß . . . zuletzt die heiligen drei Könige, Caspar, Melchior und Balthasar,

mit ihren Gaben kommend, um das Kindlein anzu=
beten.

Sie sah in den vier kleinen Feldern, den gewölbten
Nischen neben dem Mittelstück des Altars, die heilige
Passionsgeschichte: Christus verraten, geschlagen, ver=
klagt, verurteilt . . . sie sah in der Mitte das Kreuz
mit dem Dornengekrönten zwischen den beiden Schächer=
kreuzen . . . zwei schwebende Engel fangen das Blut des
Gekreuzigten auf . . . unter dem Kreuze die Kriegs=
leute und der römische Hauptmann auf ihren Pfer=
den . . . dort neben Johannes die Maria, der das
Schwert durch die Seele dringt . . .

Wie leise Klänge, die von fern her durch die Stille
der Nacht dringen, zog der Sinnenden die schwer=
mütige Weise eines Liedes durchs Herz, das die Mater
in der Klosterschule sie gelehrt: „Maria hört ein Häm=
merlein, das schlägt die Nägel ins Kreuz hinein.“

Während ihre Augen an den Gruppen der Leidens=
geschichte hingen, waren die ernsten Worte des ganzen
Liedes ihr durch den Sinn gegangen:

> Da Jesus in den Garten ging,
> Und ihm sein bitter Leiden anfing,
> Da trauert wohl Laub und grünes Gras,
> Weil Judas sein Verräter was.
>
> Kamen die falschen Juden gegang'n,
> Haben den Heiland im Garten gefang'n
> Und hab'n ihn gegeißelt und gehöhnt,
> Sein heilig Haupt mit Dorn' gekrönt.

Führten ihn nach des Richters Haus,
Mit scharfen Streichen wieder hinaus
Und hingen ihn an ein hohes Kreuz.
Maria war ihr Herz voll Leids.

Maria hört ein Hämmerlein,
Das schlägt die Nägel ins Kreuz hinein.
Die gehen durch Händ und Füße schon.
„Ach! weh, es stirbt mein lieber Sohn!“

Nun klage, Laub und grünes Gras,
Laßt euch zu Herzen gehen das!
Nun biege du, Baum, bieg' Stamm und Kron'.
„Ach! weh, es stirbt mein lieber Sohn!“

Maria klagt untröstiglich,
Die hohen Bäum', die bogen sich,
Die Sonne verlor auch ihren Schein,
Die Vöglein ließen ihr Singen sein.

Nun merket auf, ihr Frauen und Mann!
Und wer das Liedlein singen kann,
Der sing' es nur recht all' Tag einmal,
Sein Seel wird kommen ins Himmels Saal ...

Lange hatten Ursulas Augen in der Kirche auch auf dem wunderbar schönen Antependium des Altars gehaftet, den tiefen Geheimnissen seiner Darstellungen nachsinnend: den Sinnbildern der heiligen Dreieinigkeit, den Evangelistenzeichen und den Bildern aus der heiligen Geschichte.

Aber dann waren ihre Gedanken vor dem Altar wieder in die Weite gewandert. Sie hatte nicht einmal versucht, sie im Zaum zu halten ...

Was hatte sie heute an heiliger Stätte gelobt?

. . . Warum war ihr Herz nicht dabei gewesen? . . . Warum hatte ihre Hand so gezittert, als sie das Kreuz unter die Urkunde setzen sollte? — Ganz schief stand es nun da.

Und aus des Klosters Gegenwart schweiften die Gedanken in die Vergangenheit: Wie mochte es vorher in Kloster Lüne ausgesehen haben? Warum war Bertha Hoigers, die vorige Domina Priorissa, nebst der Subpriorin Kunigunde Greninghen abgesetzt worden? Weshalb jene anderen Nonnen aus dem Kloster fortgejagt . . ?

Noch einmal kehrte Ursulas Sinnen in die Kloster= kirche zurück. Sie schaute wieder das trauliche Efeu= gewebe, wie es sich quer über die Kirchenfenster hinter dem Altar spann. Von der Seite schienen die Sonnen= strahlen der Herbstsonne auf die dunkelgrünen Blätter und ließen sie hell aufleuchten.

Das war doch noch schöner als die vergoldeten hölzernen Heiligen, schöner als die starren Gruppen der bunten Altarfiguren: das war frisches, grünendes, sonniges Leben.

Auf einer starken Efeuranke in der Mitte des zweiten Fensters hob sich dicht neben der Kirchenmauer ein kleines Vogelnest deutlich von dem lichten Glas= hintergrunde ab. Es war längst verlassen. Weit da= hinten lagen ja die Frühlingstage, da die kleinen gefie= derten Klostergäste in der Frühlingssonne ihre Lieder gesungen, sich gesucht und gefunden und in ihrem Heim dort am Kirchenfenster treulich ihre Jungen gefüttert

hatten . . . vergangen wie die Spiele der lichten Kinder=
zeit, da Ursula noch daheim mit ihren Spielgesellen
in heller Jugendfreude umhertollte. — — Und die
kleinen Vögel, die im Klosterfrieden des Kirchennestes
groß gefüttert worden? Die waren jetzt weit in die
Welt hinausgeflogen, weit fort in sonnige Länder . . .
Palmen sollen das ganze Jahr da grünen . . . Winter
mit Eis und Schnee soll es dort nicht geben. — —
Auch Ursula hatte das Nest des Vaterhauses frühe ver=
lassen . . . nicht lustig zwitschernd hinauseilend in sonnige
Weiten — ein hilfloses Vöglein, das herzlos aus dem
Neste gedrängt worden. Aber dann war sie doch in
ein warmes Nest geraten, wo sie sich wohl gefühlt:
dort im Kloster zu Ebstorf in der Schar der Kloster=
kinder unter Leitung der Mater. Da fanden sich junge
Herzen zusammen, da drängten sich kleine Verlassene
und Schutzsuchende aneinander, wie es die jungen
Rotschwänzchen im Kirchennest auch getan. Eng hatte
sich die kleine Ursula von Dassel mit liebesuchendem
Herzen an Altersgenossinnen angeschlossen, und wohlig
war's ihr mit der Zeit in dem stillen Unterschlupf
geworden. — — Jetzt hatte man sie auch dort wieder
losgerissen. Wo fand sie einmal das warme Nest, in
dem sie bleiben und sich geborgen fühlen würde? —
Hier im Kloster zu Lüne war es kalt und düster. Hier
fürchtete sie sich.

Der Grübelnden fielen schließlich die Augen zu.
Aber nun ängsteten sie häßliche und wunderliche
Träume.

Sie sah den Helljäger — jetzt auf fahlem Rosse — mit wildem Gefolge daherjagen. Er streckte die Hand schon nach ihr aus. Doch der blonde Knabe, den Ursula beim Einzuge geküßt, trat mit blitzenden Augen dem Unhold furchtlos entgegen, um sie zu schützen. Und der tapfere kleine Mann wuchs zusehends. Jetzt glich er ihrem Spielgesellen in der Kinderzeit, Konrad von Wittorf, mit dem sie oft im „Langen-Hof" über die Mauer geklettert war. Und der Knabe wurde ein Rittersmann in reichem Wams, das Schwert an der Seite. Er reichte mit lachenden Augen Ursula die Hand, und sie legte ihre kleine bebende Rechte hinein. Da zog der Ritter sie in seine Arme, und Ursula blickte getrost zu ihm auf und fühlte sich gar geborgen und sicher. Aber plötzlich fuhr ein Blitzstrahl hernieder und zerschmetterte den stattlichen Ritter an ihrer Seite . . .

Mit jähem Schreck wachte Ursula auf. Von neuem bedrängten sie in der Stille der Nacht die Gedanken. Die Bilder aus der Kindheit tauchten auf.

Sie sah sich wieder in Lüneburg in dem reichen Hause der Eltern, mit dem Zwillingsbruder spielend und dem älteren Bruder, dem Ludolf. In der weiten Vorhalle stürmten sie die breiten Treppen hinauf und hinab und versteckten sich hinter den dunklen Eichenschränken und Truhen. Oder die Zwillinge hockten auch wohl still in der Auslucht an der Straße, jedes sein schmales Seitenfensterchen für sich beanspruchend, und musterten die vielen Menschen, welche geschäftig

über die Bäckerstraße eilten. — — Dann kam ein
Tag, da bot die weite Halle ein gar anderes Bild.
Ein Sarg war dort aufgebahrt, in dem ihr Zwillings-
bruder schlummerte. Viele Wachskerzen brannten.
Die Mutter sah totenbleich aus und verweint. Der
Vater blickte starr und finster vor sich hin. — Seitdem
hatte die Mutter immer wieder davon gesprochen,
daß Ursula einmal Klosterjungfrau würde, und der
Vater hatte finster dazu geschwiegen. — Eines Tages
war sie dann nach Ebstorf in die Klosterschule gebracht.
Traurig hatte Ludolf, der ältere Bruder, ihr vom Hause
aus noch lange nachgeblickt . . .

Und jetzt lag sie in dem dunklen Kloster in schweigender Nacht mit bangem Herzen schlaflos auf ihrem
Lager, hörte die Totenuhr in dem Getäfel der Holz-
wand klopfen und fürchtete sich.

IV.

Schon seit Tagen war es Mechtild Wilde aufge-
fallen, daß mit Ursula von Dassel eine merkliche
Veränderung vorgegangen.

Wenn die Nonnen zu den sieben Zeiten, bei den
Horen, mit ihren lateinischen Liedern und Gebeten
Gott dienten und die Himmelskönigin, die heilige
Jungfrau, anriefen, so klang sonst Ursulas Stimme
klar heraus. Jetzt war sie bei dem Singen des „Salve

regina“, „Regina coeli“ und „Maria mater gratiae“ kaum noch zu hören. Scheu und gedrückt blieb die kleine Novize bei allem, was sie verrichtete.

Bei der Matutin heute hatte Ursula blaß und verstört ausgesehen.

Eben waren Mechtild und Ursula von der Domina Priorissa mit einem gemeinsamen Auftrage fortgeschickt. Ihr Weg führte durch den Klostergarten. Den feinen braunen Kopf tief gesenkt, schritt Ursula beklommenen Herzens neben der aufrechten blonden Gefährtin.

Der erste Frost war über Nacht mit eisigem Hauche durch den weiten Klosterpark gefahren. Jetzt wich er vor den milden Strahlen der Herbstsonne. Ein durchsichtiger, blauer Schleier schwebte zwischen den Bäumen. An kahlen Zweigen und starren braunen Blättern glitzerten blinkende Wassertropfen. Hier und dort ließen unsichtbare Hände rotgelbes Laub aus den Baumkronen hernieder rieseln. Unhörbar lösten sich die welken Blättchen und schwebten taumelnd zur Erde zurück, aus der sie gekommen. Ab und zu puckten mit hartem Aufschlag reife Eicheln zu Boden. In die feierliche Morgenstille tönte als klingendes Glöckchen der Ruf einer Kohlmeise.

Das gefallene Laub raschelte unter den Füßen der schweigend Dahinschreitenden und schreckte ein Eichkätzchen aus dem nahen Haselbusche empor, daß es in langen Sätzen davonstob.

Mechtild schaute fragend auf die Genossin. Sie

fah in den braunen Augen Tränen schimmern. Der frohe Ausdruck in dem kindlichen Gesicht ihrer Freundin war geschwunden. Wie starrer Herbstfrost lag es auf den sonst so weichen Zügen . . . vor kurzem noch ein sonniges Kindergesicht, in den Augen frohes Warten auf Schönes, das kommen mußte: jetzt ein junges, herbes Frauenantlitz voll ernster Fragen. — Über Nacht war der Frost gekommen.

Mechtild brach das Schweigen. Sie wollte klar sehen, was in dem Herzen der kleinen Gefährtin vorging.

„Ursula . . . du bist anders als früher. Was quält dich?"

Die Angeredete schrak zusammen und blickte mit verängsteten Augen auf. Jetzt hatte sie wieder das Kindergesicht: aber ein tiefer Schmerz sprach aus den blassen Zügen. Sie trat dicht an der Freundin Seite und faßte ihre Hand. „Mechtild," bat sie leise, „liebe Mechtild . . . du mußt mir eins sagen . . ." Sie brach ab, als wage sie nicht, weiter zu fragen.

Verwundert blickten Mechtilds klare Augen auf die Verstörte. „Was möchtest du wissen, kleine Ursel?" Jetzt raffte Ursula sich zusammen zu der hastigen Frage: „Mechtild . . . sag' mir: wie bist du ins Kloster gekommen?"

Ein leises Staunen flog über Mechtilds offene Züge. Klar und fest kam es von ihren Lippen: „Ich habe es gewollt." — Aber durch ihre Gegenfrage klang heimliche Sorge: „Und du? . . . Ursula? . . . du?"

Ursula schwieg. Die braunen Augen mieden den

Blick der Freundin und schauten starr in die Weite. In jähem Erschrecken faßte Mechtild den Arm der Gefährtin: „Ursula!!... Warum bist du hier?... Doch nicht gegen deinen Willen?"

Müde und tonlos kam die Antwort: „Ich weiß nicht ... ich kann es nicht sagen." Vergeblich war alles Zureden. Ein müder Ausdruck blieb auf Ursulas Zügen ... müde die ganze Haltung. Sie schüttelte nur leise den Kopf. „Ich kann nicht darüber sprechen."

Dann aber legte sie plötzlich den Arm um Mechtilds Schulter und drängte sich an die Freundin. Sie zitterte merklich. Die Stimme klang fremd. „Mechtild ... ich kann ... gar nicht mehr ... denken."

„Ursula — wirst du krank?"

„Ich weiß nicht."

Sie ließ den Arm wieder müde sinken. Mit leerem Blicke starrte sie zu dem herbstlichen Laube der Baumkronen empor. Mechtild nahm ihre Hand und zog die Gefährtin vorwärts. „Ursel ... kleine, liebe Ursel ... sprich dich aus!"

„Ich ... kann's ... nicht." Stockend und kaum hörbar kam es über die blassen Lippen.

Sie gingen wieder schweigend nebeneinander, Hand in Hand. Jetzt bat Ursula leise: „Erzähle mir von deiner Jugend, Mechtild."

Die zögerte mit der Antwort. „Ich tue es nicht gern."

„Mechtild!"

„Liegt dir so viel daran?"

Ein haſtiges Kopfnicken gab die Antwort.

„Ich müßte über Dinge ſprechen, die man beſſer begraben ſein läßt."

Urſula preßte nur ſchweigend den Arm der Freundin an ſich und blickte flehend zu ihr auf.

„Komm, Urſula . . . durch die Tannen . . . hier bleiben wir ungeſtört."

Sie ſchritten Arm in Arm in das Tannendunkel hinein. Mechtild brach das Schweigen.

„Du haſt gefragt, wie ich ins Kloſter gekommen bin. — Was ſoll ich darauf ſagen? . . . Gewiß meinſt du, irgendein beſonderes Ereignis habe tief in mein Leben eingegriffen und mich dazu getrieben. — Nein, das iſt nicht der Fall. — — Manche, die mein Elternhaus gekannt haben, werden vielleicht behaupten, ich ſei gezwungen ins Kloſter gegangen. Sie haben nicht recht. — Soweit ich zurückſinnen kann, hat es mir immer feſt geſtanden, daß ich Kloſterjungfrau werden wollte. — — Je mehr ich darüber nachdenke, um ſo wunderbarer erſcheint es mir jetzt. Aber es iſt ſo."

Mechtild ſchaute in tiefem Sinnen auf die welken Blätter, welche der Jlmenau-Wind unter die Tannenreihen geküſelt hatte. Wie in leiſem Selbſtgeſpräche fuhr ſie fort: „Es war in meinem Vaterhauſe nicht ſo, wie es ſein ſollte. — Die ganzen Verhältniſſe des Elternhauſes haben wohl dazu geführt, ſchon früh in mir den Entſchluß reifen zu laſſen."

Die Sprechende brach ab. Aber als Urſula ſich feſter an den Arm der Gefährtin klammerte, begann sie wieder. Leise Trauer klang durch ihre Worte. „Es wird mir nicht leicht, davon zu erzählen." Dann reckte sie sich, strich über die Stirn und fuhr mit fester Stimme fort: „Bist ja schon früh aus Lüneburg fortgenommen. Aber unser Haus im Sülzviertel in Lüneburg kennst du wohl noch. Bist doch ein Lüneburger Kind."

Ursula nickte; es kam Leben in das blasse Gesicht. „Ja . . . das hohe Eckhaus dicht bei dem Hospital zum Großen Heiligen Geist bei der Sülze . . . an der geschnitzten Haustür die prächtigen Löwenköpfe." Aus ferner Erinnerung klang es leise, indem ein heller Schimmer über das schmale Antlitz flog: „Ich habe als Kind oft den Finger zwischen die grausigen Löwenzähne gesteckt." Und weiter wanderte die Erinnerung ihre leisen Pfade bei Ursula: „Wenn man um die Sülfmeister-Kirche St. Lamberti durch die Salzbrückerstraße lief, an der Rübekuhle vorüber, so war man gleich beim Langenhof an der Techt."

Mechtild wartete einen Augenblick, ob ihre kleine Gefährtin weitersprechen werde, dann nahm sie wieder das Wort: „Das alte, stattliche Haus steht noch da. Als wir durch Lüneburg fuhren, haben wir es gesehen. Aber die Eltern sind nicht mehr. Es gibt keinen unseres Namens mehr in Lüneburg. Und doch war es der größte Herzenswunsch des Vaters, daß sein Geschlecht und Name Wilde in Lüneburg nicht aussterben möchte".

„Deine Eltern sind schon lange tot?"

„Mutter starb, als ich etwa fünfzehn Jahre alt war . . . am Tage nach Petrus und Paulus."

„Dann blühen die Rosenstöcke an den Häusern und in den Gärten," sprach Ursula träumend vor sich hin.

„Nach Mutters Tode," fuhr Mechtild Wilde fort, „kam ich in die Klosterschule. — Der Vater ist schon ein Jahr früher gestorben. — Ich weiß eigentlich wenig von ihm. Er war von den Äbten von Sankt Michaelis und Scharnebeck und den Pröpsten von Lüne und Medingen kurz zuvor zum Sothmeister der Sülze erwählt und führte die Oberaufsicht über das Sieden des Salzes. So war er am Tage meistens wenig bei uns. — Ich glaube, er ist mit meiner Mutter hart gewesen. Die beiden haben sich wohl nie recht verstanden. — Ich habe später gehört, daß meine Mutter in ihrer Jugend durchaus hatte Klosterjungfrau werden wollen. Ihre Eltern aber haben es verhindert und sie gezwungen, dem reichen Freiersmann die Hand zu reichen. — — Als ich geboren wurde, hatte Vater bestimmt auf einen Sohn gerechnet. Erst drei Jahre nachher wurde sein Wunsch erfüllt. Aber das erwartete Glück ist damit nicht in das Haus eingekehrt. Je größer der Junge wurde, um so mehr Kummer hat er den Eltern gemacht. Nach Vaters Tode ist er verschollen. Später kam die Nachricht, daß der Bube in Ülzen Händel gesucht habe und dabei erstochen worden."

„Da hast du den Schleier genommen?" fragte hastig die andere.

„Als das Schlimme geschah, war ich schon im Kloster," lautete die ruhige Antwort.

Ursula griff nach Mechtilds Hand und drückte sie warm. Tränen standen in ihren Augen.

„Ich will mit dir für den Bruder beten."

Sie wanderten eine Strecke schweigend nebeneinander, bis Ursula wieder begann: „Mechtild . . . hat deine Mutter dir zugeredet, daß du ins Kloster gehen solltest?"

„Nein . . . das hat sie nicht getan. Daß es ihr Herzenswunsch war, konnte ich wohl merken. — Sie hatte ja einst selbst daran gedacht, sich schleiern zu lassen, um dem Häßlichen und Erniedrigenden des ehelichen Lebens aus dem Wege zu gehen. Da war es doch kein Wunder, wenn sie das keusche Leben der Klosterjungfrauen oft mit warmen Worten rühmte und wünschte, ich möchte vor all dem Jammer und Häßlichen des Ehelebens bewahrt bleiben und eine reine Himmelsbraut werden. Aber zugeredet hat sie nicht . . . . oder gar mich gezwungen . . ." Leise schloß sie: „Meine Mutter hat es immer gut mit mir gemeint."

Das Gespräch verstummte. Sinnend schritten beide weiter. Zuletzt nahm Mechtild, aus grübelndem Nachdenken erwachend, wieder das Wort. „Wunderbar ist es. — Meine Mutter soll, als ihr Mann so sehr nach einem Sohne und Erben seines Namens verlangte, ein Gelübde getan haben . . ." Sie sprach die Worte langsam und leise, in tiefen Gedanken oft stockend und abbrechend. „Ich habe das erst erfahren, als ich längst im Kloster war. — Als in unserem Hause die Geburt eines zweiten Kindes bevorstand, soll es gewesen sein.

Damals habe sie gelobt: wenn es ein Sohn würde, sollte ich Klosterjungfrau werden . . ."

Als Mechtild nach neuem Sinnen fortfuhr, klang volle Überzeugung aus ihren Worten.

„Ich bin nicht hier, weil meine Mutter es gelobt hatte, sondern weil ich selbst es gewollt habe. Mein Platz ist im Kloster. Ich bin gewiß, Gott und die Heiligen haben mich so geführt. Und ich freue mich, daß ich hier nun Gott dienen kann mit Beten und Singen. — Ich möchte nicht wieder hinaus aus dem Klosterfrieden."

Ursula hatte schon wiederholt unruhig nach dem Ende des Weges geblickt. Dort stand ein alter graubärtiger Klosterknecht, mit dem Aufsammeln von trockenem Holz und dem Zusammenbringen gefallenen Laubes beschäftigt. Der Alte winkte den beiden Klosterjungfrauen und zeigte nach dem Dachreiter auf der Kirche.

Jetzt verstand ihn Ursula. Das Glöcklein mußte gleich zur Hora rufen. Waren sie nicht rechtzeitig zum Singen zur Stelle, so wurde von der Domina Priorissa eine Strafe über sie verhängt. — Das wollte die treue Seele dort hinten den beiden offenbar ersparen.

Da hob die Glocke auch schon an zu rufen.

Mit hastigen Schritten kehrten sie zum Kloster zurück — Ursula im stillen darüber sinnend, warum der Knecht ihr plötzlich so altbekannt vorkam. Wo konnte sie das alte Gesicht mit den treuen, freundlichen Augen schon gesehen haben? —

So sehr die beiden Klosterjungfrauen sich jetzt auch beeilten, sie kamen doch zu spät.

Als die Domina Priorissa über die Missetäter eine Pönitenz verhängte, neigte sich Mechtild, blutübergossen von Scham über ihr Vergehen, in demütigem Gehorsam, während auf Ursulas blassem Antlitz mehr heimliches Widersprechen als gehorsames Sichbeugen lag.

*   *   *

Nach der Terz war es am folgenden Tage.

Um die schweren Eichentische im Remter des Klosters drängten sich die neuen Klosterjungfrauen. Alle wollten das Schöne recht sehen, das heute auf den Tischen ausgebreitet lag: die Kostbarkeiten des Klosters wurden von der Domina Priorissa gezeigt. Auch die alten Lüner Nonnen, welche die Kunstschätze ihres Klosters schon oft betrachtet hatten, blickten bewundernd über die Schultern der anderen.

Kostbare Gewebe lagen dort, kunstvolle alte Stickereien, goldgestickte Fahnen, Altardecken, Altarbehänge, Antependien, Meßgewänder, die außer den im Gebrauch befindlichen als wertvolle Schätze des Lüner Klosters sorgsam behütet wurden.

Die alten sarazenischen Seidengewebe und die leinenen Durchbrucharbeiten mit Flechtstich — Kostbarkeiten aus dem 12. Jahrhundert — zogen die Blicke der Frauen besonders auf sich. Jede entdeckte neue Feinheiten und machte in lauter Bewunderung auf die Schönheit der Stoffe und der kunstreichen Arbeit aufmerksam.

Die Domina Priorissa störte die wortreiche Freude nicht. Da faßte eine der älteren Nonnen sich ein Herz

zu der Frage: „Das Schönste ist noch nicht dabei, hochwürdige Mutter . . . darf ich es holen?“

Sophia von Bodendike nickte Gewährung.
„Schwester Mechtild geht mit. Seid auch ja achtsam
beim Tragen.“ —

Gespannt blickten die Augen den Zurückkehrenden
entgegen. Die Domina Priorissa ließ einen Tisch recht
in das Licht rücken, das durch die Fenster zwischen
den dicken Mauern voll hereinflutete. Dort wurde
das Geholte ausgebreitet.

Es war ein Altarbehang . . . Stickereien aus
brauner Seide auf rotem Sammet, mit reichen Gold-
verzierungen und Perlenschmuck . . . das wertvollste
Stück unter den Klosterschätzen. In dem hellen Sonnenlicht, das die Seide schimmern ließ und in den auf-
gestickten Zierraten spielte und blitzte, trat die Schönheit der kostbaren Arbeit leuchtend hervor.

Es wurde still in dem Kreise. Wie gebannt hingen
die Augen der Frauen an der feinen Zeichnung der
sechs Figurenpaare in ihrer gotischen Umrahmung, an
dem lebensvollen Ausdruck der Köpfe und dem male-
rischen Faltenwurf der Gewänder.

Mit glänzenden Augen stand Mechtild Wilde
vor den ausgebreiteten Schätzen. „Wenn wir doch
auch etwas so Schönes schaffen könnten.“ Liebkosend
strich sie über die schimmernde Seide.

Die neue Domina Priorissa Sophia von Bodendike schaute überrascht auf. Nach einer Weile stillen
Grübelns erwiderte sie nachdenklich: „Was du sinnst.

Schwester Mechtild, ist gut und recht. — Es käme auf einen Versuch an. — Wenn es glückt, bringen wir auch etwas Gutes zustande."

Sie überblickte noch einmal die ausgebreiteten Schätze, erklärte verschiedene Einzelheiten und bestimmte dann, wer die Stücke in die Schränke und Laden zurückbringen solle.

Die Klosterglocke rief zur Hora. — —

Als sich nach der Sexte die Klosterjungfrauen wieder im Remter zusammenfanden, wurden die kunstvollen Wandbehänge des Klosters herbeigeholt und aufgehängt.

Darstellungen aus den Legenden des heiligen Bartholomäus zeigten sie.

Man sprach über den Klosterheiligen. Die alten Lüner Nonnen waren am besten unterrichtet über seine Geschichte.

„Bartholomäus," erzählte eine, „ist der Sohn eines ägyptischen Königs Ptolomäus gewesen. Deshalb hat er einen Purpurmantel getragen. Als er die eitle Zier nicht ablegen wollte, hat ihm der Herr vorausgesagt: er werde einmal seine eigene Haut als blutigen Mantel umlegen."

Bei den letzten Worten wandte Ursula von Dassel unwillkürlich den Blick ab und schaute mit großen, starren Augen in den Sonnenschein, der durch das Fenster brach. Sie machte eine Bewegung, als ob sie schaudere und etwas Häßliches abschütteln müsse.

Die Domina Priorissa erzählte jetzt, wie Bartholomäus, als die Apostel in alle Welt hinauszogen, in Arabien, Persien und Phrygien als Gottesbote gepredigt habe und in der Hauptstadt des letzten Landes, in Hierapolis, mit Philippus zugleich zum Kreuzestode verurteilt, jedoch durch ein plötzlich eintretendes Erdbeben auf wunderbare Weise gerettet worden sei.

Weiter berichtete sie, wie Bartholomäus nach Albanopolis in Armenien gegangen sei und dort viele bekehrt habe, sogar den König Polymius und seine Gemahlin. Dadurch habe er den Neid der Götzenpriester und den Zorn des Astyages, des Bruders des Königs, erregt, so daß dieser den Befehl gab, dem heiligen Gottesboten bei lebendigem Leibe die Haut abzuziehen und ihn dann zu enthaupten. „Anno domini 71 ist das geschehen. Der heilige Bartholomäus ist der, welcher unter allen Märtyrern das Grausamste und Schmerzlichste erlitten hat. Darum ist er auch besonders der Patron der Sünder, in seiner erhabenen Großmut gerade für die Sünder bittend.“

Nach den Reliquien des Heiligen wurde dann gefragt. Die alten Lüner Nonnen konnten darüber berichten:

„Sein Leib wurde von den Gläubigen in Albanopolis zur Erde bestattet, aber später — im Jahre 507 — nach Dara oder Anastasiopolis in Mesopotamien geholt. Kaiser Anastasius, der Gründer dieser Stadt, brachte die Gebeine dahin, und nachher hat Kaiser Justin dort einen prachtvollen Tempel erbaut. Als dann später die Perser unter Kosroes in das Reich einfielen und

die Stadt Dara eroberten, schleppten sie den heiligen
Leib mit sich fort und warfen ihn schließlich ins Meer.
Aber auf wunderbare Weise wurden die Gebeine von
den Wellen nach der Insel Lipara geführt. Dort blieb
der heilige Leib bis zum Jahre 839 — bis die Sarazenen
sich der Insel bemächtigten und die Reliquien unseres
Heiligen zerstreuten. Sie wurden jedoch auf wunder=
bare Weise gerettet. Der heilige Apostel erschien einem
Mönche und zeigte ihm die Stätten, wo die Gebeine
zerstreut lagen. So wurden sie gesammelt und in
demselben Jahre nach Benevent gebracht, dort mit
aller Verehrung aufgenommen und in einer eigenen
Kirche — später in der Kathedrale — beigesetzt."

„Jetzt," so ergänzte die Domina Priorissa den
Bericht der Lüner Nonnen, „sind die Gebeine in
Rom. Von Kaiser Otto II. sind sie nach der heiligen
Stadt gebracht und auf einer Insel des Tiber bei=
gesetzt." — „Es ist," schloß Sophia von Bodendike,
„der besondere Ruhm unseres Lüner Klosters, gerade
diesen Schutzheiligen zu haben und seiner Fürbitte
gewiß zu sein." —

Als die Behänge wieder sorgsam zusammenge=
legt wurden, gab die Domina Priorissa den Nonnen
das Versprechen: „In den nächsten Tagen sollt ihr
auch aus der Geschichte unseres Klosters alles er=
fahren, was ich in den alten Schriften gefunden
habe." —

Schon am folgenden Morgen ließ die Domina
Priorissa nach der Frühmesse alte Handschriften in

den Kapitelsaal bringen und versammelte den ganzen Konvent dort.

Man sah es ihr an, welche Freude es ihr machte, den Nonnen Wichtiges mitteilen zu können. Sie nahm eine Schrift in die Hand und zeigte sie. „Die älteste Urkunde über die Gründung des Klosters. Sie ist lateinisch verfaßt." Sie schob das Pergament beiseite und griff nach einem anderen Stück. „Hier die Über=setzung."

Sie las die alten Nachrichten über die Anfänge des Klosters und erklärte dabei: „Der Platz, wo die alte Holzkapelle gestanden hat, ist noch deutlich im Lüner Walde zu erkennen. Die „Insel' wird die Stelle genannt. Sie ist fast ganz mit Wasser um=geben . . . so recht ein stiller, einsamer Platz für welt=ferne, fromme Beschaulichkeit."

Auch die zweite Urkunde verlas sie und gab dann die Handschrift herum, daß alle die Unterschriften be=sehen konnten.

Mechtild Wilde betrachtete das Pergament länger als die übrigen. Ursula von Dassel warf nur einen flüchtigen Blick auf die Namen am Schluß.

Jetzt griff die Domina Priorissa nach einem letzten Blatt, das sie vor sich liegen hatte.

„Aus der ältesten Geschichte des Klosters ist noch ein Ereignis überliefert. — — Von dem großen Brande habe ich schon erzählt. Ihr wißt, wann es gewesen. Alles brannte damals nieder. Dabei ist etwas Eigen=artiges geschehen. Die alte Schrift hier berichtet dar=

über: ‚Damals wurde das Korn von hier auf einem Esel zur Mühle geschickt. Als nun eben der Esel, mit dem Mehl befrachtet, zurückkam, stand das Kloster in Flammen. Kein Wunder, daß in der Verwirrung und unter dem Auflauf der Menschen sich niemand um den Esel bekümmert. Indessen brennt vom Kloster alles, auch aller Vorrat nieder. Wider alles Vermuten findet sich hierauf der Esel mit dem Mehle an, und man erblickt ihn stehend auf einem grünen Anger. Hierdurch erhalten die Abgebrannten ihr erstes Nahrungsmittel wieder. Dies wird als ein Zeichen angesehen, daß Gott diesen Ort mit seinem Segen doch nie ganz verlassen wolle, und zum Gedächtnis bauet man das neue Kloster auf die Stelle, wo der Esel gestanden.‘ — In Wahrheit hat ja auch," schloß die Domina Priorissa, „das Kloster nie Mangel gehabt und Gottes Segen reichlich erfahren dürfen."

Während Sophia von Bodendike die Schriften wieder zusammenlegte, erzählte sie noch: „Man sagt, der Esel, welcher täglich das Kloster mit Mehl versorgte, sei eines Tages verschwunden und nicht wieder erschienen, als ihm die Nonnen aus Dankbarkeit silberne Hufeisen hatten unterschlagen lassen. Eine Warnung sollte es sein, daß sich das Kloster seines Wohlstandes nicht rühmen dürfe." — — —

Unter den Glasmalereien der Fenster des Kreuzganges findet sich an der Nordseite noch das Bild des Klosteresels mit silbernen Hufeisen.

V.

Am Laufbrunnen in einer Nische der Klosterdiele an der Südwestecke des Kreuzganges standen zwei Klostermägde, ließen das sprudelnde klare Wasser des Brunnens in ihre Krüge strömen und ließen auch den flinken Zungen freien Lauf.

Abenddämmerung begann schon, sich auf Lüne zu senken.

Das scheidende Tageslicht warf seinen letzten Glanz durch die gotischen Bogen des breiten Fensters der Nische, daß im Halbdunkel des Raumes die Formen des Laufbrunnens noch scharfumrissen hervortraten: der massige Säulenfuß, den ein achteckiger Steinpfeiler bildet . . . das breite eherne Becken, in welchem fromme Pilger beim Eintritt in die geweihten Räume die Hände zu waschen pflegten . . . darüber, umsäumt von einem Zinnenkranze, das hochragende runde Türmchen mit den Ausgüssen . . . oben das schlanke zierliche Dach, mit Krabben besetzt, die Spitze mit der Kreuzblume gekrönt.

Schimmernd durchbrach der Lichtschein die Wasserstrahlen, die aus dem Türmchen sich plätschernd in die mächtige Brunnenschale ergossen. Ein Flimmern und Flirren zuckte und blinkte in dem Wassersprudel, daß gaukelnde Ringe und Kringel an Wand und Gewölbe lustigen Tanz aufführten. Aber aus den dämmerigen Ecken und halbdunklen Winkeln des Kreuzganges krochen schon graue Abendschatten hervor. Es nahte die Zeit, wo die Nonnen ihre Schritte beschleunigten, wenn sie allein durch den Kreuzgang gehen mußten.

Die Mägde am Brunnen beeilten sich nicht allzusehr. Obwohl ihre Krüge längst gefüllt in der Brunnenschale standen, blieben die beiden noch schwatzend beieinander.

„Haft du das neue Bild schon gesehen?"

„Das in der Kirche . . . rechts vom Altar?"

„Ja . . . das."

„Alle gaffen ja weidlich danach. — Ich weiß nicht, was es vorstellen soll."

„Ich verstehe es auch nicht. — Gestern stand die Domina Priorissa davor, sah aber unzufrieden aus. Mich dünkt, sie möchte das Bild lieber nicht dort haben."

Das Gespräch sprang auf eine andere Frage über.

„Wo die fortgejagten Nonnen wohl geblieben sind?"

„Es ist keine Kunde ins Kloster gekommen."

„Werden noch manchmal an das gute Leben hier zurückdenken."

„Ja, ja. Haben's zu gut gehabt im Kloster."

„Wenn ich denke, wie es in den räucherigen Hütten meines Dorfes in der Heide zusteht . . ."

„Ist wohl ein armselig Leben in der Heide?"

Die Frage war Wasser auf die Mühle der anderen. Eiliger flossen die Worte.

„Wie in einer Arche Noah alles beieinander in der Hütte: Hunde und Katzen, Kühe und Kälber, Rosse,

Säue, Hühner, Schafe . . . alles bei einem Feuer. — Nachts liegt der Bauer auf Stroh, und am Tage muß er sich hart quälen, schinden und plagen."

„Im Kloster ist man besser gebettet."

„Nicht ein einzig feiertägig Kleid nennt der Bauer sein. Muß zufrieden sein, wenn er so viel erübrigt, daß es zu einem einfachen zwilchenen Kittel langt. — Ein rechtes Hungerleben ist es."

„Für den Hungerteufel gibt's im Kloster keine Tür."

„Wenn die Klosterfrauen sich mit Bauernkost behelfen sollten, das würde ihnen übel behagen. — Was muß der Bauer essen?! . . . Alten ranzigen Speck . . . Brot, hart wie ein Wetzstein. — Aber im Kloster . . !"

„Ei, ja . . . wer im Rohr sitzt, der schneidet sich Pfeifen."

„Wenn der Bauer zur rechten Zeit Zins und Rente zahlt, mag's noch gehen. Und solange er gesund und jung ist, kann man ihn brauchen und läßt ihn harte Fronarbeit tun. Aber wenn er gar alt und krank wird, dann mag er in der Roßstreu bei den Hunden liegen."

„Klosterfrauen haben es besser."

„So eine zarte Domina und glatte Priorin, so eine weiche Klosterjungfrau . . . was wissen die von Mühe und Sorgen? Die tragen nicht härene Hemden und erfahren nichts von saurer Arbeit, davon die Hände zerklieben und der Rücken krumm wird."

Die Schwatzenden brachen plötzlich ab, als sich Schritte auf dem Hofe hören ließen. Ein Kloster= knecht ging vorüber . . . der alte Kuhlenheizer, welcher die Heizung des Klosters, die von den Gewölben des Erdgeschosses durch alle oberen Räume geleitet wurde, zu versorgen hatte. Der würde sie nicht stören.

Wieder machte das Gespräch einen Sprung.

„Unter den neuen Jungfrauen aus Ebstorf will mir die eine nicht gefallen. — Die kleine blasse No= vize meine ich. Sie sieht krank und bedrückt aus und geht so müde.

„Woher sie wohl stammen mag?"

„Aus einem Lüneburger Geschlecht. Heißt Ursula von Dassel. Der Kuhlenhitter, der eben vorbeiging, hat's mir verraten."

„Der Graubart . . . der Gottspenn? — Woher will der es wissen?"

„Ist früher im Dasselhofe in Lüneburg gewesen, da die Ursula noch als Kind daheim war."

„Ob bei der Ursula eine zehrende Seuche im An= zuge ist?"

„Sie hat gewiß Kummer. Oft sieht sie aus, als hätte sie bitterlich geweint."

„Vielleicht war sie von der Domina Priorissa hart angelassen oder in Strafe genommen."

„Das Lamm? — Was sollte das wohl Unrechtes getan haben?"

„Hat vielleicht zur Unzeit das Schweigegebot übertreten . . ."

„Die sieht mir gar nicht aus, als sei sie eine ge-
schwätzige Elster. — Nein, es ist anderes. Schau ihr
einmal in die Augen: die sind heimwehkrank.“

„Warum die Ursula wohl ins Kloster gebracht
ist?“

„Der Kuhlenhitter kann es uns gewiß sagen . .“

Das leise geführte Gespräch wurde zum vorsichtigen Flüstern.

„Du sollst sehen: die bleibt nicht im Kloster. Schaut
zu viel nach der Sonne und nach den kleinen Vögeln
draußen.“

„Ist ja erst Novize . . . . kann noch wieder aus-
treten.“

„Wird man sie fortlassen?“

„Wenn sie nur Sülzgut hat und ans Kloster
abgibt . . .“

„Um aller Heiligen willen — sag' das nicht zu
laut!“

In scheuem Flüstertone ging das Reden weiter.

„Was dünkt dich um die neue Domina Priorissa?“

„Sie ist schön und wohlgestaltet.“

„Und sie trägt ihren Körper bescheiden.“

„Aber sie führt ein strenges Regiment.“

„Neue Besen kehren immer gut.“

„Es ist anders geworden in Lüne . . .“

„Ja — besser. Die Domina Priorissa regieret
dennoch löblich . . .“

Ein Geräusch am Ende des Kreuzganges trieb
die Schwatzenden auseinander.

Sie griffen nach ihren längst überlaufenden Krügen und eilten davon. —

Die beiden Mägde hatten recht. Es sah jetzt anders in Kloster Lüne aus.

Viel Unruhe und tiefgreifende Erregung hatte die Erneuerung des Klosters mit sich gebracht. Doch nach und nach legten sich die Wogen.

Freilich in den ersten Monaten nach dem Einzuge wurde noch viel Zeit durch das Ordnen der äußeren Angelegenheiten in Anspruch genommen. Es mußten vor allem die Verzeichnisse, in denen alle Habe der Klosterfrauen aufgezählt wurde, fertiggestellt und den Klosterobern ausgehändigt werden. So brachten die Wochen vom Tage St. Lucae bis zum Geburtsfeste Christi viel Ablenkung und soviel Störung der frommen Beschaulichkeit, daß in der ganzen Zeit keine Kommunion für die Klosterfrauen stattfand. — — —

Die neue Domina Priorissa, Sophia von Bodendike, nahm die Zügel fest in die Hand. Gewissenhaft hielt sie darauf, daß von den Nonnen alles genau und pünktlich nach der neuen Ordnung verrichtet wurde, wie sie der Bischof vorgeschrieben. Wo es nötig war, sparte sie auch die Klosterstrafen nicht und verhängte manche Pönitenzarbeit für Übertretungen der Klosterregel. Und die Nonnen beugten sich ehrerbietig und gehorsam, wie es nach ihrem Gelübde ihnen zukam, unter Sophias Herrschaft und erfüllten mit frommem Eifer in ihrer beschaulichen Abgeschlossenheit ihre Pflicht im Horensingen und Messehören und Feiern der Gottesdienste . . . in der stillen Gewißheit, damit etwas Gottgefälliges zu tun.

So lenkte das Klosterleben wieder in ruhige und stille Bahnen ein.

*　　*　　*

Nur in Ursula von Dassel wollte nicht wieder zur Ruhe kommen, was der Wechsel des Klosters aufgewühlt hatte. Woher jetzt immer wieder das Grübeln? Hatte sie denn bisher gedankenlos in den Tag hineingelebt? War ihr Denken erstorben gewesen in der Klosterstille? — Wie ein langsames Erwachen aus einem Traumleben kam es über sie, als habe ihre Seele jetzt erst Leben erhalten, aufgerüttelt aus der Einschläferung klösterlicher Beschaulichkeit und aus der Erstarrung toter Gewohnheit.

Was war denn bisher der Inhalt ihres Lebens gewesen? Tagaus tagein dieselben toten Formen. Wohl hatte das Singen der Horen und Responsorien ihr Freude gemacht. Jetzt aber sah sie: es war nur die Freude am Singen, an den Tönen und Melodien gewesen. Der Inhalt des Gesungenen war ihr fern, fast gleichgültig geblieben. Ob man ihr auch den Sinn der fremden, lateinischen Worte gesagt — als etwas Fremdes zogen sie doch an ihr vorüber.

Was war ihr bisher an Brot gereicht, von dem ihre Seele leben sollte? Legenden über die Heiligen, oft sogar recht unwahrscheinlicher Art, Klostergeschich= ten und Spukerzählungen der Konversen, lateinische

Psalmen und Responsorien, lateinische Gebete und Hymnen der Kirchenväter — das war ihre geistige und geistliche Nahrung gewesen.

Ursula verstand sich selbst und die Welt, in der sie jetzt weilte, nicht mehr. Sie sah, es war nicht nur der fremde Ort und die neue fremde Umgebung, was sie beunruhigte — nein, das ganze Denken und Leben der anderen berührte sie plötzlich fremdartig.

Die redeten von Klosterfrieden. Die fühlten sich zufrieden, wenn sie pünktlich gesungen und die vorgeschriebenen Gebete verrichtet, die Messen gehört und an den Vigilien und den anderen Gottesdiensten teilgenommen hatten. — Oder waren sie nur stumpf geworden in dem öden Einerlei des Klosterlebens?

Und sie, Ursula, vernahm in der Klosterstille nur immer neue Fragen, spürte nur rastlose Unruhe, aber nichts von Klosterfrieden — ein Suchen und Grübeln, das nicht wußte, wo es anklopfen sollte, um Antwort und Lösung zu finden. Die dichten Nebelwände, zwischen denen sie bisher gewandert, die ihr jeden Ausblick auf ihren Weg und in ihre Zukunft versperrt hatten, waren zerrissen und gesunken. Ursula · war sehend geworden. Aber es war sonnenlose Einöde ringsum, in die sie hineinblickte, trostlose Verlassen-heit, die ihr das Herz zusammenschnürte.

„Im Kloster schützen dich die Heiligen." Wie oft war es ihr gesagt. Sie empfand nichts von diesem Schutze. Furcht erfüllte ihre Seele. Banges Zagen ließ sie nicht los. Einsam, verlassen fühlte sie sich. Die toten Heiligenbilder in der Kirche, von denen sie kaum die Namen wußte, gaben ihr keinen Trost. Die waren wohl kunstvoll gearbeitet und stachen in die Augen, aber die machten das Herz nicht still und froh.

Auch das neue Gemälde in der Kirche neben dem Altar, das ihr Blick beim Messehören oft suchte, regte nur neue ungelöste Fragen und unruhiges Sinnen in ihrem Herzen an.

Es war ein merkwürdiges Bild: Eine Hand streckt sich aus den Wolken heraus und hält eine Wage. In der einen Schale befindet sich eine Menge menschlicher Gestalten mit gequälten Gesichtern, in der anderen nur der gekreuzigte Christus. Das Zünglein der Wage aber schlägt nach Christi Seite.

Was wollte das Bild sagen . . ?

Auf Schritt und Tritt stand Ursula vor unbeantworteten Fragen.

Hätte man sie doch nicht aus der Ruhe des Ebstorfer Klosters herausgerissen — oder besser noch: hätte man sie doch nie in die beängstigende Klosterstille hineingestoßen.

Immer aufs neue kehrten die Gedanken in die sonnige Kindheit zurück, knüpften dort wieder an und versuchten, das alles, was dazwischen lag, wie einen bösen Traum beiseite zu schieben. Aber dann gab es nur ein neues Aufwachen, das sie in die sonnenlose Wirklichkeit zurückriß und die Einsame ihre trostlose Vereinsamung und Unfreiheit um so bitterer empfinden ließ.

*　　*　　*

Ein Raunen und leises Rüsten ging durch das ganze Kloster. Tiefe, stille Freude erfüllte die Herzen der Klosterfrauen. Es nahte der Tag, da sie zum ersten Male an der neuen Heimstätte die heilige Kommunion feiern durften. Das Fest der Geburt Christi war für die Feier ersehen. Zur Beichte sollten sie am Tage vor dem Feste gehen.

Ein neuer Konfessor*) war, als die Wohnung für ihn nach dem Feste Aller Heiligen fertig gebaut war, den Klosterfrauen von dem Propst Nikolaus Graurock gegeben. Konrad Wynkelmann hieß er. —

Mit froher Erwartung sah auch Ursula von Dassel der Feier entgegen.

Stets waren es bisher festliche Stunden gewesen, die sie an solchen Tagen erlebte, so oft sie mit kindlich gläubigem Herzen dem Geheimnis des Sakramentes nahte — ein Nachklingen und Wiederaufleben jener frommen Stimmung, die einst bei ihrer ersten Kommunion ihr junges Herz ganz ausgefüllt.

„Wenn wir nur erst wieder zur Kommunion gehen dürfen, dann werden die dunklen Schatten weichen, dann muß es licht und still werden." Schon Wochen vorher beherrschte sie dieser eine Gedanke.

So lag es denn wie ein kommender Lenztag vor ihr.

Immer bestimmter malte sie es sich aus: das mußte einer von den Tagen werden, wo die Sonne

---

*) Beichtvater.

göttlicher Freundlichkeit leuchtend über unserem Haupte
steht, wo alle Schatten schwinden, wo die unruhigen
Wogen sich legen. Immer fester und zuversichtlicher
klammerte sie sich an diese Hoffnung. —

Jetzt war der ersehnte Tag angebrochen.

In der Frühe glückte es Ursula, unbemerkt in
den Klostergarten hinauszuschlüpfen. Schneewinter
war es draußen. Verborgen schlummerte das knospende
Leben in den grauen Baumzweigen. Aber klarer
Sonnenschein lag über der Winterwelt als Verheißung,
daß es auch in Menschenherzen hell und licht werden solle.

Von dem höchsten Zweige eines kahlen Busches
sang ein Zaunkönig, unbekümmert um Kälte und
Schnee, fröhlich sein schmetterndes Liedchen in den
Wintertag hinein. Erstaunt blickte die Sinnende auf.
Mitten im Winter helljubelnder Sang eines winzig
kleinen Sängers . . . ein starkes, frohes Lied, das über
alle Winternot siegreich dahinklang? Auch des braunen
Vögelchens frisches Singen wurde für Ursula zur
Verheißung, daß auch sie im Klosterwinter trotz all ihrer
Nöte das frohe Singen wieder lernen werde. — —

In der Beichte war Ursula von Dassel mit ganzer
Seele an der heiligen Stätte. Sie wollte den Gedanken, die sie aus den dumpfen Klostermauern in
den Sonnenschein hinauszogen, nicht Raum geben.
Sie klagte sich selbst an, daß ihr Sinnen immer wieder
hinausdränge in die lichte, sonnige Welt da draußen.
Rückhaltlos bekannte sie das Sehnen ihres Herzens,
das ihr Sünde schien.

Sie hörte die Formel der Absolution, wie sie von Konrad Wynkelmann, dem neuen Konfessor, verkündigt wurde: „Das Verdienst der herrlichen Jungfrau und das Verdienst aller Heiligen, die Demütigkeit eurer Beichte, die Härtigkeit und Gehorsam eurer Regel, die guten Werke, die ihr getan habt, und die Übel und Widerwärtigkeit, die ihr erlitten habt, erledigen euch von der Sünde." Aber es war ihr dabei nicht zumute, als lege sich Gottes Hand segnend auf ihren Scheitel. Und das Grauen vor den sonnenlosen, kalten Klosterräumen vermochte sie nicht aus dem Herzen zu bannen. —

Zagend schritt sie dann mit den anderen zum Nonnenchor, als die Abendmahlsglocke im Kreuzgange ihre Stimme erhob, die nach altem Brauche geläutet wird, so oft die Domina Priorissa mit den Klosterjungfrauen auf dem Chor die heilige Kommunion feiert.

Einmal über das andere beteten die blassen Lippen:

> „Maria, Himmelskönigin,
> Tritt für uns arme Sünder hin,
> Von deinem Sohn uns Gnad' gewinn,
> Besänft'ge seinen Zornessinn."

Ihre Augen hingen an dem Marienbilde auf dem Chor. Aber die starren Züge gaben ihr keine Antwort, und von der Strahlenkrone der heiligen Jungfrau leuchtete kein Sonnenschein in ihr Herz.

Die ernste Feier war beendet.

Was Ursula gesucht und so zuversichtlich erhofft, das hatte sie nicht gefunden.

Gesenkten Hauptes ging sie mit unsicheren Schritten in dem langen Zuge der Klosterfrauen dahin, tiefe Enttäuschung und Leere im Herzen.

Keine der Nonnen kümmerte sich um die bleiche Novize. Jede war mit den eigenen Gedanken beschäftigt. Auch Schwester Mechtild, an deren Seite sich Ursula unbewußt im Halbdunkel des Kreuzgangs drängte, warf nur einen flüchtigen fragenden Blick auf das todblasse schmale Gesicht.

Wie stumme Schatten zog die lange Reihe der dunklen Gestalten durch die Dämmerung der Klostergänge.

*   *   *

Graue, sonnenlose Tage folgten für Ursula.

Immer fremder und verlassener fühlte sich die einsame Novize hinter den dicken Klostermauern, zermürbt und müde.

Oft, wenn sie im Klosterhofe oder Garten sich befand, trug der Wind die vollen Klänge der Apostelglocke vom Lüneburger Johannisturm herüber. Die tönten stundenlang als Grüße aus den Kinderjahren in ihrem Herzen nach. — Wie mochte es in ihrem Vaterhause jetzt aussehen? Warum erfuhr sie nichts von ihren Angehörigen?

Den ganzen Tag schlich Ursula dann wie eine Träumende dahin, daß sie wohl gar von der Domina

Priorissa mit ernster Mahnung aufgerüttelt und in die Wirklichkeit zurückgerufen werden mußte. — —

Auch mit Mechtild Wilde wagte Ursula kaum noch über ihre stillen Kämpfe zu sprechen.

Sie sah ja, wie Schwester Mechtild mit ganzer Seele in dem Klosterleben aufging. Die klare, ihres Weges gewisse Nonne würde ihre Fragen vielleicht gar nicht verstehen oder der Grübelnden nur längstbekannte Sätze wiederholen, mit denen in den Klosterschulen die Herrlichkeit des Klosterlebens gepriesen wurde. — Nein, Mechtild würde ihr doch nicht helfen können. Allein mußte sie in ihren heimlichen Kämpfen sich durchzuringen suchen. Immer ferner fühlte sie sich der Gefährtin.

Schwester Mechtild sah, wie Ursula litt. Sie wartete darauf, daß jene eine Gelegenheit suchen sollte, sich auszusprechen. Aber Woche um Woche verging, ohne daß die trübe blickende Novize einen Versuch machte, sich der älteren Klosterjungfrau wieder zu nähern.

So beschäftigten Mechtilds Gedanken sich nach und nach immer weniger mit der Genossin. Fremd wurden die beiden einander. Und die Entfremdung wurde eines Tages zum klaffenden Riß.

Das geschah, als im Kloster Mariä Reinigung festlich begangen wurde.

Den ganzen Tag schon blickten Ursulas Augen trübe und starr. Auf ihren Mienen lag nichts von der Festfreude der übrigen Klosterfrauen, nichts von Feiertagsstimmung. Trotz und Zagen füllte ihr Herz: Trotz, der nichts zu tun haben wollte mit dem Treiben der Feiernden; Zagen, weil sie fremd und einsam und verlassen sich fühlte in der ganzen Schar.

In einem stillen Winkel der Klostergänge begegnete sie, als sie zum Laufbrunnen gehen wollte, gegen Abend Schwester Mechtild. Die sah den abweisenden, bitteren Zug in dem jungen Gesicht, aber auch die mühsam zurückgehaltenen Tränen in den braunen Augen. So blieb sie stehen: „Was stört dir die Freude, Ursula?“

Da machte sich die ganze Bitterkeit des gequälten Herzens in herben Worten Luft: „Ich weiß nichts von eurer Freude. Ich verstehe euch und euer Tun nicht. Ich gehöre nicht zu euch.“

Entsetzt wich Mechtild zurück und starrte mit großen Augen die junge Gefährtin an. „Ursula!! — Was sprichst du?“

In leidenschaftlicher Erregung fuhr die andere fort: „Ja, Schwester Mechtild, es ist Wahrheit. Ich verstehe euch nicht. Ich gehöre nicht zu euch. Ich bringe es einfach nicht fertig, den ganzen Tag in einen Himmel mit Heiligenbildern zu starren. Ich will Blumen sehen und grüne Bäume und die warme Sonne.“

In tiefer Empörung trat Mechtild Wilde auf die Erregte zu: „Schweig! — Es ist Lästerung, was du aussprichst. Gott hat uns hierher geführt, daß wir ihm hier dienen sollen. Hier ist unser Platz. Hier ist auch dein Platz.“

In trotzigem Schweigen schüttelte Ursula abweisend das Haupt.

Dann wandte sie sich, blaß bis in die Lippen, ab. „Es nützt nichts, darüber zu reden. Wir verstehen uns doch nicht." —

Seitdem hatten beide einander möglichst gemieden. Ursula stand allein.

*   *   *

Am besten gelang es Ursula noch, der schlimmen Gedanken Herr zu werden, wenn die Frauen arbeitend beisammen saßen.

Im Kloster wurde jetzt wirklich gearbeitet. Sophia von Bodendike wollte es so. Ihre Nonnen sollten nicht bloß das Beten, sondern auch das Arbeiten lernen. —

Das treibende Rädlein war dabei von Anfang an Mechtild Wilde.

Durch ein Wort, das Mechtild auf der Fahrt von Ebstorf gehört, war sie aufgerüttelt worden. „Und die Arbeit fehlt mir hier auch", so hatte Koch von Bardenhagen gesagt — nein „gejammert". Das Wort verfolgte sie, nahm ihr ganzes Sinnen immer mehr gefangen. Lag darin nicht eine ernste, tiefe Wahrheit .. auch für das Klosterleben? — Konnten die Nonnen wirklich immer, singend und betend, nur in den Himmel schauen? — — Wenn vorher schlimme Zustände im Kloster um sich gegriffen hatten . . . war es der Fluch des Müßigganges gewesen? — —

Was Schwester Mechtild bei der Bewunderung der alten Kunstwerke des Klosters laut geäußert, war bei der Domina Priorissa auf guten Boden gefallen. Sollten sich nicht unter den Klosterjungfrauen geschickte Hände genug finden, auch kunstvolle Arbeiten anzufertigen, der heiligen Jungfrau damit zu dienen und die Heiligen zu preisen?

So fand jedes von Mechtild gelegentlich hingeworfene Wort ein williges Ohr bei Sophia von Bodendike. Und es bot sich Mechtild Wilde nicht selten Gelegenheit, immer von neuem auf solche Kunstwerke die Rede zu lenken, da sie vielfach von der Domina Priorissa zur Mitarbeit in der Schreibstube herangezogen wurde und dort manches vertrauliche Wort sprechen durfte.

Bald stand es denn auch bei der Domina Sophia fest: das Wagnis mußte in Angriff genommen werden . . . neue Kunstwerke wollte man schaffen zur Ehre der Heiligen und zum Ruhme des Klosters.

Als die Tage länger wurden und die störenden äußeren Aufgaben erledigt waren, ging Sophia an die Verwirklichung ihres Planes. Bei allen Schwierigkeiten, die es zu überwinden gab, war Mechtild Wilde ihre rechte Hand.

Ein Flügel im Kloster wurde als Spinn= und Webehaus eingerichtet. Eifriges Treiben begann dort. Die nötigen Lehrmeister fanden sich. Margarete von Werberghe, vom Gefolge der Herzogin, verstand die Kunst, die feinsten Linnengewebe herzustellen. Eine

von den Klosterjungfrauen hatte die von Jakob Heyne-
mann gelehrte Kunst erlernt, die weichen, weißen
Wollfäden zu färben. Sie zeigte es den übrigen
Nonnen.

Jetzt wurde gesponnen, Tag um Tag, Woche um
Woche, bis ein reicher Vorrat von bunten Fäden fertig
dalag. Kunstvolle alte Muster zu Stickereien wurden
herbeigeschafft und erst einmal kleinere Stücke zur
Probe in Angriff genommen.

Es fiel der Domina Priorissa bald auf, wie Ursula
von Dassel sich durch besondere Geschicklichkeit im
Sticken auszeichnete. So vertraute sie ihr schon bald
eine größere Arbeit an.

Einen Wandbehang durfte Ursula sticken. — Auf
einem Leinenlaken sollte nach einem schönfarbigen,
kunstreichen Muster in zwei Feldern je ein Pelikan
dargestellt werden, der seine Jungen mit seinem Blute
nährt. Auf grünem Grunde zwischen Blättern steht
der Vogel neben seinem Neste, aus dem drei Junge
mit aufgesperrten Schnäbeln die Hälse emporrecken,
nach Nahrung rufend. Vom blauen Mittelgrund hebt
sich der weiße Pelikan in kunstvoller rötlicher Schat=
tierung mit gelbem Schnabel und Füßen lebensvoll
ab. Auf der weißen Brust sieht man drei große rote
Blutstropfen. Um das Ganze schlingt sich ein breites
goldgelbes Band, oben in den Ecken je zwei gotische
Minuskeln in schwarz und rot mit weißer Füllung.

Ein mühsames Arbeiten war es: mit Wollfäden
auf Leinwand sticken. Aber immer sicherer wurden

die Schwierigkeiten bewältigt, immer größer die Luft am Schaffen.

So half die Arbeit Ursula über manchen trüben Tag, über viele bittere Stunden hinweg . . . besser als das Messehören und Rosenkranzbeten. —

Aber nicht immer vermochte die blasse Novize, wenn sie stillfleißig am Spinnrocken saß oder beim Sticken schweigend Faden an Faden reihte, den grübelnden Gedanken zu wehren.

Wie drängten sie sich gerade bei ihrer kunstvollen Stickarbeit immer wieder ihr auf.

Der Pelikan, mit dem eigenen Herzblute seine Jungen nährend . . . das sollte doch ein Sinnbild der Liebe sein: der Mutterliebe, die Blut und Leben für die Kinder gibt, und der Gottesliebe, die noch größer sei als Mutterliebe. — — Warum erfuhr gerade sie nichts von solcher Liebe? Warum stand sie ganz allein . . . .?

Dann legte sie wohl still ihre Arbeit nieder, griff nach dem Rosenkranz und schlich leise hinaus, um sich zu der Betsäule zu flüchten.

Vor der Leidensgestalt des gegeißelten und dornengekrönten Christus, wie er — den Kelch zu seinen Füßen — in dem fünfseitigen gotischen Tabernakel dargestellt war, kniete sie dort, im stillen, heißen Gebet Ruhe zu finden in ihrem qualvollen Leid.

An die Gottesmutter, die heilige Jungfrau, richtete sie ihre Bitten. — Alle sagten es ja: Maria sei die rechte Helferin gerade für die bedrängten Herzen in den Klöstern . . . ein „Ave Maria" helfe mehr als jedes andere Gebet.

Ursula erinnerte sich an so vieles, was sie von der Hilfsbereitschaft der heiligen Jungfrau gehört. Für einen todmüden Mönch war Maria eingetreten und hatte die Horen für ihn gesungen. Einen anderen hatte sie rechtzeitig noch an die Beichte gemahnt. Selbst bei einem Turnier war die heilige Jungfrau schon einmal an die Stelle eines frommen Ritters getreten. Und ganz heimlich wurde in den Frauenklöstern erzählt, wie Maria jahrelang als Klosterjungfrau in einem Kloster geweilt, um einer entflohenen Nonne zu helfen, daß sie unentdeckt bleibe . . .

Die heilige Jungfrau würde auch für ihre Not ein Herz haben. Inbrünstig betete Ursula:

„Der Himmel lacht, die Engel jubeln,
Die Teufel fliehn, die Hölle zittert,
So oft wir ehrerbietig sprechen:
Ave Maria!
Sei gegrüßt, Maria!"

Aber wenn dann das Klosterglöcklein in ihr Beten hineintönte, so schrak sie zusammen. Schrill und hart ging es ihr durchs Herz wie ein Armsünderglöcklein, das zum letzten Gange . . . zur Richtstätte ruft. — Wie eine Gefangene fühlte sich Ursula, seit das Klostertor von Lüne hinter ihr ins Schloß gefallen . . . eingekerkert, ausgeschlossen vom Leben, Sonne und Jugend da draußen . . . zum langsamen Sterben im Klosterdunkel verurteilt . . .

Vor ihr trostlose Leere . . . herzbeklemmende Hoffnungslosigkeit. Nur mit Grauen konnte sie an die Zukunft denken. — So sollte es weitergehen . . . jahraus, jahrein . . . in trostlosem ödem Einerlei . . . bis die Mienen immer starrer und gleichgültiger und stumpfer wurden und sich Furchen in das Antlitz gruben, bis der Blick immer matter und leerer und die Schritte immer langsamer und müder wurden . . ? — So sollte sie weiter leben . . . Jahr um Jahr . . . ohne Hoffnung? All die Lebenskräfte, die aus dem Hoffen der Menschenseele quellen, sollten für sie nicht strömen? In Hoffnungslosigkeit sollte sie zuletzt zusammenbrechen?

Noch weilte sie freilich nur als Novize im Kloster . . noch hatte sie das für immer bindende Gelübde, das votum solemne, nicht abgelegt. Aber sie wußte aus dem Sprechen der anderen, daß sie dennoch als eine Abtrünnige gelten würde, wenn sie das Kloster wieder verlassen wollte.

Wohin sollte sie sich aber auch flüchten? — In das Elternhaus? — Wen würde sie dort finden? — Wird es seine Tür überhaupt auftun für eine Nonne, die als Entlaufene angesehen wurde?

Aber man würde sie ja gar nicht gehen lassen.

Ursula fühlte, wie sie auf allen Seiten von unsichtbaren Ketten festgehalten wurde. Überall stellten sich ihr Schranken und unüberwindliche Schwierigkeiten entgegen. Sie weiß, man wird sie gar nicht dahin kommen lassen, mit offenem, mutigem Worte die Freiheit zu fordern und die Fesseln zu sprengen.

Sollte sie gewaltsam ein rasches Ende machen und heimlich davonlaufen? Konnte nicht auch ihr die heilige Jungfrau beistehen und ihr aus ihrer Not und aus dem Dunkel des Klosters wunderbar heraushelfen?

Und wenn die Flucht glückte . . . was dann? — Sie würde ja doch wieder in das Kloster zurückgeschleppt werden. Und dann? — — Oder durfte keiner sie mit Gewalt zurückbringen, wenn sie nur erst einmal hinaus war aus ihrem Kerker? — — —

Auf schlimme Tage quälenden Alleinseins folgten noch schlimmere Nächte. In der dunklen Klosterstille redeten die leisen Stimmen des Innenlebens nur um so lauter. Da gab es kein Ausweichen, kein Vergessenwollen.

Zurückgedrängte Erinnerungen, halbverwischte Bilder tauchten wieder auf. In den dunklen stillen Nachtstunden einsamen Grübelns sah Ursula im Geiste dann wohl das entsetzte Gesicht Mechtilds und die großen starren Augen, mit denen die Gefährtin sie bei der Aussprache am Tage Mariä Reinigung angesehen. Hatte jene recht: „Hier ist dein Platz. Gott hat uns hierher geführt" . . ?

Mochte Mechtild Wilde für sich dessen gewiß sein — in Ursula von Dassel bäumte sich jetzt bewußt der ganze harte Trotz ihres jungen Herzens dagegen auf. Laut schrie eine innere Stimme in ihr: „Es kann nicht sein. Es ist Willkür von Menschen, die über mich bestimmt haben, ohne mich auch nur zu fragen, Wahnvorstellungen einer verblendeten Mutter, Zureden und Drängen geistlicher Herren, unbegreifliche Nachgiebigkeit des Vaters. Man darf mich nicht zwingen, hier zu bleiben. Das Kloster darf mich nicht gewaltsam festhalten."

Immer bewußter wurden die Anklagen gegen die, welche ihr junges Leben ins Kloster gesperrt hatten … immer schroffer die Abneigung gegen die Klostergefährtinnen. Tiefe Bitterkeit füllte ihre Seele.

In solchen Stunden nächtlichen Grübelns malte es sich Ursula aus, wie es sein würde, wenn sie bei Nacht aus dem Klostergarten durch die Buschwildnis an der Grenze in den finsteren Winterwald hinauslaufen würde.

Sie erlebte fast, was sie sann. Sie hörte, wie der Schnee im Walde bei ihren Schritten knirschte, wie es neben ihr raschelte von aufgescheuchtem Waldgetier, das sie nicht sehen konnte, wie das aufgewühlte trockene Laub unter ihren Füßen rauschte. Sie fühlte, wie sie in der Finsternis hier gegen einen Baum stieß, dort von tief herabhängenden Zweigen getroffen wurde. Weiter und weiter hastete sie, bis sie ermattet zusammenbrach und zuletzt, unter dichten Tannen Schutz suchend, sich niederkauerte und vergeblich versuchte, sich der lähmenden Müdigkeit zu erwehren. Sie sah im Geist, wie langsam dichte Schneemengen sich schwer herabsenkten und mit einer weichen weißen Decke sie einhüllten und warm zudeckten, daß sie sich geborgen fühlte und still einschlummernd von frohem

Erwachen, von kommenden Frühlingstagen und lich=
tem Sonnenschein träumte . . .

Immer vertrauter wurde Ursula der Gedanke,
aus dem finsteren Kloster hinaus in die sonnige Frei=
heit sich zu flüchten.

VI.

Über die Grenze des Klostergartens hinter dem
breiten Fischteiche schritt dem Holze zu langsam
eine Gestalt in der ernsten Tracht der Klosterfrauen.
Ursula von Dassel war es.

Schweigsam und grau lag der tote, winterliche
Wald vor ihr. Kein Waldvogel sang ein helles Früh=
lingslied. Noch zeigte sich nichts von dem neuen Leben,
das Fabian und Sebastian in den schlummernden
Bäumen tief verborgen schon geweckt. An den ver=
krüppelten, knorrigen Buchen am Waldrande und an
den niedrigen, struppigen Eichenbüschen hafteten noch
die abgestorbenen, braunen Blätter des Vorjahres.

Ernst ruhte der Blick der Nonne auf den starren
dunklen Büschen und den kahlen grauen Baumstämmen
dahinter — erstorbenes Leben weit und breit rings=
umher.

Zögernden Fußes trat Ursula aus der Busch=
wildnis unter die hochragenden, schweigenden Wald=
bäume. Dort machte sie zagend halt, warf einen scheuen

Blick zurück und lehnte sich grübelnd an den mächtigen Stamm einer alten Eiche.

Ein herber, bitterer Zug lag auf dem blassen, schmalen Gesicht. In den Augen brannte etwas Starres, Zehrendes. — Die Tage des Klosterlebens zogen an ihrer Seele vorüber. Ein Frieren ging durch ihr Herz. So sollte sie weiterleben in der drückenden Enge der Klostermauern ... Jahr um Jahr? Mit dieser tiefen, zehrenden Sehnsucht nach Licht und Sonne? — Immer lauter redeten die raunenden Stimmen in ihr: „Mach ein Ende! Wirf die Ketten von dir! Lauf hinaus in die Freiheit . . !"

Lange Zeit stand sie so, die Augen starr zu Boden geheftet. Dann raffte sie sich in plötzlichem Entschluß auf und wanderte mit raschen Schritten über den fahlen Laubteppich waldeinwärts.

Jeder Schritt entfernte sie weiter vom Kloster.

Hinter ihr versank die Klosterwelt.

Jetzt kreuzte ein schmaler Waldpfad ihren Weg. Ursula blickte auf. Dort ging der alte Klosterknecht. Zum Holzfällen zog er mit der Axt in den Wald. Er blieb stehen. Die einsam Wandernde mußte herankommen. Klare, forschende Augen sahen ihr aus dem faltigen Gesicht entgegen.

„Ursula von Dassel, verliert den rechten Weg nicht. Ihr seid schon über die Grenze geraten."

Ein jäher Schreck durchzuckte die Angeredete. Sie erwachte plötzlich aus ihrem Traumleben. — Wo war sie? Was hatte sie gewollt? — Heimlich ent=

weichen aus dem Kloster? Ohne Überlegung kopflos davonlaufen? — Hatte der Alte ihr ins Herz gesehen, und lag in seinen Worten eine tiefere Warnung? — Wie kam es, daß er ihren Namen wußte?

„Woher kennst du mich?" fragte sie hastig.

„Aus dem Dasselhause an der Bäckerstraße in Lüneburg, Schwester Ursula. War dort vor Jahren unter dem Ingesinde. Ihr spieltet noch als Kind daheim."

„Jetzt kenne ich dich," entfuhr es Ursula. „Gottspenn heißest du. Bist der Christopher. Als mein Bruder starb, warst du bei uns."

Der Alte nickte still. Vor Ursulas Auge standen Bilder aus einer fernen Zeit.

„Hattest immer ein Herz für uns Kinder wie keiner sonst," sprach sie weiter, „wenn Kummer uns quälte und wir beim Spielen in Not geraten waren." Ein warmer Ton klang aus ihren Worten. In dankbarer Erinnerung streckte sie ihm die Hand hin, die er wortlos in seine schwielige Rechte nahm und sachte streichelte.

„Kind," sagte er ernst, sie treuherzig und offen anblickend, „tu nichts, was dich nachher reuen muß."

Verwirrt schlug Ursula die Augen nieder.

Hatte sie fliehen wollen? Der treue Alte glaubte es. — Wenn sie weiter gewandert wäre ... hätte sie die Kraft gefunden, die Versuchung abzuschütteln und wieder umzukehren ins Kloster?

Sie wagte in diesem Augenblicke nicht, den Gedanken zu Ende zu denken und sich Antwort zu geben.

Andere lasen ihre Gedanken. Das erfüllte sie mit Schrecken. Aber eine warme, tiefe Freude auch drängte sich ihr ins Herz, daß sie der treuen Seele hier begegnet war, daß sie jetzt einen Menschen wußte und nahe hatte, der es wohl mit ihr meinte, dem sie sich anvertrauen durfte, der sie lieb hatte.

Sie ergriff seine beiden Hände. Flehende junge Augen blickten ihn an, als sie mit blassen Lippen bat: „Christopher, hilf mir! — Christopher, ich kann nicht im Kloster bleiben.“

„Hab mir's gedacht,“ nickte der treue Alte mit bekümmerter Miene. Aber abwehrend schüttelte er dann das Haupt und warnte: „Kind, Kind! — — Nichts übereilen! — — Verdirbst sonst alles.“

Mit liebevoller Sorge blickte er in die jungen braunen Augen. Langsam, jedes Wort abwägend, fuhr er fort: „Sieh, Kind, ich bin ein alter Mann, der viel gesehen und viel erlebt hat. Laß mich dir eins heute sagen: du darfst nicht mit bösem Gewissen aus dem Kloster gehen. Kannst sonst im ganzen Leben nie wieder froh werden. Ich weiß ja, du bist noch Novize. Ich will zu deinem Vater gehen, will dem alles sagen.“

Er streichelte fast zärtlich Ursulas Hände.

Wie einst in jenen Tagen der Kinderspiele blickte sie mit Vertrauen in seine freundlichen Augen. Aus jedem Worte hörte sie seine liebende Sorge heraus und das Helfenwollen. Da zog leises Hoffen in ihr gequältes, verdunkeltes Herz, wie der erste Schimmer der Morgenröte den erwachenden Tag mit seinen Verheißungen des neuen Lebens grüßt.

„Nur still," tröstete der Alte, „es wird alles wieder gut . . . es muß alles zurecht kommen."

Aber dann spähte er den Waldweg entlang und trieb in unruhiger Eile: „Komm rasch, Kind. Es ist höchste Zeit. Du mußt zurück ins Kloster. Sie dürfen nicht merken, daß du fortlaufen wolltest." Tiefernst schloß er: „Man zeigt dir sonst noch, daß es in den Klöstern auch Prassunen gibt."*)

Er geleitete sie mit hastigen Schritten bis zum Waldrande und mahnte beim Abschiede nochmals eindringlich: „Nur fein geduldig bleiben. Nur ja nichts überstürzen. Es muß noch alles gut werden." — —

Im Kloster Lüne war Ursulas Fortgehen unbemerkt geblieben.

Als sie bei der Hora singend wieder zwischen den anderen Klosterjungfrauen auf dem Chor stand, lag nicht mehr der dunkle, grübelnde Zug auf dem schmalen, jungen Gesicht. Eine tiefe Ruhe kam über sie, ein Gefühl des Geborgenseins, heimliches Hoffen und werdende Zuversicht; und eine leise warme Freude fing an aufzukeimen.

Wie sie draußen im Walde den entscheidenden, verhängnisvollen Schritt tun wollte und sich losreißen aus den Fesseln des Klosters, meinte sie in der Pforte der Freiheit zu stehen.

---

*) Gefängnisse.

Jetzt hatte der Alte ihr die Augen geöffnet: was ihr dort gewinkt, war nicht die Freiheit, in der ihr Herz still werden konnte. Jetzt sah sie ihren Weg und eine helfende Hand. Geduldig wollte sie warten. Die Hilfe mußte kommen.

Mit freiem Herzen wollte sie hinausziehen, wenn ihre Stunde schlug. — —

Die Veränderung in Ursulas Wesen konnte auch Schwester Mechtild nicht verborgen bleiben.

Ohne sich darüber klar zu sein, hatte sie Ursula seit dem Bruch nur um so schärfer heimlich beobachtet. So las sie jetzt auf dem stillen, blassen Antlitz, daß es anders aussehen mußte im Herzen der Novize. Sie bemerkte das tiefe Leuchten, das oft aus Ursulas Augen hervorbrach, und machte sich ihre Gedanken darüber. — Hatte Ursula in ihren Kämpfen den Klosterfrieden gefunden? Wurde ihr Kloster Lüne doch noch zur Heimat und zum Friedenshafen?

*　　*　　*

In den Dasselhof an der Bäckerstraße in Lüneburg trat mit zögernden Schritten Christopher Gottspenn, der alte Klosterknecht aus Lüne.

Langsam stieg er die Stufen der breiten Treppe hinan. Bald stand er, ehrerbietig sich neigend, vor dem Ratsherrn Ulrich von Dassel.

Der alte Herr lehnte sich in seinen breiten Armsessel zurück. Ein müder Ausdruck lag in seinen Augen und auf dem gefurchten Angesicht . . . Sorge und Leid hatten scharfe Striche in das Antlitz gezeichnet. Er blickte dem Nähertretenden forschend entgegen.

„Ihr kennt mich nicht mehr, Herr," begann dieser, als er den fragenden Ausdruck in den Augen des Lüneburger Patriziers las.

Der Klang der Stimme half der Erinnerung nach. Ein schmerzliches Erkennen flog über die ernsten Züge des Ratsherrn.

„Ja, ich kenne dich wieder. In ernster Zeit warest du bei uns." Er erhob sich hastig von seinem Sitze und griff mit beiden Händen an seine Schläfen.

Leise und bittend begann Christopher: „Vergebt, Herr, wenn mein Kommen alte Wunden aufreißt. Ja, in ernster Zeit war ich in Eurem Hause: damals, als Euer blühender Knabe starb."

Ulrich von Dassel nahm seinen Platz wieder ein. Mit starren Augen blickte er an dem Besucher vorüber. Vergangenes stand vor seiner Seele. Bitter klangen seine Worte: „Es war harte Zeit." Dann raffte er sich auf: „Was ist dein Begehr?"

Zögernd begann Christopher: „Euer Knabe hatte eine Schwester . . ."

„Du weißt es. Sie waren Zwillinge." Hart und abweisend klang es.

„Ich bringe Euch Botschaft von Eurer Ursula."

Ulrich von Dassel fuhr von seinem Sitze empor.

„Du . . . Christopher? . . . Von meiner Ursula?"

In den Augen des alten Knechtes las er, daß es gute Kunde sein mußte.

„Erzähle!"

Schwer ließ sich der Ratsherr in den eichenen Armstuhl fallen.

Der Alte berichtete, daß Ursula aus Ebstorf nach Kloster Lüne gebracht sei, daß sie einsam und friedlos sich härme und zugrunde gehe, wenn sie gezwungen werde, im Kloster zu bleiben. — Alles erzählte er, wie er die blasse Novize erkannt und sie oft gesehen und mit heimlicher Sorge beobachtet habe. Er schilderte, wie sie auf dem Wege gewesen, kopflos aus dem Kloster zu entfliehen. Da habe er ihr versprochen, zu ihrem Vater zu gehen und ihm alles zu sagen.

In atemlosem Schweigen ließ der Ratsherr, mit der Hand die Augen deckend, den getreuen Alten zu Ende sprechen. Immer mehr sank er in seinem Armsessel in sich zusammen und verharrte noch in ernstem Schweigen, als Christopher mit seinem Bericht längst zu Ende.

Jetzt stand er auf — ein gebeugter Mann, der schwer an einer unsichtbaren Last trug. Mit müden, schleppenden Schritten ging er in tiefem Sinnen auf und ab. Fast schien es, als habe er vergessen, daß noch ein anderer im Zimmer weile. Leise Worte flüsterte er vor sich hin.

Da faßte der treue Alte sich ein Herz zu neuer Anrede.

„Herr, es kommt mir nicht zu, Euch Vorhaltungen zu machen ... aber — warum habt Ihr Eurer Tochter das angetan?"

Abwehrend hob der Ratsherr die Hand. „Laß das jetzt, Christopher.“

Er trat vor den Alten hin, legte ihm die Hände auf die Schultern und blickte ihm voll in die Augen. Ein warmes Licht glomm in seinem Auge auf.

„Ich danke dir, du Getreuer. Ursulas Leben soll nicht durch meine Schuld zerstört werden. Sie wird nicht im Kloster bleiben.“

„Welche Antwort, Herr, soll ich Eurer Tochter bringen?“

Fest und klar klangen jetzt die Worte: „Sage zu Ursula: ‚Dein Vater wird dich heimholen‘.“

„Und Ursulas Mutter?“ fügte leise der Alte hinzu.

„Sie ist tot,“ erwiderte ernst der Ratsherr. „Im letzten Winter gestorben.“

„Du mußt es Ursula sagen,“ begann er nach kurzem Sinnen nochmals. „Bringe ihr auch die Botschaft, daß ihr Vater sich einsam fühlt in seinem leeren Hause und einer treugesinnten Pflegerin bedarf.“

In Christophers Blick las der alte Herr eine unausgesprochene Frage. Er gab Antwort: „Ja — es ist einsam geworden in dem stolzen neuen Dasselhause zu Lüneburg. — — Ludolf, mein Ältester, ist schon über ein Jahr auf Reisen . . . Angehörige unseres Geschlechtes und Handelsfreunde in der Fremde sucht er auf.“

„Eure Ursula, Herr, wird Euch Sonnenschein und Liebe ins Haus bringen.“

„Ihr stehen die Türen weit offen. Ich selbst werde

sie heimholen, wenn sie ihre Zeit als Novize vollendet hat." — — —

Hinter dem alten Klosterknecht hatte sich die Tür geschlossen.

Lange noch wanderte Ulrich von Dassel in rastloser Unruhe auf und ab. Die Gedanken stürmten auf ihn ein. Erinnerungen wurden zu lebendigen Gestalten, mit denen er Zwiesprache hielt in der Einsamkeit seines Zimmers.

„Barbara . . . Barbara . . . warum hast du deinem Kinde das angetan? — — Ja, du hattest einst gemeint, deine Ursula würde glücklich werden im Kloster und Klosterfrieden. — — Und jetzt?"

Zur Selbstanklage wurde sein Grübeln.

„Warum mußte ich nachgeben? — Meine Schuld ist es, daß es soweit gekommen mit meinem Kinde. Wenn ich fest geblieben wäre — — wenn ich fest geblieben wäre . . ! Aber noch ist es nicht zu spät . . . Gott und den Heiligen sei Dank! — Ich will gutmachen, was ich gefehlt habe."

* * *

Eine Woche später wanderte der Ratsherr Ulrich von Dassel langsam nach Kloster Lüne hinaus. Bittere Sorge um sein Kind erfüllte sein Herz. Tiefer Gram lag auf dem gefurchten Gesichte.

Die ersten Schritte, Ursula aus dem Kloster zu lösen, hatte er schon in den Tagen vorher bei dem Abte Johannes von Sankt Michaelis in Lüneburg unternommen, war aber auf mancherlei Schwierigkeiten und heimlichen Widerstand gestoßen. Würde er bei Nikolaus Graurock, dem Propst zu Lüne, mehr Entgegenkommen finden . . ?

Ein rauher, schneidender Wind fuhr durch das Ilmenautal und jagte zerfetzte Wolken vor sich her und wühlte die trüben Fluten des Flusses auf. Er zerrte an des Ratsherrn pelzverbrämtem Mantel und drohte, ihm das Barett vom Haupte zu reißen.

Es war Tauwetter im Anzuge. Der Frühling sandte seine kampflustigen Wegbereiter. Rücksichtslos stürmten sie daher, ihm das Land zu erobern. Bald wird nach märzkalten Tagen des Winters starres Regiment zerbrochen am Boden liegen. Dann hebt ein neues Leben und Grünen und Blühen an. — — Noch aber sah es um das Kloster her winterlich unfreundlich aus . . .

Bittere Gedanken zogen durch das Herz des gebeugten Mannes, als Kloster Lüne vor seinem Blicke auftauchte. Düster und grau ragten die Klostermauern zum wolkenschweren Himmel. — Also dort, hinter den dicken Mauern, weinte und härmte sich sein Kind, seine Ursula . . .

Er überlegte.

Sollte er zum Kloster gehen und in die Rolle bei der Klosterpforte eine Botschaft für Ursula hineinlegen . . ? Man wird sie ihr doch nicht aushändigen. — — Besser, er ging gleich vor die rechte Schmiede: mit Propst Nikolaus Graurock mußte er unterhandeln.

Zu Abt Johannes in Lüneburg war er als Bittender gekommen . . . ohne eine greifbare Zusage zu erreichen. Mit Empörung und Beschämung blickte der Ratsherr jetzt zurück auf die Verhandlung: Ulrich von Dassel als Bittender vor dem Pfaffen . . . vergeblich bittend. — So durfte es nicht weitergehen. Als Fordernder wollte er jetzt dem Propst entgegentreten . . . sein Recht beanspruchen . . . sein gutes Recht, Ursula aus dem Kloster fortzuholen, bevor sie das ewig bindende Gelübde ablegte. — —

Möglichst unauffällig wollte er in das Propsthaus eintreten. So wählte er den Zugang von der Gartenseite.

Als er jenseit des Klosterbaches durch die innere Gartenpforte schritt, fiel sein Blick auf den oberen Querbalken. Eine Inschrift las er dort . . . Anfangsbuchstaben abgekürzter Worte . . . nur dem Kundigen verständlich: B. J. Q. P. N.

Unwillkürlich blieben die Gedanken bei den eingegrabenen Zeichen. Ulrich von Dassel erinnerte sich, wie in der Trinkstube der Ratsherren beim Abendtrunke einmal von dieser Pforte am Propstgarten zu Lüne und der Inschrift gesprochen war. Er kannte die Lösung. Auch Magister Vischer, des Hauses gelehrter Freund, hatte es ihm bestätigt. Lateinische Worte waren gemeint . . . ein Verslein des alten Römers Horaz: Beatus ille, qui procul negotiis.*)

---

*) Glücklich, wer fern von dem Drang der Geschäfte.

„Ein heidnischer Gruß am Eingang auf Kloster=
grund?" murmelte er unwillig vor sich hin. „Und ein
Lobpreis des bequemen Lebens? — Wohin bin ich ge=
raten?" Ein bitterer Zug grub sich in das ernstgefurchte
Antlitz. — — —

Während der Ratsherr auf des Propstes Haus
zuschritt, stand dieser in seiner Schreibstube, über Zeich=
nungen und Berechnungen geneigt, in lebhaftem Ge=
spräch mit einem Baumeister.

Pläne eines neuen Hauses für Klosterküche und
Vorratsräume lagen vor ihnen ausgebreitet. Schon
lange wäre der Bau nötig gewesen. Aber unter der
Domina Priorissa Bertha Hoigers war er immer wie=
der aufgeschoben worden. Noch in diesem Jahre sollte
er in Angriff genommen werden.

Eben hatte sich der Baumeister verabschiedet,
da trat der Ratsherr ein.

Jetzt standen die beiden Männer Auge in Auge
einander gegenüber. Der Propst Nikolaus Graurock
kannte den angesehenen Lüneburger Patrizier. Der
Ratsherr las in den Blicken des anderen, daß jener
schon wußte, um was es sich handeln würde. — Abt
Johannes hatte Botschaft gesandt.

„Ulrich von Dassel bin ich," begann der Ratsherr,
während der hagere Priester ihn höflich, aber zurück=
haltend willkommen hieß. Beide nahmen in breiten
Ledersesseln Platz. „Ich muß mit Euch über meine
Tochter sprechen."

Kalte graue Augen blickten ihn abweisend an.

„Man hat meine Tochter Ursula aus Ebstorf hierher nach Lüne gebracht, hochwürdiger Herr."

Der Propst nickte schweigend.

Entschieden erklärte der Ratsherr: „Ursula wird nicht im Kloster bleiben."

Abwehrend hob der andere seine Hand. „Wißt Ihr, was Ihr redet, Herr? Wollt Ihr Eure Tochter dem Kloster abspenstig machen?"

„Meine Tochter wird nicht im Kloster bleiben. Ich bedarf ihrer."

Kalt und scharf klang die Antwort: „Herr Ratsherr, steht Euer Wohlergehen Euch höher als Glück und Seelenheil Eurer Tochter? Soll Euretwegen eine reine Himmelsbraut abtrünnig werden?"

„Abtrünnig ist nicht das rechte Wort. Ursula ist erst Novize und nicht gebunden."

„Ursulas Herz gehört dem Kloster. Störet nicht den Frieden einer Klosterjungfrau!"

„Nein, Hochwürdiger. Ursula hat den Frieden im Kloster nicht gefunden."

„Wie dürft Ihr das sagen?" unterbrach ihn der Propst kurz. „Gestern noch sprach ich mit der Domina Priorissa über Ursula. Sie hat jetzt Frieden. Deutlich ist es zu sehen."

Schweigend schüttelte der Ratsherr den Kopf.

„Wie wollt Ihr wissen," fuhr jetzt der andere auf, „wie es in den Herzen unserer Klosterjungfrauen aussieht?"

„Ich weiß, was ich weiß," entgegnete unbeirrt

der alte Herr. „Woher? — — Laßt das meine Sache bleiben.“

Weicher klang seine Stimme, als er fortfuhr: „Weiß nicht, Hochwürdiger, ob Ihr versteht, daß ein Vater sich nach seiner Tochter sehnen kann. Ihr habt ja nicht Weib und Kind.“

Ulrich von Dassel blickte dem anderen voll in die Augen. Der wandte sich ab. Zornig klang die Frage: „Wollt Ihr eine Klosterjungfrau aufstacheln, das Kloster zu verlassen? Unrecht tut Ihr, Herr Ratsherr.“

„Unrecht, großes Unrecht habe ich getan, als ich zuließ, daß mein Kind hineingebracht wurde ins Kloster. Jetzt kann ich mein Unrecht wieder gut machen. Und das will ich.“

„Ursula will gar nicht hinaus aus dem Klosterfrieden. Ihr seid im Irrtum.“ Schroff fügte Propst Graurock hinzu: „Und wir werden es nicht dulden, daß sie hinausgerissen wird.“

„Nochmals — das Irren ist auf Eurer Seite, Hochwürdiger. Mir ist sichere Kunde zugegangen: Ursula will nicht im Kloster bleiben.“

„Herr Ratsherr, ich warne Euch. Ist Euer Heil und Friede Euch lieb, so hütet Euch vor verkehrten Schritten.“

Ruhig stand Ulrich von Dassel von seinem Sitze auf. Ruhig blickte er dem Gegner ins Auge. Fast bitter klang seine Antwort.

„Mein Friede? — — Habe keinen Frieden mehr gehabt von dem Tage an, da meine Ursula fortgebracht

wurde. — — Mein Heil? — Mein Seelenheil meint
Ihr? . . "

Mit harter Miene wandte er sich ab und schritt
dem Fenster zu, als ob er in die Weite hinausblicken
müsse. Dann drehte er kurz um.

„In mancher schlaflosen Nacht habe ich darüber
gegrübelt. Will nicht viel Worte machen, was das
ist mit den langen, bangen Nächten, wenn die Ge=
danken sich jagen und eine Frage die andere ablöst.
Sollte wohl besser nicht davon sprechen. — — Heil
und Seligkeit? . . . Hochwürdiger, wenn man erst
anfängt, in stillen Nachtstunden darüber zu grübeln,
dann merkt man's: schwere Fragen sind das. — —
Bin mit meinem Grübeln nicht allzu weit gekommen .."

Propst Graurock wollte den Sprechenden unter=
brechen. Der Ratsherr wehrte ab.

„Erlaubt, Hochwürdiger, daß ich noch einige Worte
sage. — — Ein gottgefällig Tun sollte es sein, wenn
wir unser Kind im heiligen Schleier Gott dienen ließen.
So wurde uns damals immer wieder gesagt. — Mir
hat's nur Unruhe und Gewissensnot gebracht. Habe
genug versucht, die heimlichen Anklagen zum Schweigen
zu bringen. Selbst eine Reise nach Wittenberg habe
ich nicht gescheut zu den 5005 Reliquien in der Schloß=
kirche und den neunzehn Altären, da man 500000 Tage
Ablaß gewinnen kann. Dort hoffte ich, mit meinem
Herrgott ins Reine zu kommen. — Müßte mich selbst
belügen, wenn ich sagen wollte, daß ich es erreicht
hätte. — Stehe immer noch ratlos vor der einen Frage,

auf die schließlich alles hinausläuft: Kann man seines Heiles, seiner Seligkeit überhaupt gewiß werden? — Ich weiß es nicht."

Immer größer und starrer waren des Propstes Augen geworden. Hart krampfte sich seine Hand um die Lehne des Sessels. In kurzen, abgerissenen Sätzen brauste er auf.

„Ketzerei ist es, was Ihr aussprecht. Die Kirche verbürgt Euch Euer Heil. Was verlangt Ihr mehr? — Verderbt es nicht mit der Kirche!"

Ruhig kam die Antwort: „Mag sein, daß die Kirche recht hat, wenn sie Ablaß und Absolution anbietet. Habe auch immer wieder versucht, mich gehorsam zu begnügen mit ihren Zusicherungen. Aber" — des Ratsherrn Augen begegneten unerschrocken dem zornsprühenden Blicke des anderen — „festen Grund habe ich da nicht unter den Füßen." Unwillkürlich legte er die Hand auf das Herz. „Hier ist es nicht still geworden. Ich will Euch gerade heraus sagen: ich bin meines Heiles und meiner Seligkeit nicht gewiß. — Weiß nicht, ... gibt es überhaupt eine Heilsgewißheit?"

„Nochmals: Ketzerei ist es."

„Ehrlich Nachdenken über ernste Fragen ist keine Ketzerei," wehrte ruhig der alte Ratsherr ab. „Gott weiß es, ich hab's ehrlich gemeint mit meinem Suchen und Grübeln."

„Mit Eurem Grübeln werdet Ihr's nie erreichen. Es gibt nur einen Weg: allein die Kirche kann Euch die Seligkeit verbürgen und verschaffen. — — Ich sage es Euch noch einmal, Herr Ratsherr: wollt Ihr Frieden mit der Kirche behalten, laßt ab von Eurem Beginnen. — Werdet Euch nur die Finger verbrennen.“

Propst Graurock sah deutlich, daß Warnung und Drohung keinen Eindruck machten. Er versuchte, einen anderen Ton anzuschlagen.

„Im Kloster ist dennoch der Friede. — Habt Ihr wirklich das Beste Eurer Tochter im Auge, so laßt sie unbehelligt. — — Es geht ums Seelenheil.“

„Im Kloster der Friede? . . . Ich glaube es nicht, Und wie ich, so denken in unseren Tagen viele, welche etwas weiter blicken als der blöde Haufe, der sich gedankenlos am Gängelbande leiten läßt.“ Wie in stillem Selbstgespräch fuhr er fort: „Es geht ein Suchen und Fragen durchs Land, als ob bald ein Neues kommen müsse mit Klarheit und Wahrheit. — — Ob ich’s noch erlebe? Vielleicht gehe ich nur als Suchender dahin, wenn mein Stündlein kommt. Aber mir sagt eine innere Stimme: Es wird Klarheit werden. Lichte Wahrheit wird das Dunkel zerreißen.“

Ulrich von Dassel brach jäh das Gespräch ab.

„Aber das alles hat im Grunde mit unserer Frage nichts zu tun.“ Mit fester Stimme erklärte er: „Mein Kind soll nicht durch meine Schuld unglücklich werden. Ursula von Dassel wird nicht im Kloster bleiben.“

So schloß die Unterredung.

Das Achselzucken und Schweigen des geistlichen

Herrn sagte dem Ratsherrn deutlich genug, was er von jener Seite zu erwarten habe.

Als Ulrich von Daſſel ins Freie hinaustrat, ſchalt er ſich ſelbſt, daß er dem Gegner ſo viel von ſeinem Denken aufgedeckt. Es war ſonſt nicht ſeine Art, das Herz auf der Zunge zu tragen. Und erreicht, das ſah er, hatte er durch ſeine freimütigen Äußerungen nichts. —

Von der Propſtwohnung lenkte der Ratsherr ſeine Schritte jetzt ſtracks nach dem Pförtnerhäuschen des Kloſters. Hier verlangte er, daß ihm Gelegenheit gegeben werde, in einer hochwichtigen Frage mit ſeiner Tochter, der Novize Urſula, ungeſtört zu ſprechen.

Nach langem Warten mußte er unverrichteter Sache weiterziehen. Man ließ ihn nicht ein. — Auch die Domina Prioriſſa war zugleich mit dem Propſte gewarnt worden. Von Abt Johannes war ihr Botſchaft gekommen: Urſula ſolle dem Kloſter abſpenſtig gemacht werden; eine Ausſprache des Vaters mit ſeiner Tochter ſei unter allen Umſtänden zu verhindern.

In zorniger Empörung ballte Ulrich von Daſſel die Fauſt bei der erfahrenen Abweiſung. Aber ohnmächtig mußte er vorläufig ſich fügen.

Gar bittere Gedanken grollten durch ſein Herz, während er durch den heulenden Frühjahrsſturm nach Lüneburgs Toren zurückwanderte. — — —

Auch dem Propſt Graurock war das Herz übervoll, als er nach der ernſten Unterredung dem fortgehenden Lüneburger Ratsherrn nachblickte. Aber nicht flammender heiliger Zorn füllte es, sondern arge und unheilige Gedanken.

Unwillig schob er die ausgebreiteten Baupläne beiseite, warf sich in seinen Sessel und starrte, die schmalen Lippen fest aufeinandergepreßt, grübelnd vor sich hin. Dann sprang er auf und durchmaß in heftiger Erregung kreuz und quer das Zimmer. Dabei stieß er abgerissene laute Worte aus. „Nie und nimmer . . . nie soll's ihm gelingen . . . wir lassen sie uns doch nicht entreißen . . . nimmermehr . . ."

Er machte am Fenster halt und blickte mit zornsprühenden Augen nach dem Pförtnerhause hinüber.

„Ei . . . sieh da, Herr Ratsherr!" flüsterte er mit bösem Lächeln vor sich hin. „Will den Stier gleich bei den Hörnern packen und das Töchterlein ohne weiteres aus dem Kloster herausholen. — — Das glückt dir nicht, mein Freund. Dafür ist gesorgt. — — Ja, ja . . . geh nur und klopf' an! Diese Pforte tut sich deinem Ratsherrnkleide nicht auf . . . heute nicht und morgen erst recht nicht. — — Gut, daß Sophia rechtzeitig gewarnt ist. — — Ja, ja, es nützt dir nichts, mein Freund."

Höhnisch auflachend trat der Propst nach einiger Zeit vom Fenster zurück.

Er wurde ruhiger und überlegte.

Ob Ursula wirklich eine Verbindung nach draußen gefunden und mit ihrem Vater sich ins Einvernehmen gesetzt hatte? Sollte Sophia sich doch getäuscht und die kleine Novize unrichtig beurteilt haben? Oder wollte der Ratsherr mit seiner bestimmten Behauptung die Klosterobern nur irreführen? Hoffte er, sie dadurch einzuschüchtern und nachgiebig zu machen?

Heute noch wollte er mit Sophia Rat halten über Ursula, ob man sie sogleich scharf ins Gebet nehmen solle, oder ganz über des Vaters Schritte schweigen und die Novize nur um so schärfer beobachten.

Eins stand dem Propst aber fest, und laut sprach er es aus: „Ins Kloster kommt uns der Alte nicht hinein." — — —

Als der Ratsherr nach einigen Tagen in Lüne nochmals versuchte, eine Unterredung mit seiner Tochter zu erzwingen, erging es ihm genau wie das erstemal. Wieder wurde er abgewiesen. Der Zugang zu seinem Kinde blieb ihm versperrt.

Jetzt galt es, andere Wege einzuschlagen.

* * *

VII.

Die Domina Priorissa war in der Tat überzeugt, daß Ursula von Dassel jetzt im Kloster zum Frieden gekommen sei. Sie hatte das auch dem Propst Nikolaus Graurock, dem „Vater des Klosters", gegenüber ausgesprochen. —

Heimliche Hoffnung blühte seit der Begegnung und Aussprache mit dem alten Christopher im Herzen der einsamen Novize. Zur frohen Siegesgewißheit

war das Hoffen gewachsen, als sie von ihrem Vater
Botschaft erhielt. Frei lag jetzt ihr Weg vor ihr, wenn
sie auch noch kurze Zeit die Klosterketten tragen mußte.
Mochte kommen, was da wollte, immer klang das
Wort in ihrer Seele nach: „Dein Vater wird dich
heimholen."

Hell und licht schien ihr die Zukunft.

Diese tiefe Freude war auch auf Ursulas Antlitz
zu lesen. Kein Wunder, daß Sophia von Bodendike
meinte, die vorher so bedrückte Novize habe jetzt Frieden
im Kloster gefunden. — — —

Nach des Ratsherrn Besuch in Lüne ratschlagten
Propst und Domina lange über Ursula. Sie kamen
zu dem Schluß, daß die Novize von den Schritten
des Vaters nichts gewußt habe, und daß es ratsam sei,
sie nicht aufzuklären.

Im stillen, geduldigen Warten gingen für Ursula
die Tage hin . . . schneller als je zuvor. Immer näher
rückte das Ende ihrer Probezeit. — Bald liegt der
lange, trübe Klosterwinter hinter ihr. Der Frühling
muß kommen . . . auch für ihr Leben . . . wie draußen
im Klostergarten und im Walde, in Feld und Heide
der Frühling nahte.

Auf den schwellenden braunen Knospen der Baum-
zweige lag die Verheißung des Werdens und wob
sich um blanke Stämme und breitete sich über die
Waldlichtungen, wo die ersten grünen Blättchen zwischen
altem Laub sich hervorwagten und der Sonne entgegen drängten.

Durch den knospentreibenden Wald tönte der Lockruf der Meisen und der erste Amselsang. Schwärme von winzigen Goldhähnchen kletterten wispernd in den Kronen der Tannen von Zweig zu Zweig. Auch die zwitschernden Stieglitze strichen in kunterbunter Schar flatternd von Baum zu Baum. Aber die Stare, die noch vor kurzem gleichfalls zu Haufen in den blatt=losen Kronen der Eichen schwatzend und flötend gehockt, flogen schon paarweise. Mit ernster Miene schleppten sie Hälmchen und bauten in den Astlöchern abgestor=bener und abgeworfener Zweige der alten Eichen ihre Nester.

Ja — der Frühling hielt Einzug.

Mit dem ersten lichten Grün schmückte er Baum und Strauch. Heller Liederklang ungezählter kleiner Sänger grüßte die wiederkehrende Sonne.

Woche um Woche beobachtete Ursula von Dassel mit staunenden Augen, wie nah und fern neues Leben erwachte. Zum ersten Male sah sie dem Frühling selbst in die strahlenden, lachenden Augen und lauschte seinem Grüßen. Jetzt verstand sie des Frühlings Ver=heißungen: „Ein Neues beginnt. Es geht der Sonne entgegen.“

Als an Weide, Erle und Haselnuß die Kätzchen im Lenzwinde schaukelten und grüßend der Sonne zu=winkten, als die Birken mit den lang herabhängenden Zweigen sich in zarte grüne Schleier hüllten und schon im vollen Lenzgrün prangten, standen die Eichen und Buchen noch starr und kahl dazwischen und wagten es noch nicht, dem lockenden Sonnenschein die schwellenden Blattknospen zu erschließen.

Aber auch ihre Zeit würde kommen. Jeder muß eben seine Zeit abwarten: die Bäume und die Menschenkinder. — — —

Christi Himmelfahrt wurde gefeiert ... ein Festtag für das Kloster ... ein freundlicher Sonnentag für die Frühlingswelt.

Nach dem Gottesdienst zog Ursula mit Schwester Mechtild und anderen Klosterjungfrauen in den weiten Garten hinaus. Mechtild versuchte wiederholt, die Rede auf das große Ereignis zu bringen, das für die Novize immer näher kam: die Ablegung des bindenden Gelübdes. Sie erhielt nur ausweichende Antworten. Schließlich gelang es Ursula, sich unter einem Vorwande ganz dem weiteren Gespräche zu entziehen und allein ihren Weg zu gehen.

„Mein Vater wird mich heimholen," frohlockte ihr Herz. Was sollte sie mit anderen noch streiten über eine Frage, die für sie schon entschieden war? Bald würde der Vater durch den alten Christopher neue Botschaft senden, was sie zu tun habe. Dann mochten die anderen reden, was sie wollten.

Der Vater brauchte eine treugesinnte Pflegerin. So hatte der alte Christopher ihr erzählt. Ihr Vater selbst ließ es ihr sagen. Sie malte es sich aus, wie sie um den Vater sein würde, dankbar ihm dienen mit frohem Herzen. — — Dienen ... dem Vater dienen ... das würde anders sein als hier im Kloster.

Der heiligen Jungfrau, den Heiligen, Gott sollte sie hier dienen und erfüllte doch nur äußere, vielfach unverstandene Formen, verrichtete nach alter Gewohnheit — nur zu oft ganz gedankenlos — was die Klosterregeln vorschrieben.

Wenn sie über die Heiligen und Gott sich einmal Gedanken machte, standen wunderliche leblose Bilder vor ihrer Seele. Fäden von Herz zu Herz zogen sich nicht, konnten sich nicht ziehen. — Selbst Maria, die herrliche Lichtgestalt ihrer Kindergedanken, schrumpfte immer mehr zusammen zu einem starren Kirchenbilde: als bunte Holzfigur in farbigem Gewande und mit goldener Krone auf dem Haupte stand sie vor ihr, wenn man im Kloster der Maria mit Marienliedern und Mariengebeten diente.

War das Dienen? Das Beste fehlte: das Leben. Im Dienen muß der warme Herzschlag der Liebe pulsen. Dienen ist Opferbringen . . .

Mechtilds Losung hieß: „Hier ist unser Platz. Gott hat uns hierher geführt." — Galt das für Ursula?

Jetzt rief ihr Vater selbst sie hinaus aus den Klostermauern, und — Gehorsam gegen des Vaters Willen forderte doch ganz klar Gottes Gebot. War dann nicht ihr Platz bei ihrem Vater? Dem sollte, dem konnte sie jetzt etwas sein. Dem wollte sie dienen. — — „Vater und Mutter gehorchen," das war göttliches Gesetz. — Nach dem Willen der Mutter war sie ins Kloster hinausgestoßen. Die schlief den letzten Schlaf. Der Vater gehörte den Lebenden an. Sollte die ferne Mutter über das Grab hinaus das letzte Wort behalten? Würde der Vater sein Kind rufen, wenn ihm sein Gewissen nicht das Recht dazu gegeben hätte? — — Oder sollte wohl gar die Mutter bereut haben, was sie getan? ..

Dazu kam die heimliche Unklarheit: Was hat das alles mit meinem Seelenheil und mit dem ewigen Lose meines entschlafenen Zwillingsbruders, mit seiner Seligkeit zu tun? — — Auf die Grabsteine schrieb man: „R. J. P. S." requiescat in pace sanctissima . . . er ruhe in heiligem Frieden. — — War denn ihr Brüderchen nicht im ewigen Frieden? Und war er es, wozu dann die Schwester hinter Klostermauern seinetwegen lebendig begraben? . . .

So gingen Ursulas Gedanken ihren leisen Pfad und heischten laut doch Antwort. Immer neue, immer ernstere Fragen drängten sich ihr auf. — Warum sollte das Leben im Kloster mit seinen toten Formen besser, wertvoller, gottgefälliger sein als ein anderes? . .

Nach dem kleinen Friedhofe inmitten der Klostergebäude lenkte Ursula ihre Schritte.*)

Dort saß sie im milden Sonnenschein still an einem lauschigen Plätzchen unter dem großen Holunderbusch an der Mauerwand, horchte auf den Vogelsang und freute sich der Sonnenstrahlen und der sprießenden bunten Blumen: mitten im Kloster Frühlingsweben und Frühlingssonne . . . an der Stätte der Toten Frühlingswunder voll kommenden neuen Lebens.

*) Der alte Klosterfriedhof, unter Gertrudis Semmelbeckers (1415—1435) angelegt, liegt innerhalb des Kreuzganges.

Über die Dächer drang von der strohgedeckten Scheune des Klosterkruges her das Klappern der weißen Störche. Zum alten Neste waren sie schon zurückgekehrt.

Wenn der schwarze Storch vom Walde, wo er in hoher Baumkrone das Nest baute, seine Kreise zu weit nach dem Kloster zog, um nach den fetten Jagdgründen der Ilmenauwiesen zu gelangen, erklang das Geklapper der weißen Vettern auf dem Klostergrund doppelt laut. War es Grüßen oder Kampfruf?

Dann huschten die zierlichen kleinen Bachstelzen, die eben noch trippelnd, wippend und radschlagend den Dachfirst entlang liefen, eilig zum Friedhofe hinab. Dort setzen sie ihr anmutiges tänzelndes Spiel unermüdlich fort. Sie rennen mit trippelnden Schritten gegeneinander, wippen, drehen und neigen sich, blähen den Kragen des Gefieders und breiten die langen schwarzweißen Schwanzfedern zu zierlichen Fächern auseinander — unbekümmert um die einsame stille Klosterjungfrau unter dem Holunderbusche.

Ein Stück Jugendzeit wurde für Ursula wieder lebendig, als ihre Augen sinnend auf den schlanken grauen Vögelchen ruhten. Auch im „Langenhof", wo sie oft in heller Kinderfreude mit den Spielgefährten sich getummelt, waren spielende Bachstelzchen heimisch gewesen. „Klosterfräulein" wurden die Tierchen in dem grauen Kleide mit dem weißen Schleier und dem schwarzen Kopftuch und schwarzen Brustlatz von den kleinen Mädchen genannt, während die Knaben lieber „Wippsteert" sagten.

Eines Tages waren ihr Bruder Ludolf und sein Freund Konrad von Wittorf um die zierlichen Vögel hart aneinander geraten. Der Bruder behauptete: „Die Wippsteerte können nur ganz kurze Strecken fliegen. Die müssen sich im Frühjahr auf den Rücken der Störche setzen, und die Störche bringen sie zu uns zurück." Konrad aber lachte ihn aus. „Hast dir ja wieder etwas Schönes zusammengedacht. Mach' doch die Augen auf! Erst kommen die Wippsteerte zurück und dann die Störche. Die Störche immer ein paar Tage später. Kannst in jedem Frühling erst die Wippsteerte sehen. Aber man muß die Augen aufmachen, und das wirst du wohl nie lernen." —

Ursula lächelte bei der Erinnerung an den hitzigen Streit. Ob so oder so — die „Klosterfräulein" hatten den Heimweg gefunden und die alte Heimat glücklich wieder erreicht.

Ursulas Gedanken verloren sich immer mehr in weit zurückliegende Tage, und der still Sinnenden wisperte das zutrauliche Rotkehlchen im Holunderbusch über ihr sein leises, zartes Heimwehlied und spann die träumende Klosterjungfrau noch tiefer in dieses Träumen ein. Das Liedchen klang wie die leise Sprache der Erinnerung, die von fernen, schönen Tagen zu erzählen weiß.

Als die Klosterglocke Ursula in die Wirklichkeit zurückrief, war es kein Aufschrecken mehr.

Auch aus dem Glockenklang der Stundenglocke hörte sie es jetzt heraus: „Dein Vater wird dich heimholen."

*　　*　　*

Auf dem Grün der hängenden Birkenzweige lag schon ein dunkler blauer Schimmer. Jetzt waren es die Buchen, welche im hellen ersten Blattgrün leuchteten.

Dann kam auch für die Eichen die Zeit. Sie hatten am längsten warten müssen. Zögernd fingen sie an, feine Blätter zu entfalten. Bald lächelte das junge, mit einem rosigen Schimmer überhauchte Grün sonnige Grüße hinunter zu den glänzenden weißen Sternchen zwischen dem Fallaub des Vorjahres. Die letzten zerstreuten Windröschen behaupteten dort unten noch ihren Platz. Sie wollten ihre Blütenblätter noch nicht hergeben, wollten noch nicht scheiden von der Sonne.

Die kleinen weißen Sterne lockten Ursula an sonnigen Frühlingstagen oft über den Klostergarten hinaus. Unsichtbare starke Fäden zogen sie immer wieder zu dem Waldrande und auf die Waldwege an der Grenze, wo man das Kloster noch im Auge behalten konnte.

Die Domina Priorissa wußte darum, aber sie ließ Ursula, so lange diese nicht gegen die Klosterregeln sündigte, ruhig gewähren. Sie meinte, die Novize suche jetzt die Einsamkeit und die stillen beschaulichen Stunden unter dem Kirchendach der Waldbäume, um sich innerlich auf die Ablegung ihres Gelübdes zu bereiten. — —

So saß Ursula heute wieder unweit des Fischteiches einsam auf dem kleinen Hügel am Waldsaume unter dem jungen Blätterdach der Eichenkronen. Aus einem nahen Haselbusche schmetterte der Zaunkönig dasselbe frische Liedchen, das er trotz Schnee und Frost auch im Winter gesungen. Er hatte recht behalten:

Frühling und Sonne und Freude mußten kommen nach aller Winternot. Aus den Eichenkronen drang in das Flüstern des Waldes das trauliche Gurren und Ruckſen von Tauben.

Urſulas Augen ſpähten nach den rufenden Vögeln in der luftigen Höhe. Waren es dieſelben Tierchen, die auf dem Kloſterhofe ihren Schlag hatten, auf den Kloſter= dächern gurrten und ungebunden über die Mauern hinausfliegen durften? Oder waren es Kinder des Waldes, der Freiheit?

Unwillkürlich ſchweiften Urſulas Blicke nach den Kloſtermauern, die von weitem in unſicheren Farben durch die Bäume ſchimmerten. In der Ferne des Gar= tens ſah ſie Kloſterfrauen.

Warum ſtand ſie ſo allein zwiſchen der ganzen Schar?

In engem Zuſammenleben tritt Häßliches ſchärfer hervor. Auch im Kloſter gab es genug heimliches Neiden und Haſſen, Zürnen und liebloſes Richten, manch un= frommes Scheltwort und Zanken. Und die Fehler der einzelnen wirkten in dem kleinen Kreiſe um ſo ab= ſtoßender, je unverhüllter ſie zutage traten. Urſula ertappte ſich jetzt oft dabei, daß ſie geradezu den Schwä= chen und Vergehungen der anderen nachſpürte, um das Kloſterleben ſich ſelbſt verächtlich zu machen.

Aber es fehlte doch auch nicht an liebenswerten, aufrichtigen Naturen und anziehenden Perſönlichkeiten unter den Kloſterjungfrauen. Selbſt dieſen ſtand Ur= ſula fremd gegenüber. Sogar zu der aufrechten, klaren

Mechtild Wilde fühlte sich die Verschlossene nicht mehr hingezogen.

Die Schatten der Kindheitserinnerungen trübten der Einsamen den Blick, und das tiefe, stille Sehnen ihres Herzens machte sie ungerecht in ihrem Urteil über die anderen. Sie sagte es sich selbst. Aber vergeblich versuchte sie, dagegen anzukämpfen. Die Schranken türmten sich nur immer höher . . .

Ein Geräusch, das die Waldstille unterbrach, störte Ursula aus ihrem Sinnen auf.

Im Wipfel der nächsten Eiche raschelte es. Von Zweig zu Zweig rannte und sprang ein fuchsrotes Eich-kätzchen — gewiß einer der kleinen Nußräuber, die im Herbst die Haselbüsche des Klostergartens plünderten. Jahr um Jahr erregten sie den Zorn der Nonnen. So viel man auch anstellte, die frechen Eindringlinge zu verscheuchen, immer kamen sie wieder, holten sich die besten Nüsse und schleppten sie zu ihrem Wintervorrat.

Oft hatte Ursula die dreisten Strauchdiebe dort heimlich belauscht, aber nie es über das Herz gebracht, sie zu stören — für die Klosterfrauen blieben immer noch Nüsse genug. Und wenn die flinken Dinger in langen Sätzen mit ihrem Raube das Weite suchten und in ihre Waldfreiheit zurückstürmten, dann hatte die Zurück-bleibende sehnsüchtig ihnen nachgeblickt.

Auch jetzt blieb Ursula ganz still, um recht lange sich an dem Anblick des zierlichen Tieres mit den großen klugen Augen zu erfreuen.

Es stöberte in einem Astloche: dort hatte es eine

seiner Vorratskammern angelegt. Dann hockte es still auf einem Zweige, knabberte emsig an seinem Lecker-bissen aus dem Wintervorrat und äugte listig nach allen Seiten.

Im Nachbarbaume rührte es sich. Ein dunkler ge-färbtes Eichhörnchen huschte von einem Ast zum andern.

Der knabbernde Eichkater im Rotrock warf seine Nuß zu Boden, reckte sich und ließ die Ohrbüschel und den buschigen Schwanz spielen.

Noch ein drittes Eichkätzchen tauchte plötzlich auf.

Das schwarzbraune Tierchen drückte sich jetzt auf einer Zweigwurzel still an den Stamm. Aber als sich von zwei Seiten die anderen nach seinem Baume hin-überschwangen, fuhr es empor.

Eine wilde Jagd begann. Rutschend und kletternd sauste die braune Schöne den Baum hinab, verfolgt von den beiden rothaarigen Gesellen. In langen Sätzen rannten sie um die Eichen, daß trockenes Fallaub ra-schelnd aufstob. Sie sprangen von Wurzel zu Wurzel, jagten eine Strecke an einem Baumstamme hinauf und hinab und hopsten wieder in großem Bogen zur Erde.

Jetzt wandten sie sich mit plötzlichem Ruck gegen-einander. War es lustiges Spiel, oder galt es ernste Fehde? Die blanken Augen funkelten. Die buschigen Ohrzipfel fuhren auf und nieder. Die langhaarigen Schwanzbüschel wehten. Fauchend stürzten sie aufein-ander los, polterten quiekend übereinander und schnell-ten wieder zurück. Sie jagten im Kreise und rasten an den Bäumen empor. Sie plumpsten wieder zur Erde,

um von neuem gegeneinander zu prallen, zu stutzen und
zurückzufahren oder in langen welligen Sätzen übereinander hinwegzuspringen.

Plötzlich stob die tolle Jagd auseinander. Im Nu
war die flinke braune Gesellschaft hinter den Stämmen
der Eichen verschwunden.

Kinderstimmen wurden laut. Ein Knabe und ein
Mädchen kamen des Weges und schritten rasch dem
Walde zu.

Mit scheuem Gruße wollten die Kleinen an der
Klosterjungfrau vorübereilen. Aber Ursula stand auf
und schloß sich den Kindern an.

Sie fragte. Wohin sie wollten ... was sie da
trügen? — Zum Vater gingen sie, der im Walde ar-
beite ... Holz, das im Winter für die Sülze in Lüneburg
geschlagen sei, müsse zersägt und fortgeschafft werden.
Weit dahinten, wo man schon die Glocken vom Kloster
Scharnebeck hören könne, wenn der Wind von dort
komme. Essen brächten sie ihm ... auf dem Rückwege
müßten sie trockenes Holz sammeln und heimtragen,
auf daß sie im Winter nicht zu frieren brauchten.

Ob ihre Mutter das Essen gekocht?

Nein, die Mutter sei tot ... vor kurzem erst gestorben. Aus der Klosterküche dürften sie es jetzt holen.

Dem kleinen Mädchen traten die Tränen in die
Augen, als von der Mutter gesprochen wurde.

Ursula sah es. „Hast du die Mutter sehr lieb gehabt?"

Ein hastiges Kopfnicken mit unterdrücktem Schluchzen gab die Antwort.

„Fürchtet ihr euch nicht, allein durch den Wald zu gehen?“

„Wir wissen den Weg, und wir kommen ja zum Vater. Uns darf keiner etwas tun, hat er gesagt.“

Weiter und weiter ging Ursula mit. Immer wieder veranlaßte sie die Kleinen, von Vater und Mutter zu sprechen.

Der schmale Waldpfad hatte längst aufgehört. Manchmal schlugen die Kinder eine neue Richtung ein, um jetzt schon trockene Zweige zusammenzulegen, die sie auf dem Heimwege mitnehmen wollten. Schließlich standen die Wanderer vor einem klaren Bächlein, das murmelnd und gluckend dahinglitt.

„Hier müssen wir durchs Wasser waten,“ erklärte der Knabe, „sonst kommen wir zu weit ab und verirren uns.“ Dabei schaute er prüfend zur Sonne empor.

Ein jäher Schreck durchzuckte Ursula. „Ich will umkehren,“ stieß sie heraus und reichte hastig den Kindern zum Abschied die Hand. „Kommt gesund heim.“ —

Rüstig ausschreitend wanderte sie allein wieder dem Kloster zu. Immer weiter dehnte sich der Weg, schweiften die Gedanken.

Ein klingendes Glöckchen tönte durch den Wald. So lustig und lebensfroh klangen die Lüner Klosterglocken nicht: heller Meisenruf war es. Er riß Ursula aus tiefem Sinnen. Wie lange war sie schon unterwegs? Wo war sie jetzt?

Anfangs hatte sie bei ihrem Wandern auf die zusammengetragenen Holzstücke achtgegeben . . . die sagten

ihr, daß sie recht gehe. Dann war sie immer in der=
selben Richtung, wie sie meinte, fortgeschritten. Wo
aber lag das Kloster? Jetzt müßten bald die Mauern
zwischen den Bäumen hindurchschimmern.

Endlich lichtete sich der Wald. Gewiß stößt dort der
Klostergarten an das Holz . . .

Sie trat ins Freie hinaus. Ein brauner Heide=
hügel mit dunkelgrünen Wacholdersträuchen und hellen
Birkenbüschen lag vor ihr.

Ursula konnte es sich nicht länger verhehlen: sie
hatte sich verirrt. — Was wird man im Kloster sagen,
wenn sie bei der Hora und bei der Mahlzeit fehlt? Was
soll die Domina Priorissa denken? Jetzt wird man sie
für ihr Zuspätkommen und Ausbleiben zum Schluß noch
einsperren in eine der engen, fast dunklen Zellen an der
Innenwand im Remter. — — „Mögen sie. Mein
Vater wird mich schon herausholen.“

Eine trotzige heimliche Freude kam über sie: jetzt
muß die entscheidende Aussprache mit der Domina
Priorissa kommen. Alle sollen es hören: im Kloster wird
sie nicht bleiben. Ein stilles festes Wollen wuchs in
ihrer Seele empor. Mag man sie verurteilen — alle,
auch Mechtild. Sie wird dennoch mit freiem Herzen
hinausziehen und dem Rufe des Vaters folgen . . .

Je weiter sie in die offene Heide hinausschritt, desto
trotziger wuchs ihr der Mut, die Klosterfesseln zu brechen,
desto fester schaute der Blick in die Zukunft, in das Leben
hinaus: es sollte klar werden . . . die Entscheidung
sollte kommen.

Urſula wanderte zwiſchen Wacholderbüſchen und Jungbirken dem Gipfel des Hügels zu, von dort Ausſchau zu halten. Das hohe dunkelbraune Heidegeſtrüpp ſtreifte rauſchend ihr Gewand. Wildroſenſträuche und Brombeerranken verſperrten ihr den Pfad. Mühſam bahnte ſie ſich Schritt um Schritt den Weg bis zu den Felsſteinen auf der Höhe und der einſamen ſturmgebeugten Kiefer dort oben.

Hochatmend machte ſie halt unter dem breitäſtigen knorrigen Baumrieſen, der gegen Wind und Wetter trotzig ſeinen Platz behauptet hatte. In tiefen Zügen trank ſie den würzigen Duft, der von den Nadeln ausſtrömte. Die junge Bruſt dehnte ſich in der freien Höhe. Der Blick wanderte weit nach allen Seiten.

Ringsum tiefe feierliche Stille . . . nirgends ein Dach oder Kirchturm . . . kein ferner Glockenklang.

Urſula beſchattete die Augen mit den Händen, um ſchärfer ausblicken zu können. In der Ferne bewegten ſich dunkle graue Fleckchen durch die Heide . . . viele nebeneinander. Eine Heidſchnuckenherde war es . . . dann mußte ein Schäfer dabei ſein. Ob ſie es wagte, hinüber zu wandern . . ? Würde ihr Gewand ſie ſchützen . . ?

Aber die Herde entfernte ſich mit jeder Minute weiter. Der Schäfer hatte von weitem die dunkle Geſtalt mit den erhobenen Armen auf dem Gipfel des Hügelgrabes geſehen, ſich bekreuzt und die Hunde zum Weitertreiben der Herde angefeuert. Bald waren Schäfer und Herde hinter Wacholderbüſchen verſchwunden.

Ermüdet setzte sich die Verirrte auf einen der großen Felssteine der Höhe. Lange saß sie dort auf freiem Hügel und ließ den Blick immer wieder staunend nach allen Seiten in die Weite hinauswandern.

Zum ersten Male schaute sie in den Heidefrühling.

Ein anderes Bild lag jetzt vor ihren Augen als beim Auszuge aus Ebstorf.

Damals sah sie die Herbstheide in ihrer prangenden Schönheit mit dem ganzen goldbunten Farbenreichtum: jetzt lagen noch dunkle Winterfarben auf der weiten Fläche und den nahen Hügeln. Aber in der erstorbenen braunen Heide regte sich doch schon neues Leben: fein= gegliederte zarte Triebe sproßten mit frischem Grün aus den dunklen Heidebüschen. Von dem ernsten Grunde hob sich wie lichter Frühling das Birkengrün verstreuter Büsche leuchtend ab. Dicht vor ihr gaukelte ein heller gelber Frühlingsfalter lustig über die dunkle Fläche dahin. Nah und fern standen ungezählte Wacholder wie volles grünendes Leben, das alle Winternot siegreich über= dauert hat.

Aus der Weite kehrte der Blick zu dem Nahen zurück.

Auf dem wunderlichen Gebilde der alten schief= gewachsenen Kiefer blieb er haften. Wie mochte einst das kleine Samenkörnchen, aus dem jetzt jener knorrige, krumme Baum geworden, auf diese einsame Stätte verweht und verschlagen sein? Dieser alte wettergebeugte Stamm war auch erst ein zierliches Bäumchen gewesen, wie Ursula heute schon so viele in der weiten Heide gesehen. Ohne Schutz, ohne Halt hatte es an seiner verlassenen Stätte heranwachsen müssen: dem Hagelwetter des Frühjahrs, den harten Novemberwinden der Nordheide, den Schneestürmen des Winters hilflos preisgegeben. — — Ohne Schutz, ohne Halt in der Jugend . . . also das war daraus geworden: ein wunderlich gestaltetes, verkümmertes, knorriges Gebilde. — Aber trotzig hatte der Baum seine Wurzeln desto tiefer gesenkt und sich dennoch emporgerungen und durchgekämpft. Und jetzt hob er in luftiger, lichter Freiheit sein Haupt höher und höher, und Frühlingswinde rauschten leise Lieder durch seine immergrünen Zweige . . .

Auf das knospende Grün der Heidebüsche fiel Ursulas Blick. Sie sah das bunte, wunderbare Kleinleben zu ihren Füßen. Blanke Käfer hasteten über den ausgewaschenen weißen Heidesand. Geschäftige Ameisen strebten in langer Reihe ihrem Bau zu. Zwischen den Heidebüschen burrte ein dickköpfiges Hummelchen im gelbbraunen Pelzrock mit drohendem Gebrumm . . . oft anstoßend und dann um so lauter sich entrüstend. Und dort zwischen den moosigen Steinen unter dem kleinen Birkenbusch lugte ein zierliches Köpfchen mit funkelnden klugen Augen hervor: eine grünschimmernde Eidechse schlüpfte davon. Summende Bienen strichen vorüber. Kleine vielfarbige Schmetterlinge tanzten auf und ab. Glitzernde Tierchen mit durchsichtigen Flügeln schwirrten kreuz und quer.

Immer neue Wunder, die sich der Einsamen erschlossen . . . Leben, Freiheit, Frohsinn, wohin sie blickte.

Die große feierliche Stille der einsamen Heide zog in Ursulas Herz. Aber jetzt hört sie, wie auch durch diese Stille viele Stimmen hindurchklingen … Stimmen, die erzählen von Frühlingswundern und die leise in das Herz eindringen und es froh machen.

Lockender Wachtelschlag tönte aus der Ferne. Vom Waldrande her schmetterte der Buchfink seinen frischen Finkenschlag in die menschenleere Heide hinaus. In der Höhe jubelten Heidelerchen Frühlingssang der Sonne entgegen, daß es weit über die Heidehügel dahinklang. Und dort auf dem Birkenzweige sang die Goldammer ihr schlichtes Lied.

Helles Singen und leises Klingen fern und nah. Und doch wieder ein Verklingen und Sichverlieren der Stimmen in der Weite und Größe der einsamen schweigenden Heide.

Ursula horchte nach Klängen, die von fernher drangen. Waren es Glockentöne … wohl gar die Glocken von Kloster Scharnebeck? Sie schüttelte den Kopf. Suchend blickte sie wieder in die Weite. Aber es war keine Unruhe mehr in ihrem Suchen. In ihrer Seele wurde es still. Um Jahre gereift kam sie sich vor .. so viel hatte sie in diesen Stunden des Umherirrens gesehen und erlebt.

Was soll nun werden? Sie überlegte. Vielleicht erreichte sie das Kloster, wenn sie am Rande des Waldes entlang wanderte. — Wieder raffte sie sich auf.

Eine Stunde mochte sie weiter gehastet sein durch die Heidebüsche. An die Stelle der Buchen und Eichen des Waldes zu ihrer Seite traten dichte Erlenbüsche. Der feste Sandboden der Heide hörte auf. Über Binsen schritt sie. Moosiger Grund ließ ihre Füße einsinken. Wenige Schritte noch, da blinkte zwischen Erlenzweigen und Binsengestrüpp ein dunkle Sumpflache, in der sich weiße Flöckchen spiegelten, auf schlanken Stengeln am Rande des Wassers aufragend.

Sie mußte umkehren. Auf gut Glück schlug sie die Richtung quer durch den Buchenwald ein.

Sie schritt durch die schweigende Schönheit der Baumhallen. Ragende Stämme schlossen sich zum hoch-strebenden Spitzbogengewölbe eines gewaltigen Wald-tempels zusammen. Gedämpftes Licht umgab sie. Vor die Sonne hatten sich graue Wolkenschleier gehängt. Unter den Baumkronen war es unmöglich, überhaupt zu entdecken, wo die Sonne stand.

Jedes Maß für die Zeit war ihr entschwunden. Dazu begann der Hunger empfindlich zu quälen. Ur-sulas Kräfte erlahmten. Ihre Hand griff nach dem Rosenkranz ... die Lippen murmelten Gebet um Gebet.

Erschöpft ließ sich die Verirrte auf den moosigen Wurzeln einer hohen Buche nieder. Da drang durch das Waldesschweigen ein leises Plätschern und Rauschen an ihr Ohr. Mühsam erhob sie sich wieder und schleppte sich vorwärts. Bald stand sie am Rande eines kleinen Baches. Sie kniete nieder und schöpfte mit hohlen Händen klares Wasser und trank in durstigen Zügen.

Es mußte spät sein. Die Drossel flötete schon ihr Abendlied. Das Halbdunkel des Waldes wurde zur

Dämmerung. Wie lange noch ... so schleicht die finstere Nacht durch den Wald? Was soll dann werden? ...

Noch einmal raffte Ursula sich auf. Sie versuchte, an dem Bache weiter zu wandern. Bald stellte sich dichtes Unterholz ihr entgegen. Zurückschnellende Zweige streiften ihre Wangen. Dorniges Gestrüpp ließ ihren Fuß straucheln. Oft mußte sie weite Umwege um undurchdringliches Dickicht machen.

Auf einem Platze, wo der Bach in weitem Bogen fast einen Kreis schloß und eine Insel mit einem schmalen Zugange bildete, mußte sie schließlich halt machen, wollte sie nicht beim Weiterhasten machtlos zusammenbrechen.

War es die Insel, wo einst der erste Klosterbau ge= standen ...? Moosige Steine lagen in großer Zahl umher. — Dann stand sie ja auf geweihtem Boden und brauchte die Schrecken der Nacht nicht zu fürchten.

Ursulas Kraft war zu Ende. Lähmende, unüber= windliche Müdigkeit überkam sie und nahm bald auch ihr Denken mehr und mehr gefangen. Aber in diesem ratlosen Zusammenbruch klammerte all ihr Sinnen sich wieder an des Vaters Botschaft. Und eine stille Zuver= sicht keimte dennoch in ihrer Seele empor: es muß noch alles gut werden ...

Todmüde kauerte sich Ursula an den Fuß eines Buchenstammes.

Die Dunkelheit brach jetzt rasch herein. Scharf klang ein Habichtschrei über den Wald. Eulenruf tönte von fern. Dumpf rauschte es durch die Baumwipfel.

Die schreckhaften nächtlichen Stimmen gingen über

sie hinweg. Sie empfand nichts von dem Grauen der Nacht. Nur das trauliche Rauschen der Baumkronen vernahm sie.

Die flüsternden Blätter sangen ein Schlummerlied von Waldruhe und Waldfrieden.

Immer leiser wurde das Singen.

Die müden Augen schlossen sich. Der Traum führte die Schlafende in den Schutz des Vaterhauses.

VIII.

Wenn sich in einem Bienenstande etwas Besonderes ereignet, so ist das dem ganzen Bienenvolke bald anzumerken. Die fleißige Geschäftigkeit wird zu einem unsicheren Hasten. Die Bienen rennen unruhig durcheinander und stürzen übereinander. An den Fluglöchern der Körbe kommt sichtbare Verwirrung in die sonst so musterhafte Ordnung. Das Summen der schwärmenden Tierchen schwillt zu drohendem Brausen an.

So ging auch durch Kloster Lüne eine spürbare zunehmende Unruhe, als Ursulas Fehlen entdeckt wurde. Auf heimliches Flüstern und fragende Blicke folgte lautes Reden, bestürztes Nachforschen, verstörtes Hin- und Herlaufen.

Am Waldrande war die Novize zuletzt gesehen worden. Jetzt fehlte jede Spur. Bald stand es im Kloster fest: Ursula von Dassel ist davongelaufen.

Die Domina Priorissa ging blaß und unnahbar einher. Schwester Mechtild blickte zürnend drein. Je näher der Abend kam, um so mehr wuchs die Erregung unter den Klosterjungfrauen.

Auch den Knechten und Mägden des Klosters konnte die wachsende Unruhe nicht verborgen bleiben. Bald hörte Christopher Gottspenn, was geschehen. — Der wußte, daß Ursula nicht entlaufen war. Um so tiefer ging seine Besorgnis ... dann mußte ihr etwas zugestoßen sein.

Er machte sich auf die Suche. Nirgends eine Spur zu entdecken.

Zum Klosterkrug schlich er, horchte die Klosterwirtin aus und redete heimlich mit Hogrewe, dem Krüger. — Niemand hatte etwas von der Verschwundenen gesehen oder gehört.

Jetzt wußte der Alte, was zu tun sei: Ursulas Vater mußte erfahren, was geschehen ... Zeit war nicht zu verlieren ...

Vom Klosterkruge lief Christopher zur Ilmenau hinab nach dem Platze, wo der Kahn des Krügers am Steinanker lag.

Nach wenig Minuten schon ruderte er mit kräftigen Schlägen flußauf der nahen Stadt zu. In gleichmäßigem Zuge strich das Boot an den Schiffen vorbei, die eben mit schwerer Salzladung den Hafen verließen, um hinab zur Elbe zu fahren, ihr wertvolles Schiffsgut nach Hamburg zu bringen.

Bald spiegelten sich beim letzten Tageslicht die mächtigen Mauern des Kaufhauses auf der einen Seite und des Viskulenhofes gegenüber in dem breiten Wasserbecken des Lüneburger Hafens. Mit hochgerecktem Arme winkte vom Ladeplatze her der wuchtige Krahn, als wolle er drohend zur Eile treiben. Immer mehr schwoll das Brausen am Wehr der Abts-Mühle an.

Große und kleine Fahrzeuge drängten sich im Hafen. Mit sicherer Hand lenkte Christopher sein Schifflein hinter der Kaufhausbrücke durch das bunte Getriebe hindurch. Bis nahe an das herabstürzende schäumende Mühlenwasser fuhr er. Hier machte er sein Boot an einem der dicken Baumstämme fest, die zum Anlegen der Schiffe in großer Zahl am Ufer eingerammt waren.

Kurz nur war der Weg vom Hafen . . . vorüber an den Brotbänken, dem Berge und dem Wüsten Ort. Bald türmten sich an der schmalen Münzgasse die altbekannten Giebel des Dasselhofes übereinander, scharf gegen den Abendhimmel sich abhebend . . . in der ganzen Länge der Gasse reihte sich bis zur Bäckerstraße ein Gebäude des Dasselhofes an das andere.

Dort stand als Eckhaus an der · Südseite der Gasse das mächtige neue Hauptgebäude, alle anderen hoch überragend. In flimmerndem Glanze blinkten im Zwielicht die Reihen und Muster der grünglasierten Steine in der buntgemauerten Giebelwand.

Mit eiligen Schritten hastete Christopher um die Ecke . . . hinein in die Bäckerstraße zum Eingang des Hauses. Das Lindenblatt-Wappen über der breiten,

kunstvoll geschnitzten Haustür verkündete, welches Geschlecht seinen Sitz hier habe. — — —

Christopher stand vor Ulrich von Dassel.

Die fragenden Mienen des Ratsherrn verdüsterten
sich in jähem Schreck, als der treue Alte berichtete.

In mancher wichtigen, ernsten Ratssitzung, bei
vielen schwierigen Entscheidungen hatte Ulrich von
Dassel mit klarem Blicke rasch erkannt, was nötig sei,
und dann mit fester Hand ohne Zaudern und Besinnen
zugegriffen . . . hier stand er im ersten Augenblick ratlos
vor dem Geschehenen. „Was tun wir, Christopher?"

Der Alte schüttelte trübe den Kopf. Er wußte selbst
keinen Rat. „Der Krüger im Klosterkrug muß uns
helfen, Herr. Sonst kommen wir nicht zurecht. —
Wisset, Herr, der Hogrewe ist ein schnurriger Kauz.
Sagt nicht viel. Aber wenn es gilt ist er da und
faßt zu."

Fragend blickte der Ratsherr seinem Getreuen in
die sorgenvollen Augen. Der verstand seinen alten
Herrn. „Der Hogrewe weiß schon Bescheid. Wir können
uns ganz auf ihn verlassen." In großer Unruhe schritt
der Ratsherr grübelnd hin und her. Da trieb Christopher hastig zum Aufbruch.

„Herr, wir müssen uns sputen. Die Stadt wird
geschlossen. Zu Wasser geht's schneller. Mein Kahn
liegt im Hafen. Wir kommen noch hinaus, ehe der
Sperrbalken vorgezogen wird." — — —

In Lüne stellte inzwischen die Klosterwirtin auf
eigene Hand Nachforschungen an.

Dabei kam zutage, was zwei Kinder erzählt hätten: eine Klosterjungfrau sei mit ihnen weit in den Wald nach Scharnebeck zu gewandert und allein umgekehrt.

Auch von einem Schäfer wurde geredet. Der habe dem heimwärtsgehenden Vater jener Kinder eine erschreckliche Beschreibung gemacht von einer Erscheinung, die er am hellen Tage gesehen: eine überirdisch große Gestalt in langem, dunklem Gewande sei plötzlich hoch oben auf dem Steingrabe eines Heidehügels zu sehen gewesen und habe drohend die Arme gegen ihn emporgereckt.

Schweigend hörte der Krüger, was seine Frau erkundet hatte, und nickte nur bedächtig dazu. Dann trat er in die Haustür und pfiff seinem Hunde. In großen Sätzen sprang ein prächtiger Wolfshund herzu und ließ sich willig von seinem Herrn an einen starken Riemen legen.

Nachdem die Frau noch einmal genau beschrieben hatte, welchen Weg die Kinder mit der Klosterjungfrau gegangen wären, steckte Hogrewe ein kurzes Beil in seinen Gurt, schritt — den Hund am Riemen — nach der Mitte des Hofes und blickte erwartungsvoll durch das Abenddunkel nach der Ilmenau hinunter. Er brauchte nicht lange zu warten, da kam Christopher mit dem Ratsherrn.

Alle drei zogen jetzt, begleitet von dem Hunde, dem Walde zu. Sie suchten die Stätte auf, wo Ursula sich den Kindern angeschlossen haben sollte, verfolgten den

Waldweg und merkten bald, daß der Hund, zum Suchen angefeuert, eine Spur aufnahm.

* * *

Ein langes, mühseliges Wandern wurde es.

Der alte Ratsherr konnte nur schlecht mit den andern Schritt halten auf den ungewohnten und ungebahnten Wegen. Umkehren aber wollte er nicht.

In banger Sorge und heimlicher Angst folgten die Männer dem führenden Hunde durch das nächtliche Waldesdunkel . . . stundenlang.

Der Mond ging auf. Jetzt konnten sie sicherer ausschreiten.

Eine weite Wanderung machten sie.

Schließlich schien der Hund die Fährte verloren zu haben. Er stockte, suchte unruhig hin und her, kehrte um und lief wieder vorwärts, bis er zuletzt in fast entgegengesetzter Richtung weiterführte.

„So . . . gut, mein Wolf!“ lobte der Krüger das eifrig suchende Tier, das sich stark in den Riemen legte und hachelnd vorwärts strebte, so daß der Führer Mühe hatte, den Hund zu halten.

„Jetzt finden wir sie,“ versicherte Hogrewe mit voller Überzeugung. „Hier muß sie zurückgekommen sein und die erste Fährte gekreuzt haben. Wolf hat jetzt die frische Spur.“

Noch einmal wiederholte er zuversichtlich: „Wir finden sie.“

Eiliger strebte der Hund voran und riß seinen Füh=
rer mit, daß die beiden anderen nicht so rasch folgen
konnten. Plötzlich hörte er auf, ungestüm vorwärts zu
zerren. Das Hacheln verstummte. Vorsichtig sichernd
zog er jetzt langgestreckt Schritt um Schritt weiter, bis
er sich schließlich ganz legte. Der buschige Schweif schlug
leise den Erdboden, und die klugen Augen blickten
siegesbewußt bald zu dem Herrn empor, bald wieder
geradeaus.

Dort lehnte Ursula schlummernd am Fuße eines
Buchenstammes. Das blasse Gesicht erschien fast weiß
in dem Mondlicht, das durch die Bäume blinkte.

Schweifwedelnd trat der Hund an die Schlafende
heran, leckte leise ihre Hand und legte sich nieder, treue
Wache zu halten.

Christopher war seinem Herrn einige Schritte
voraus geeilt. Er kniete an Ursulas Seite und ergriff
ihre Rechte. Warmes Leben hielt er. Da winkte er
freudig dem erregten Vater entgegen.

Jetzt schlug die Verirrte, aus tiefer Ermattung er=
wachend, die Augen auf. Sie blickte in Christophers
altes treues Gesicht.

„Du bist es!"

Wie frohes Geborgensein legte es sich auf die ver=
störten bleichen Züge der Aufgeschreckten.

„Bin so müde," flüsterten die blassen Lippen. „Hilf
mir, Christopher!"

Sie versuchte sich aufzurichten, aber die Kräfte
versagten.

„Kind ... wir bringen dich sicher heim,“ beruhigte der Alte. „Ja ... wir! — — Sieh doch: dein Vater ist da ... dein Vater!“

Mit großen Augen schaute Ursula auf den fremden Mann, der jetzt an ihrer Seite kniete und ihre Hand hielt.

„Mein Kind! — — Meine Ursula!“

Sie schlang die Arme um ihn. „Hol’ mich heim, Vater!“

*   *

*

Der Platz, auf dem Ursula nach ihren endlosen Irrwegen kreuz und quer schließlich zusammengebrochen war, wo die Männer sie jetzt gefunden hatten, war wirklich die Insel ... der alte Klosterplatz.

Zum Klosterkruge zurück bedurfte es keiner weiten Wanderung mehr. Aber mit der völlig Erschöpften kam man nur langsam vorwärts. Der Vater und Christopher führten und stützten sie. Der Krüger eilte voraus, damit seine Frau schon alles Nötige zur Aufnahme der Verirrten rüste. — — —

Am anderen Tage sah die Klosterwirtin mit Schrekken, daß Ursula sich nicht zu erheben vermochte. Brennende Wangen, jagende Pulse und verworrenes Reden zeigten, daß ein heftiges Fieber sie ergriffen hatte.

Wochen dauerte es, bis die Kranke in der sorgsamen Pflege der mütterlichen Klosterwirtin so weit hergestellt war, daß an Heimkehren in das Vaterhaus gedacht werden konnte. —

Wiederholt wurden vom Kloster aus, während Ursula hier in ihrem Unterschlupf mit der Krankheit rang, Versuche gemacht, bis an das Krankenlager vorzudringen und die Novize in das Kloster zurückzuschaffen.

So traten eines Tages aus der Pforte beim Pförtnerhäuschen drei Klosterfrauen und schritten auf den Krug zu, wo der Krüger gerade in der Haustür nach dem Wetter ausschaute.

Als Hogrewe merkte, daß die Domina Priorissa mit ihrer Begleitung es auf sein Haus abgesehen habe, zog er sich aus der offenen Tür zurück und ließ einen gellenden Pfiff über den Hof schallen. Wolf, der schon mit mißtrauischem Knurren den fremden Gestalten entgegensah, kam in großen Sätzen angestürmt, sprang freudig aufheulend an seinem Herrn in die Höhe und verschwand an seiner Seite im Innern des Hauses.

„Wahr' dein Mundwerk," raunte der Krüger im Vorbeigehen seiner Frau zu und zeigte mit dem Daumen über die Schulter nach der Haustür. „Jetzt geht der Tanz los. Sie kommen."

Die Domina Priorissa wurde von der Klosterwirtin auf der Schwelle ehrerbietig begrüßt. Sophia steuerte ohne Umschweife auf ihr Ziel los.

„Wo habt ihr unsere Novize Ursula?"

Die Wirtin schaute sich hilflos nach ihrem Manne um. Der war verschwunden.

„Führe mich zu ihr," befahl die Domina Priorissa kurz, als die andere schwieg.

„Sie liegt krank, Hochwürdigste. Ich weiß nicht . ." stammelte ratlos die Klosterwirtin. Aber Sophia von Bodendike unterbrach sie herrisch:

„Ich will sie sehen. Bring mich hin!"

Zögernd stieg die Wirtsfrau die Treppe hinauf, gefolgt von den drei Klosterfrauen. Noch einmal versuchte sie, jene zurückzuhalten:

„Sie ist schwerkrank. Es wird ihr schaden."

„Wir werden sehen," kam kurz und hart die Antwort. Hilflos mußte die Wirtin der Sache ihren Lauf lassen.

Aber vor der Tür des Krankenzimmers stand in seiner ganzen Breite der Klosterwirt . . . sein Wolf mit gespitzten Ohren ihm zur Seite.

„Gib Raum!" herrschte die Domina Priorissa ihn an. Er legte den Zeigefinger auf den Mund und deutete nach der Tür.

„Laß mich ein . . . ich befehle es!"

Nur ein leises Lächeln zog über des schweigenden Klosterwirtes Züge. Mit einem schnalzenden Laute der Finger gab er dem Hunde ein Zeichen. Knurrend wies Wolf die spitzen weißen Zähne und schritt langsam auf die Frauen los.

Furchtsam wichen diese jetzt zurück. Empört räumten sie das Feld, während die Wirtsfrau sie tief seufzend begleitete und leise klagte: „Ach ja . . . so sind die Mannsleute. — — Was Hogrewe nicht will, das will er nicht. Davon bringt ihn keine Macht der Erde ab." — — —

Ein Versuch, den der Propst machte, in das Geheimnis des Klosterkruges einzudringen, verlief noch
kläglicher. Von der gesprächigen Wirtin wurde Nikolaus
Graurock zunächst aufs zuvorkommendste empfangen
und mußte erst den ganzen ungehemmten Wortschwall
der Redseligen über sich ergehen lassen.

„Nein, Hochwürden, nein … das arme, junge
Blut! Was muß sie alles ausgehalten haben im Kloster.
Im Fieber spricht sie immer davon, wie schlimm es im
Kloster gewesen. Dann schreit sie los: Bloß nicht wieder
ins Kloster! Bloß nicht ins Kloster! — — Daß Gott
erbarm … solch ein junges Blut! Was gibt es doch
alles auf der Welt. — — Das arme Ding! Wenn sein
Vater nicht die ganze Nacht gesucht hätte, als sie sich
verlaufen hatte … das arme Kind wäre doch elend
im Walde verkommen. — — Ja, ja, wenn sein Vater
nicht wäre … der gute, liebe alte Herr. Bald will er
sie nach Haus holen, wenn sie nur erst wieder gesund
ist. — — Geht nur hinauf, Hochwürden! Der Ratsherr ist gerade bei der Kranken. Da könnt Ihr gleich mit
ihm reden, was not tut. — — Nur hinauf … die Tür
ist offen.“

Der Propst verzichtete schweigend auf ein Wiedersehen mit dem Ratsherrn Ulrich von Dassel an dieser
Stelle. Er warf nur einen mißtrauischen, prüfenden
Seitenblick auf das Gesicht der Wirtin. — Log sie, oder
war Ursulas Vater wirklich dort oben?

Dann ging er eilig davon.

*　　*
*

Jeder neue Versuch des Klosters, an die kranke Ursula von Dassel heranzukommen und sie mit Gewalt zurückzubringen, scheiterte an dem wortlosen Widerstande des Klosterkrügers. —

Ursulas Probezeit ging inzwischen zu Ende.

Die Klosterobern sahen ein, daß es ihnen weder mit Überredung, noch mit Gewalt gelingen würde, die Kranke in das Kloster zurückzuführen. Aber sie gaben ihr Spiel erst verloren, als der Ratsherr seinen Widersachern eine goldene Brücke baute.

Die letzten Verhandlungen führte Ulrich von Dassel mit Abt Johannes in Lüneburg ... freiwillig erbot er sich, dem Kloster eine namhafte Summe zur Erbauung einer Kapelle der heiligen Barbara zu übergeben, in welcher für seine verstorbene Frau Seelenmessen gelesen werden sollten. Da kam man rasch zum Schluß: Ursulas Heimkehr sollten keine weiteren Schwierigkeiten in den Weg gelegt werden. — —

Eine tiefeinschneidende Folge hatte Ursulas Verirren noch für das ganze Kloster. Es wurde jetzt den Nonnen streng untersagt, in dem großen Garten am Walde sich zu ergehen: auf den kleinen Klosterfriedhof inmitten des Kreuzganges und auf den Klosterhof mußten sie sich fortan beschränken. — Erst unter Elisabeth Schneverding, die im Alter von 75 Jahren Anno Domini 1535 Domina wurde, ist den Nonnen die Erlaubnis zurückgegeben, sich frei im Garten außerhalb des Klosters bewegen zu dürfen. — — —

Sobald Ursula ihr Krankenlager verlassen durfte, nahm sie Abschied von Kloster Lüne.

Wie ausgestorben erschien das Kloster, als sie zu der Domina Priorissa geleitet wurde. Alle Gänge und Räume, die sie durchschritten, wie auf Verabredung menschenleer und veröbet.

Sophia von Bodendike war mit Schwester Mechtild zusammen in ihrer Schreibstube mit dem Abfassen eines Briefes an die Priorin des Klosters Ebstorf beschäftigt. Als Ursula hereingeführt wurde, schickte Mechtild sich an, die beiden allein zu lassen. Aber mit einem herrischen „Bleib', Mechtild!" hielt Sophia sie zurück.

Kurz und kalt waren die letzten spärlichen Worte der Domina Priorissa ... nicht eben geeignet, Ursula den Abschied schwer zu machen. Fremd und frostig klang zum Schluß der Scheidegruß: „So geh denn!"

Auf Sophias Wink geleitete Schwester Mechtild die Scheidende zur Klosterpforte zurück. Wenig Worte nur wechselten sie unterwegs, so voll beiden auch das Herz war. Fragend und vorwurfsvoll ruhten Mechtilds Blicke auf der veränderten Gefährtin, deren Wesen ihr immer fremder geworden, deren Handeln jetzt ihr geradezu unverständlich war.

Recht blaß sah die Genesende noch aus. Aber auf den jungen Zügen leuchtete der erste Sonnenglanz eines kommenden Frühlings. Die Braunaugen erschienen größer als vorher. Mechtild sah mit stiller Verwunderung, daß ein ganz anderer Ausdruck aus

Ursulas Augen sprach: stillfrohe Erwartung, sonnige Hoffnung, klare Zuversicht las sie darin.

Sie zürnte der Scheidenden, daß sie dem Kloster entlief, und fühlte sich doch wieder in schwesterlicher Herzlichkeit zu der einstigen Freundin hingezogen und hätte sie festhalten mögen in Mitleid und Angst, daß jene einen verkehrten Weg jetzt einschlug.

So war das Voneinandergehen in der Klosterpforte bei aller Zurückhaltung und innerlichen Entfremdung dennoch herzlich. Und ein Nachklingen der früheren Freundschaft lag in Mechtilds letztem Gruße: „Ich glaube, du wirst deinen Schritt noch bitter bereuen. Dann komm wieder. Die Tür steht dir offen."

Herzlich war auch Ursulas Abschiedswort: „Ich danke dir, Schwester Mechtild, für jedes freundliche Wort, das du in meiner Einsamkeit für mich gehabt hast." Sinnend fügte sie hinzu: „Ich werde fortan nicht mehr einsam sein." Mit hellem Blick sah sie der anderen in die Augen. „Mein Weg liegt jetzt klar vor mir."

Mechtild reichte der Ausziehenden die Hand zum letzten Gruße.

Die Klosterpforte schloß sich zwischen beiden.

Zweites Buch.

„Niemand kann Gott loben, wenn er Ihn
nicht vorher lieb hat. Es kann Ihn aber niemand
lieb haben, außer wenn er Ihn aufs feinste und
beste kennt."   Martin Luther.

I.

In dunkler Abendstunde kehrte Ursula von Dassel
nach Lüneburg in das Vaterhaus zurück . . .
nur begleitet von dem alten Christopher Gottspenn . . .
heimlich und unerkannt.

So hatte sie es vom Vater erbeten. Sie wollte
nicht heimkommen wie eine Königstochter, die aus
langer Gefangenschaft befreit unter dem Jubel der
Menge mit Lärm und Gepränge eingeholt wird. Aber
sie wollte sich auch nicht von neugierigen und richtenden
Augen anstarren lassen wie eine entlaufene Nonne.

Als sie mit ihrem Schützer die menschenleere schmale
Twiete neben dem Dasselhofe entlang wanderte und
die hohen Giebel des Vaterhauses winkten, schlug ihr
Herz in tiefer, wortloser Freude und heißer Dankbarkeit.

Fester hielt sie die führende Hand. „Christopher,
dir allein verdanke ich's, daß ich mit frohem Herzen und
gutem Gewissen heimkomme," flüsterte sie dem Alten

herzlich zu. So durchschritten beide die breite Haustür des Dasselhauses und betraten die große Vorhalle, wo Ursulas Vater der heimkehrenden Tochter wartete. Jetzt ließ Christopher mit leisem Drucke des Mädchens Hand fahren und kehrte eilig wieder um.

Wie ein Traum umfing es Ursula, als die Ziegelsteine des gepflasterten Fußbodens unter ihren Tritten hallten. Ein altvertrauter Klang war ihr der Schall.

Freundlicher Kerzenschein füllte den Raum. Er streute schimmernden Glanz über Tische, Schemel und Wandbörte, über die wappengeschmückten Truhen und Schränke mit ihren blanken Beschlägen und über das massige, kunstvoll gearbeitete Geländer der Treppe im Hintergrunde. Und der Glanz strahlte hell zurück aus den großen braunen Augen, die selig aufleuchtend das ganze trauliche Bild auf einmal zu umfassen und festzuhalten suchten.

Unter den Kerzen des zwölfarmigen blitzenden Messingkronleuchters in der Mitte der Halle stand Ulrich von Dassel und streckte der Zurückkehrenden die Arme entgegen. Seine Stimme bebte in tiefer Erregung. „Gesegnet sei dein Heimkehren, meine Ursula!" Segnend legte er die Hand auf ihren Scheitel. Sie barg ihr Haupt an seiner Brust. „Vater ... ich bin daheim ... wieder daheim!"

Er hob den Mädchenkopf und blickte in die reinen Augen und küßte die weiße Stirn. Und Ursula las in den gütigen Vateraugen, sie werde fortan nicht mehr schutzlos und verlassen sein.

Heimkehren und daheim sein ... seit Wochen ihr Denken bei Tage und ihr Träumen des Nachts: jetzt frohe Wirklichkeit. In dieser überwallenden, glückseligen Freude des Daheimseins ergriff Ursula des Vaters Hand und bettelte: „Laß mich heute gleich alles wiedersehen, Vater!" Er nickte ihr gütig zu.

Jetzt schritten sie nebeneinander durch die großen und kleinen Räume des Dasselhauses. Aus jedem Winkel grüßte die Erinnerung: „Weißt du noch?" Auf Schritt und Tritt feierten Ursulas suchende Augen Wiedersehen, Wiederfinden, Wiedererkennen: hier ein Stück Hausrat ... dort ein schöner alter Wandschmuck ... überall die Spielwinkel der Kinderjahre. Auf dem Absatz der breiten Treppe machte sie halt. Da hatte sie oft eine Kemenate gebaut und ihr Nürnberger Wickelkind mit mütterlicher Hingebung in Schlaf gesungen. Wie in scheuer Liebkosung glitt die schlanke weiße Mädchenhand über das wuchtige Treppengeländer.

Von der Galerie der Halle blickte sie wieder hinab. Als Burgfräulein hatte sie dort oben den Knaben zugewinkt, die als siegreiche Ritter vom Turniere heimkehrten oder in der Halle gegeneinander Lanzen brachen und Schwertstreiche führten. Unwillkürlich lächelte sie hinunter, als ob Bruder Ludolf und sein Spielgesell Konrad von Wittorf jetzt zu ihr hinaufgrüßten.

So ging es von Ort zu Ort. Ausgelöscht waren für Ursula die Klosterjahre. Sie war wieder das Kind des Dasselhauses. Immer Neues wußte sie dem Vater zu zeigen. Und oft klang es hindurch: „Wenn doch

Bruder Lüdecke heute auch hier wäre!" Die ganze Kindheit seines Töchterleins erstand wieder vor des Alten Augen, während er in stillem Glück ihrem Erzählen lauschte. Aber schließlich machte er ein Ende. „Jetzt ist's genug Kind. Morgen ist auch ein Tag."

Dann saßen sie noch in des Ratsherrn Schreibstube einander gegenüber: Vater und Tochter, die so lange getrennt gewesen.

Das Fragen und Antworten begann. In leiser Rede und Gegenrede taten sie einander die Herzen auf. Ursula anfangs mit zagender Scheu, dann immer freier und froher, je tiefer sie dem alten Manne da vor ihr in die gütigen, verstehenden Augen blickte. Ja, dem konnte sie alles sagen in dieser Stunde: von ihrem Einsamsein unter den Nonnen in Lüne, von den unsichtbaren Fäden, die nach Lüneburg sie gezogen, von ihrem hilflosen Suchen und Sehnen und den stillen Kämpfen.

Und wenn der Mund schwieg, so redeten die Augen des einen zu dem andern. „Ich will gutmachen, was ich gefehlt," sagten die des Vaters. — „Ich muß nachholen, was ich versäumt: Liebe erweisen und Liebe empfangen," so gelobten die des Mädchens. Schließlich faßte Ursula sich ein Herz zu der Frage: „Vater, war es unrecht, daß ich Gott nicht im Kloster dienen wollte?"

Der Alte wehrte leise ab. „Kind, gib dir selbst die Antwort. — Ich will dir eine Gegenfrage stellen: War Gott dir im Kloster besonders nahe . . . warest du Gott näher dort?"

Ursula schüttelte leise das Haupt. „Ich hörte in der Klosterstille immer die Stimmen von draußen, die mich hinausriefen . . . sogar beim Horasingen ließen sie mich nicht los.“

„Und solches Singen, Ursula . . . war das wirklich Gottesdienst? — Sieh, Kind, mir will es scheinen: einen alten Vater liebhaben und pflegen, müßte besser sein als dieses Horensingen. Mir will's nicht in den Sinn, daß man im Kloster Gott näher stehe und besser dienen könne. — Liebe erweisen ist der beste Gottesdienst.“

Unverwandt hingen die Blicke des Mädchens an den Lippen des Sprechenden. Ein letztes unruhiges Suchen verschwand aus den Augen. Ursula beugte sich über des Vaters Hand und küßte sie dankbar und innig. Und wieder legte Ulrich von Dassel die Rechte auf das Haupt der Tochter und flüsterte in tiefer Bewegung leise Segensworte.

Noch ein Gedanke bewegte Ursulas Herz. Sie sprach ihn aus. „Ist die Mutter lange krank gewesen?“

Ein Schatten zog über des Ratsherrn gütige Züge. Er zögerte erst mit der Antwort. Dann begann er ernst und ruhig: „Es ist wohl besser, wir sprechen heute gleich darüber. — — Ja, du sollst alles erfahren. — — Deine Mutter ist langsam dahingesiecht . . . an Körper und Geist. In ihrem letzten Jahre erkannte sie keinen von uns mehr. Wir haben es geheim gehalten. — Es war Nacht geworden in ihrem Geiste. Sie flüsterte oft die Worte vor sich hin: ‚Bös' Gewissen böser Gast;

keine Ruhe, keine Rast.' — Da habe ich den Ludolf fort=
geschickt in die Fremde."

In Ursulas Zügen kämpften Grauen und Mitleid.
Wieder beugte sie sich über des Vaters Hand und küßte
sie: „Mein Vater, wie bist du einsam gewesen . . . mein
lieber Vater!" Er nickte trübe. „Einsam — wie auch
du." Aber dann blickte er zuversichtlich auf. „Jetzt wird
es hell werden im Dasselhause."

*   *   *

Gute Hausgeister hielten treulich Wacht, als Ursula
von Dassel zum ersten Male wieder unter dem schützen=
den Dache des Vaterhauses in tiefem, traumlosem
Schlummer lag.

Als die Strahlen der Morgensonne sich verstohlen
in das Zimmer schlichen, mit leiser Liebkosung die
Schläferin zu wecken, wurden sie von großen, erstaunten
Augen gegrüßt. Zwischen Wachen und Träumen
horchte Ursula auf Stimmen von draußen. Das Rufen
der großen Schwalben, die alle Jahre im Dasselhause
unter den Ziegeln im Dachwinkel an der schmalen Gasse
Wohnung nahmen, drang schrill herein. Ursula kannte
die Laute und fühlte bei den altvertrauten Klängen sich
als Kind des Hauses, als sei sie nie fortgewesen: so
schrieen die schnellen Turmsegler, wenn sie um den hohen
Hausgiebel und das steile Dach jagten.

Plötzlich drängten sich deutlich andere Töne da=
zwischen. Im nahen Kloster der Prämonstratenser am
Berge rief die Glocke zur Frühmesse.

Die Klänge rissen Ursula aus ihrem Halbschlummer. Jäh fuhr sie empor. Nein — es war nicht die Lüner Klosterglocke ... die würde sie nicht mehr schrecken. Sie war ja daheim. Jetzt wachte sie vollends auf und kostete die ganze tiefe Freude des Geborgenseins.

Sie sprang auf und ließ die Lichtfülle der goldenen Sonnenstrahlen voll hereinfluten. Mit hellen Augen blickte sie hinaus in den freundlichen Sommermorgen ... über das Gärtchen des Daſſelhofes und die tiefer= liegenden Dächer der Hinterhäuſer hinweg. Vor dem Fenſter ſchoſſen kreiſchend die großen Turmſchwalben vorüber.

Ob ſie wieder im Dachwinkel an der Gaſſe hauſten? Eilig rüſtete ſich Urſula, auf die Suche zu gehen. Sie ſtieg die Bodentreppe hinan und öffnete oben eine der Luken im Oſtgiebel des Hauſes, um Sonnenlicht in das graue Halbdunkel des weiten Bodenraumes einzu= laſſen. Sie kroch bis tief in den Winkel des ſteilen Daches und ſpähte nach Stellen, wo zwiſchen den Ziegeln und dem Hausbalken Lichtſchimmer hereindrang: das waren die Fluglöcher der Schwalben. Bald fand ſie die Niſt= plätze. Dicht vor ihr rührte es ſich. Schwerfällig und unbeholfen ſtrebte eine ſchwarze Schwalbe von ihrem Platze nach dem Ausflugloche, aufgeſchreckt durch die ungewohnte Störung. Wo ſie geſeſſen, lagen zwei leuchtend weiße, merkwürdig lange Eier. Nicht weit davon kauerte eine andere Schwalbe, unter deren Flügeln ſchon junges Leben ſich regte. Mit angſtvollen Augen ſah das Tierchen der nahenden Gefahr entgegen.

Schnell zog Ursula sich zurück. Eine Erinnerung aus der Kindheit tauchte auf. Sie hatte für zwei nackte junge Schwalben, die sie auf den Brettern des Dachbodens entdeckt, ein weiches kleines Bett bereitet, die hilflosen Dinger sich vom Boden heruntergeholt, mit mütterlicher Zärtlichkeit in das warme Lager gebettet und mit unendlicher Geduld immer wieder versucht, die Tierchen mit süßen Brocken von ihrem Backwerk zu füttern. Aber alle Sorgfalt und Mühe war umsonst gewesen. Am anderen Morgen hatte sie die kleinen Vögel tot in dem Bettchen gefunden und unter bitteren Tränen im Garten begraben . . .

Daran dachte Ursula plötzlich wieder und machte sich leise von den Brutplätzen fort. — Sie wußte jetzt, was es heißt, in ein junges Leben gewaltsam eingreifen.

Frohen Herzens sah sie, wie die verscheuchten Schwalben zu den verlassenen Stätten zurückkehrten, sobald die drohende Gefahr sich verzogen hatte.

Ursula schaute sich um: altbekannte Winkel und Balken, wohin sie blickte . . . dort stand noch die Leiter, die zu dem obersten Auslug in der Giebelwand hinaufführte. Sie konnte nicht widerstehen. Noch einmal kletterte sie hinan, wie sie es einst so oft getan. Hier oben reichte der Blick noch weiter als von ihrem Schlafgemach aus.

Sie suchte nach den Dächern der Abtsmühle. Dort hinüber lag Kloster Lüne mit den herben Erinnerungen, die sich jetzt wieder in ihr Sinnen hineindrängten.

Die Bitterkeit über geraubte Jugendjahre wollte

in Ursulas Herzen aufwallen. Aber die jagenden Schwal=
ben rissen sie in die Gegenwart zurück. Die Freude des
Daheimseins behielt die Oberhand. Der Zauber der
Heimat machte ihr Herz froh und vertrieb siegreich die
Schreckgespenster der grauen Klosterzeit.

II.

Wenige Monate nach Ursulas Rückkehr weilte
auch Ludolf von Dassel wieder unter dem
Dache des Vaterhauses.

Bis Augsburg hatte ihn seine Reise hinweggeführt.
Dort erreichte ihn durch Lüneburger Fuhrleute die
Botschaft seines Vaters über das Heimkommen der
Schwester. Da litt es ihn nicht mehr in der Fremde.

Aus einem dunklen Hause, auf dem die Schatten
der Schwermut und der Reue lagen, war er hinaus=
gezogen: in ein lichtes Heim kehrte er jetzt zurück.

Sonniges Frohsein herrschte in dem kleinen Kreise,
wo Ursula in stiller Verborgenheit mit ihrer sorgenden
Liebe um den Vater war und jeden leisen Wunsch aus
seinen Mienen las. Mit vollen Händen gab sie aus
der reichen Liebesfülle, die ungeweckt und unverbraucht
in ihrem Herzen bisher geschlummert. Jedes freundliche
Wort, jede stille Handreichung, jeder leuchtende Blick
brachte Sonnenschein in das Dasselhaus. Die jungen
Augen, aus denen dunkle Klosterschatten das Sonnige

verdrängt hatten, strahlten wieder. Und wenn des alten Ratsherrn glückliche Augen denen seines Kindes begegneten, so gelobte er sich immer von neuem: „Ich will gutmachen . . . das frohe Leuchten in den sonnigen Mädchenaugen soll nicht wieder erlöschen, soweit es in meiner Macht steht." — Sonnenschein lag auf dem Dasselhause: auf dem Lebensabend des alten Herrn und auf dem neuen Lebensmorgen der Tochter des Hauses . . .

Als Bruder und Schwester zum ersten Male wieder nach langen Jahren einander entgegentraten, wußten beide, daß sie fortan in alter Weise sich verstehen und in unveränderter echter Geschwistertreue zusammenhalten würden. Mit frohlockendem „Ursel! Ursel!" hatte Ludolf der Langentbehrten beide Hände hingestreckt . . . mit scheuem Zagen Ursula die ihren hineingelegt. Aber als sie in des Bruders Augen gelesen, schlang sie ungestüm die Arme um seinen Hals und küßte ihn herzlich.

Sie vermochte in bebender Erregung kaum mehr als unzusammenhängende Worte zu stammeln: „Du . . . du . . . jetzt hab' ich auch dich wieder." Auch Ludolf wurde das Herz weich. Er strich ihr zart über das glän= zende Braunhaar. „Bist mein liebes Schwesterlein."

Dann lösten sich die Arme, und wieder fanden sich die Hände zusammen. Mit heimlichem Staunen ruhten jetzt Ludolfs Blicke auf dem blühenden Mägdlein.

„Bist du groß geworden, Schwesterchen . . . ein richtiges Jungfräulein!" Er streichelte zärtlich ihre Wange. „Aber die Rosen fehlen."

„Jetzt werden sie wiederkommen,“ lächelte sie zu= versichtlich und blickte vom Bruder nach dem Vater und wieder auf den Bruder. „Wie du dem Vater ähnlich siehst, Lüdecke!“ — „Andere sagen’s auch,“ bestätigte dieser. „Ich freue mich darüber.“

Die feinen, geistvollen Züge des alten Ratsherrn waren unschwer in dem Antlitz des erwachsenen Sohnes, wenn auch nicht so ausgeprägt, wiederzufinden . . . bei beiden auch dieselbe breite und hohe Stirn und der klare, freie Blick. In der Größe glichen sie einander nicht: Ludolf war merklich kleiner geblieben. Aber bei jedem verriet das ganze Auftreten etwas von dem stolzen Selbstbewußtsein der alten Lüneburger Geschlechter. —

Manche Stunde saßen die drei Hausgenossen jetzt, wenn die Dämmerung die Räume in trauliches Schum= mern hüllte, einmütig beisammen. Ludolf erzählte. Die anderen lauschten still dem Weitgereisten.

Durch Augsburg führte er die Aufhorchenden. Er hatte die Augen aufgemacht draußen in der Fremde, so lange er bei den Freunden des Vaters als willkom= mener Gast in Augsburg geweilt . . . und der Sohn des Hauses, Christoph Langenmantel, dem Ludolf von Dassel sich bald in enger Freundschaft angeschlossen, war allezeit eifrig bedacht gewesen, dem gleichaltrigen Gast= freunde Neues und Schönes zu zeigen.

Von der Größe und Schönheit der mächtigen Reichsstadt, von der Ausdehnung und Bedeutung ihres Handels, der von Venedig seinen Weg über Augsburg nach allen Seiten des Nordens nahm, von der Betrieb=

samkeit der blühenden Gewerbe und dem Reichtum der Bürger sprach der Heimgekehrte.

Man verglich mit Lüneburg.

Mochten die Augsburger besonders stolz sein auf ihre blühende Weberei, die fast ganz Deutschland mit Tuch versorgte, so war Lüneburgs weitreichender Ruhm seine reiche Sülze, deren Salz sogar noch das Hallische an Güte übertraf, und sein Stapelrecht, das gewaltige Gewinne aus dem Handel zog, der Waren von Hamburg einführte und erst in Lüneburg aufstapeln mußte. — Freilich, es waren stattliche Zahlen, die Ludolf von Dassel über Augsburg nannte: 35000 Stück Barchent brächten in Augsburg die Fugger in einem Jahre auf die Weberschau. Aber die 25000 Wispel Salz, gab er fröhlich lachend zu, die jährlich in den Siedehütten der Lüneburger Sülze eingedampft würden, bedeuteten doch auch eine schöne Handvoll . . . und in Lüneburg Salzjunker zu sein, sei auch kein Pappenstiel.

Auch den Waffen, die Augsburg anfertigte, dem Papier und den Gußwaren dort konnte Lüneburger Fleiß Ebenbürtiges an die Seite stellen in dem Schaffen und Handel der Böttcher und Brauer und Grapengießer der Salzstadt: bestand doch allein die Sankt-Gotthards-gilde der Lüneburger Böttcher aus 80 Meistern mit je zwei Gesellen und einem Lehrling. Weitberühmt auch die kunstvollen Goldschmiedearbeiten, die in der Stadt Lüneburg alljährlich entstanden . . . nicht bloß für den Silberschatz eines hochedlen und wohlweisen Rates.

Beide Städte, die Reichsstadt Augsburg und die

Hanſaſtadt Lüneburg, wichtige Verkehrsplätze für den lebhaften Handelszug vom Orient her durch Deutſchland nach dem Norden. Betriebſame Zünfte, raſtloſer Bürgerfleiß, weitſichtige Leitung der Stadt dort wie hier.

Mit gutem Grunde freute man ſich im Daſſelhauſe der Vaterſtadt Lüneburg.

Weitbekannte Namen reicher Geſchlechterfamilien in Augsburg nannte Ludolf bei ſeinem Erzählen: die Welſer, die Fugger, die Rehlinger, Langenmantel und Stolzhirſch. Wieder begann das Vergleichen. Auch Lüneburgs Geſchlechter zählten neben den Daſſel Namen von gutem Klang: die Töbing und Witzendorf, Stöterogge und Laffert, Viskule, Schomaker, Sankenſtedt und wie ſie alle heißen.

Dabei ſtellte Urſula unermüdlich ihre Fragen über das Leben und die Sitten und die Häuſer der Augsburger Geſchlechter und lauſchte mit leuchtenden Augen. Auch dem alten Ratsherrn war manches neu, und geſpannt horchte er auf, als Ludolf erzählte, daß die Fugger für ihre vielen Arbeiter eine große Zahl Häuſer in der Jakobivorſtadt bauen ließen: eine richtige Arbeiterſtadt.

Über die Kämpfe zwiſchen Geſchlechtern und Zünften in Augsburg wurde oft geſprochen. Vater und Sohn brachten beide gern die Rede darauf. Waren doch die Wirren und Schrecken des böſen Lüneburger Prälatenkrieges mit der Verdrängung und Wiederherſtellung des alten patriziſchen Rates noch in lebendiger Erinnerung in Lüneburgs Mauern.

Wie es zu Augsburg einst heiß hergegangen in diesem Ringen der Geschlechter und Zünfte, erfuhren die Hörer, und wie es jetzt um das Regiment in der Stadt bestellt sei. Neben 15 aus den Geschlechtern gehörten in Augsburg 29 aus den Zünften zum Rate, und von den beiden Bürgermeistern wurde einer aus den Geschlechtern, einer aus den Zünften gewählt . . . daneben gab es in Augsburg den Großen Rat, der bei außerordentlichen Gelegenheiten berufen wurde, in welchen jede der 17 Zünfte 12 aus ihrer Mitte entsandte.

„Wir bleiben bei dem bewährten Alten; denn unsere gute Stadt Lüneburg," betonte nachdrücklich Ulrich von Dassel mit dem selbstbewußten Stolze eines Lüneburger Ratsherrn, „hat sich bisher wahrlich nicht schlecht gestanden unter einem Rate aus den Geschlechtern, und die Rechte und Vorrechte unserer Stadt werden gut gehütet und nach Kräften gemehrt."

So oft das Gespräch auf die verbrieften Vorrechte jeder Stadt lenkte, geriet der Ratsherr in besonderen Eifer. Er zeigte, wie Lüneburg den Landesherren, den Herzögen von Braunschweig-Lüneburg, gegenüber zwar nie ganz selbständig geworden sei, aber doch nach und nach ausgedehnte Rechte sich mit starker Hand errungen habe und unbeirrt festhalte. Zukunftsbilder für das kommende Geschlecht zeichnete der alte Herr: wie Lüneburg, trotzend auf seine Macht und seinen Reichtum, mit guter Aussicht auf Erfolg nach völliger Selbständigkeit streben dürfe . . .

Ein bedeutsames Stück Lüneburger Geschichte wurde

so nach und nach vor Ursulas Augen aufgerollt ... eine neue Welt, in welche bisher niemand sie hatte hineinblicken lassen, tat sich vor ihr auf: Wohl und Wehe der Vaterstadt, Freud und Leid in Lüneburgs Häusern.

Das hörte sich anders an als unwahrscheinliche Legenden von den wunderbaren Irrfahrten der Gebeine des heiligen Bartholomäus und als die törichten Spukgeschichten des Aberglaubens, welche die Nonnen einander in aller Heimlichkeit zuraunten oder von den Konversen sich gruselnd zutragen ließen. —

Wenn die Rede auf Klöster und kirchliche Zustände kam, verstummten die Fragen, die Ursula sonst gern dazwischen warf. Sie rückte auf ihrem Hocker dann näher an des Vaters Sessel heran ... durch ihr Herz zitterte die Erinnerung an die lichtlose Klosterzeit, aber auch wieder die Freude: „Ich bin daheim ... im Schutze des Vaterhauses." Heimlich faßte sie auch wohl des Vaters Hand und hielt sie fest oder streichelte sie sacht. Ein scheues Werben um Liebe, ein stilles Geloben war dieses leise Sichanschmiegen. Merkte es Ludolf, so lenkte er das Gespräch auf ein anderes Gebiet.

*　　*　　*

Magister Vischer, der alte Freund des Dasselhauses, saß zum ersten Male in dem kleinen Kreise in des Ratsherrn Schreibstube der heimgekehrten Tochter des Hauses gegenüber.

Über das ernste blasse Gesicht des Gelehrten flog ein frohes Leuchten, sobald sein kluger, forschender Blick die reinen Mädchenaugen traf. Von seiner Seele wälzte sich die Last, die ihn heimlich gedrückt, so oft er im stillen der ins Kloster geschleppten Tochter des Freundes gedacht hatte.

Ursula fühlte dem ehrwürdigen Alten gegenüber keine Befangenheit: war sein Name doch oft von Vater und Bruder mit herzlicher Verehrung genannt worden. Frei begegnete ihr Blick dem seinen.

Ludolf berichtete wieder von Augsburg. Auf die Kirchen und Klöster kam das Gespräch. Ursula warf heute selbst einige Worte über Klöster dazwischen. Da ging es bald Schritt um Schritt immer weiter in ernste Fragen hinein.

„Wie überall, so schilt man auch in Augsburg auf die geldgierige Pfaffheit und verspottet die Dummheit der Mönche," erzählte Ludolf und sprach dann von der Genußsucht und dem üppigen Leben der Geistlichen in dem genußfrohen Augsburg und von dem Reichtum der Kirchen und Klöster. „Immer mehr liegende Güter kaufen sie an, raffen Schätze zusammen und häufen Geld zu Geld."

„Machen's ja allenthalben so," rief der Magister unmutig dazwischen. „Wem gehören denn die meisten Pfannen unserer reichen Sülze?"

Auch dem alten Ratsherrn klang es nicht über= raschend. Eine Äußerung aber ließ ihn dann aufhorchen. „Ich weiß," sagte Ludolf, „man überlegt im Rate zu Augsburg schon ernstlich, ob der Verkauf von liegenden Gütern an Klöster und Kirchen nicht geradezu verboten werden soll."

„Das wäre ein Weg ..." meinte der Alte nach=
denklich.

Der Magister brachte die Rede auf andere Fragen:
„Mir ist gesagt worden, es sei in Augsburg vor einigen
Jahrzehnten den Hussiten der Kreuzgang in Sankt
Ulrich zu Gottesdiensten eingeräumt worden: dann ist
man in Augsburg in Glaubensfragen doch wohl weit=
herziger als anderswo?"

Ludolf stimmte sinnend zu.   „Es wird schon so
sein ..."   Und der Magister sprach grübelnd vor sich
hin: „Bei dem Suchen nach Wahrheit soll man nicht nur
Gräben ziehen, sondern auch Brücken bauen."

„Es will mir scheinen," fuhr Ludolf langsam fort,
„als seien in Augsburg Wellenschläge besonderer Be=
wegungen zu spüren.   Etwas ganz Merkwürdiges habe
ich selbst miterlebt und mit eigenen Ohren gehört."

Ludolf sah, daß auch Ursula gespannt aufmerkte.
So sprach er ohne Bedenken weiter.

„Den Namen Geiler von Kaisersberg habe ich
kürzlich schon einmal genannt und wollte euch von dem
Manne erzählen."

„Von dem Straßburger Domprediger?" fiel Ma=
gister Bischer ihm ins Wort.

„Ja, von dem ..." bestätigte Ludolf.   Und der
Magister warf lebhaft dazwischen: „Die abgebrochene
Kanzel im Münster zu Straßburg ist eigens für ihn
wieder aufgebaut worden ... ein wundervolles, sehens=
wertes Kunstwerk."

Dann richteten sich alle Augen fragend auf Lu=

dolf. „Dieser Geiler von Kaisersberg," begann er nun wieder, „hat in Augsburg längere Zeit Gastpredigten gehalten. Die habe ich gehört." Der Sprechende blickte einen Augenblick in Gedanken vor sich hin ... in der Domkirche zu Augsburg weilte er wieder im Geiste und hörte die eigenartige Bildersprache des geistvollen und redegewaltigen Mannes.

„Ganz merkwürdige Predigten ... " fuhr er wie im Selbstgespräch langsam fort. „Alles Volk lief ihm zu. Seine Worte machten auf viele tiefen Eindruck. — — Auch mir haben sie," bekannte er freimütig, „heimliche Unruhe gemacht und tun das auch noch." Es war etwas ganz Neues darin. Von Mißbräuchen im Kultus, von der Verweltlichung der Klöster sprach er ganz offen und strafte sie scharf. Er rügte eben so schonungslos den sittlichen Verfall der Geistlichkeit wie die lärmenden Festlichkeiten. Wer seinen Predigten aufmerksam nachsann, hörte es heraus, daß auch beim Beichten manches im argen liegen muß. Ja, man sprach oft darüber, daß Geiler von Kaisersberg es vermeide, den Ablaßpredigern das Wort zu reden."

„Ich kann mir denken," äußerte sich der Magister, „daß man dafür gerade in Augsburg besonders hellhörig ist. Dort ist ja ein sonderlich fettes Erntefeld für den Ablaß: allein bei Gelegenheit des Jubeljahres 1451 sind aus Augsburg 20000 Gulden für Ablaß gelöst worden."

„Es ist doch seltsam," brach Ludolf ab, „jetzt sind wir hier vor denselben ernsten Fragen angelangt, über die wir bei unseren Freunden in Augsburg im kleinen Kreise oft gesprochen und gesonnen haben."

„Habt ihr das?" fragte eifrig der Ratsherr, der aufmerksam Ludolfs Worten gefolgt war.

„Ja, oft. Besonders der alte Herr dort beschäftigte sich viel mit all diesen Fragen und sprach gern darüber .. nicht bloß mit uns. Mancher gelehrte Doktor und Magister ging im Hause der Langenmantel ein und aus."

Lächelnd blickte der Ratsherr auf den befreundeten Magister und legte ihm vertraulich die Hand auf den Arm. „Wie Magister Vischer bei uns. Hab ihm manch gutes Wort zu danken." Dann wandte er sich zu dem Sohne. „Also auch mein alter Freund Langenmantel? .. Möchte mich wohl einmal mit dem über solche Fragen aussprechen .."

„Würdest dich schier verwundern, mein Vater, was du da zu hören bekämest."

„Nun?" fragte erwartungsvoll Ulrich von Dassel. Fragende Blicke aller richteten sich auf den Erzähler.

Mit feinem Lächeln und leiser sprechend, als fürchte er unberufene Ohren, gab Ludolf Auskunft.

„Mögt ihr's hören? ... Der alte Herr meinte selbst: wenn die Pfaffen ihm ins Herz sehen könnten, würde er wohl gar als Ketzer verbrannt werden wie der Huß. Er behauptete, mit dem Ablaß werde schamlos Mißbrauch getrieben. Ablaß, Werkerei und Möncherei könnten seelengefährliches Treiben werden. Ein Christentum, das in der Verehrung von Heiligtümern, Re-

liquien und wundertätigen Bildern aufgehe, sei über=
haupt kein Christenleben. — Mir war es manchmal, als
dürfe ich meinen Ohren nicht trauen. Ganz klar und
entschieden sprach er es aus: man kann auch ohne Ab=
laß und Werkerei sein Seelenheil schaffen, und man kann
auch ohne die Heiligen ... Zwischenträger nannte er
sie ... und ohne die Fürsprache der heiligen Jungfrau
Gott nahen."

Ernst sah der Magister vor sich hin.

In tiefem Sinnen hatten Vater und Tochter da=
gesessen und immer gespannter gelauscht. Man las es
auf ihren Mienen, daß etwas Besonderes in ihren Her=
zen vorging. Jetzt blickten sie unwillkürlich sich an.

„Ohne die Heiligen? — Ohne Maria?" fragte
Ursula mit stockender Stimme .... und in tiefem Nach=
denken der Vater: „Ohne Ablaß? — Ohne Werke?"

„So war es," antwortete Ludolf und nickte ernst.

„Die Kirche sagt anders", warf der Ratsherr ein.

„Mir haben die Heiligen im Kloster keinen Frieden
gebracht," flüsterte Ursula unhörbar vor sich hin.

Wieder begegneten sich forschend und grübelnd die
Blicke von Vater und Tochter. Durch beider Seelen
ging das Fragen: „Wie werde ich dann aber gerecht vor
Gott und des Heiles gewiß? .. "

Der Magister fuhr aufatmend aus seinem Sinnen
empor. „Und recht hat der Mann doch!"

Vor Ursulas Augen aber tauchte plötzlich das merk=
würdige Bild aus der Lüner Klosterkirche auf. Wie es
kam, hätte sie selbst nicht zu erklären vermocht. Aber

deutlich sah sie die Hand aus den Wolken, die Wage mit den beiden Wagschalen haltend.

Sollte in dem Bilde die Lösung dieser Fragen liegen?

III.

Vielstimmiger Lärm und fröhliches Lachen schallte im Schütting am Markte durch die hintere Trinkstube, in der sich die Junker aus den Lüneburger Sülfmeisterhäusern zu treffen pflegten. Ludolfs Altersgenossen und Freunde hatten sich auf Verabredung in großer Zahl zusammengefunden, die glückliche Rückkehr des Weitgereisten zu feiern.

Als Ludolf von Dassel eintrat, fand er die Zechstube schon gedrängt voll. Stürmisch wurde er von allen begrüßt. Dann hieß es: „Erzähle, Lüdecke, erzähle!" Aber die einzelnen stellten so viele Fragen zugleich, daß an ein ruhiges Sprechen überhaupt nicht zu denken war.

Von allen Seiten schwirrten die Zurufe durcheinander:

„Was hat dich so lange in Augsburg gehalten?"

„Hast dir ein Feinslieb dort gesucht?"

„Sind die Augsburger Frauen wirklich so schön?"

„Hast wohl ein herrlich Leben geführt?"

„Wo sind die Mägdlein schöner — in Augsburg oder in Lüneburg?"

„Es geht doch wohl nichts über Lüneburgs wonnige Jungfräulein?"

Ludolf von Dassel wehrte lachend die ungestümen Frager ab. „Nein, es geht nichts über Lüneburger Mägdlein. — — Aber . . . gemach, gemach, ihr Freunde! Laßt euch Zeit! Will euch gern Rede stehen. Doch eins nach dem andern."

Dabei zog er heimlich seinen Freund Sankenstedt am Arm und raunte ihm hastig zu: „Höre! — Wie ist's deinem herzigen Schwesterlein, der Ilsabe, ergangen, solange ich fort war?" Der lachte froh und sprach halblaut zurück: „Hat viel an die schönen Frauen in Augsburg gedacht."

„Sag' Ilsabe, ich käme," konnte ihm Ludolf noch eben zuflüstern, da wurden sie getrennt. Konrad von Wittorf ergriff Ludolfs Hand, führte ihn zu dem Ehrensitze und nahm selbst an seiner Seite Platz.

Die Wogen legten sich. Ludolf von Dassel konnte berichten. Er fand aufmerksame Zuhörer an der Schar der Junker, und manche Frage wurde jetzt in Ruhe gestellt und beantwortet.

Mit Spannung hörte Jung-Lüneburg von den zahlreichen Fremden, die alljährlich nach Augsburg, der tonangebenden Stadt, strömten, von glänzenden Ritterspielen und prächtigen Festen und von dem Reichtum in den Geschlechterhäusern. „Augsburg," so schloß er, „rühmt sich, daß es in drei Wochen 30 Tonnen Goldes aufbringen kann."

„Ist so viel Geld dort,“ meinte Sankenstedt, „dann ist’s kein Kunststück, glänzende Feste zu rüsten.“

Jetzt wurden aber auch Stimmen laut für Lüneburgs Herrlichkeit:

„Unsere Feste können sich auch sehen lassen.“

„Und ob! — Kalandschmaus, Kopefahrt, Fastnachtsfeier!“

„In Lüneburg ist’s doch am besten.“

So schallte es von verschiedenen Seiten.

„Das soll gelten,“ bekräftigte Ludolf von Dassel. Dann erzählte er weiter: „Den Geschlechtern eifern die Zünfte nach und möchten’s ihnen gleichtun.“

„Also auch dort?“ — „Gerade wie hier!“ kamen von neuem Zwischenrufe. Aber der Sprechende ließ sich nicht unterbrechen.

„In den Trinkstuben der Zünfte geht es nicht minder hoch her als in der Geschlechterstube. Überhaupt ist Augsburg in allen seinen Kreisen eine festfreudige Stadt. Auch die Pfaffen machen nur zu gern mit . . . ja, sie sind oft die ersten bei allen weltlichen Lustbarkeiten.“

„Wie unsere Benediktiner von St. Michaelis.“

„Vor Jahren ist einmal ein umherziehender Bußprediger, Johann Capistranus, scharf gegen das ganze Treiben aufgetreten. Seine Predigten haben die Leute mächtig gepackt. Würfel, Karten, Brettspiele, kostbare Schlitten, üppige Geräte: ganze Scheiterhaufen hat man davon zusammengeschleppt und verbrannt . . . doch Karten und Würfel sind bald wieder zutage gekommen, und für die verbrannten Schlitten hat man noch prächtigere erbaut. Jetzt denkt die Pfaffheit natürlich nicht an Einschreiten gegen Prunk und Feste. — — Aber was sagt ihr dazu: der Rat hat versucht, dem Übermaß der Lustbarkeiten Einhalt zu tun! . . . Hat ein Verbot erlassen gegen das Singen um Kränze, die Hahnentänze, das Weintrinken und Zechen auf Tischen vor den Häusern. Auch das ist freilich schon wieder vergessen . . ."

Gerade schickten sich verschiedene im Kreise an, ihre Meinung über das Vorgehen des Rates zu äußern, da wurde die Erzählung jäh unterbrochen.

Alle blickten plötzlich nach der Tür, und Konrad von Wittorf schrie: „Da kommen unsere Bußprediger!"

Zwei Bettelmönche mit Kreuz und Büchse standen in der Tür der Trinkstube: Franziskaner aus dem Marienkloster auf dem Gosebrink am Ochsenmarkte.

Tosender Lärm brauste durch das Gemach. Alles schrie den Mönchen entgegen: „Salve, salve!"

„Hereinkommen!"

„Nein — hinaus, hinaus!"

„Nur immer herein! Salve, frater!"

Der eine Bettelmann drehte mit ängstlichen Blicken und verlegener Miene um und verschwand. Der andere, eine unförmig dicke Gestalt, schüttelte die rasselnde Büchse und schritt mit dummdreistem Gesicht zwischen die lärmende Tafelrunde.

„Komm her!" rief Ludolf von Dassel.

Schmunzelnd streckte der Mönch dem Rufenden die Büchse entgegen, und dieser schickte sich an, ein Geldstück hineinzuwerfen. Aber Konrad von Wittorf deckte lachend die Hand über die Öffnung.

„Halt, Mönch! Da bist auf dem Holzwege. So einfach geht's nicht."

„Laß doch den faulen Wanst weiterziehen," rief ein anderer dazwischen.

„Nein," erklärte Konrad entschieden, und seine Augen sprühten von lustiger Bosheit. „Erst soll der Hochwürdige etwas tun für sein armes Kloster und für seinen schwachen Leib."

Damit schob er dem Bettelmönch einen vollen Bierkrug hin und ließ vor seinen Augen eine Münze hineinfallen. „Da ... trink aus ... bis zum Grunde! Dann ist das Geld dein."

Mit lüsternen Blicken streckte der Mönch die fette Hand nach dem schäumenden Kruge aus. Wieder kakamen Zurufe von links und rechts. Sie zauberten ein breites Grinsen auf des Mönches feistes Gesicht.

„Aber in einem Zuge," schrie Sankenstedt dazwischen. „Sonst gilt's nicht."

„Will's versuchen mit der Heiligen Hilfe," sprach salbungsvoll der Dicke mit frommem Augenaufschlag.

„Trink ... es ist heilkräftiger als ein Wässerlein aus dem Sankt-Gungels-Brunnen in Lüne."

In langen Zügen schlürfte der Mönch. Die übermütige Junkerschar drängte sich im Kreise um ihn. Von allen Seiten schrieen sie wieder durcheinander.

„Nichts verschütten!"

„Heiliger Gangelinus, hilf ihm!"

„Er schafft's."

„Am Ochsenmarkt haben sie einen guten Zug."

Der Krug war geleert. Der Mönch fuhr sich mit dem Handrücken über den Mund und schmatzte behaglich. Vergeblich aber versuchte unter dem schallenden Gelächter des ganzen Kreises jetzt der dicke Franziskaner, mit seiner fleischigen Hand das Geldstück aus dem Kruge herauszuholen. Wollte er es haben, so mußte er den Krug umstülpen.

Die Münze rollte auf den Tisch. Rasch legte Konrad von Wittorf die Hand darauf und schob sie lachend dem Mönche hin: „Da ist dein Gulden."

Mit funkelnden Augen griff der zu. Es war aber nur ein armseliger Heller, und ausgelacht wurde der Bettelmann noch obendrein.

„Noch eins!" erklang es aus dem allgemeinen Gelächter. „Er hat ja doch 'ne trockene Leber."

Der Mönch spitzte schon erwartungsvoll die Ohren. Seine Hoffnung wurde aber getäuscht.

„Nein . . . raus mit ihm!"

„Heute nicht . . . genug, genug!"

„Laßt den Dickwanst laufen!"

„Diesmal hat er sein Geld wenigstens ehrlich verdient."

„Nun hinaus!"

Der Mönch verschwand und war rasch vergessen. Augsburg und Lüneburg kamen wieder zu ihrem Rechte.

Nur Konrad von Wittorf kam mit seinen Gedanken nicht sogleich von dem Mönche wieder los. Auf seinen

markigen Zügen lag der Ekel über das unwürdige Ge-
baren des feisten Kuttenträgers. Zornige Empörung
blitzte aus den stahlblauen Augen, und ein bitterer Ton
klang durch seine Worte, als er sich zu seinem Freunde
Ludolf wandte: „Und von solch einem Wanst sollen die
Leute sich sagen lassen von dem Zartesten und Keusche-
sten, was es gibt für eine Menschenseele … von Gott
und Ewigkeit!“

*　　*　　*

Lauter wurde der Lärm der Zechenden.

Sangeslustige Kehlen stimmten Lieder an und
übertönten das vielstimmige Sprechen. Schließlich
schallte es in vollem Chore durch die Trinkstube:

> „Hätt’ ich ein Kaisertum,
> Dazu den Zoll am Rhein,
> Und wär’ Venedig mein,
> So wär’ es all verloren;
> Es müßt’ verschlemmet sein.“

Konrad von Wittorf und Ludolf von Dassel warfen
sich einen Blick stillen Einverständnisses zu. Dann brachen
sie gleichzeitig auf. Zwei recht ungleiche Kameraden:
neben dem großen, kraftvollen Freunde erschien Ludolf
geradezu klein … da seine Augen ein wenig kurzsichtig
waren, haftete seinem Gange und seinen Bewegungen
manchmal etwas Vorsichtiges an, während Konrad stets
fest und sicher zuschritt.

„Laß uns noch ein Wegstück zusammen wandern,“
forderte Konrad den Freund auf, als sie aus dem Tosen

der dumpfen, überfüllten Trinkstube ins Freie traten. „Wir haben uns lange nicht mehr allein gesprochen."

Ludolf stimmte gern zu. „Ja, lange nicht mehr. Ich bin länger fortgeblieben, als ich damals dachte. Schön war es wohl da draußen . . . aber Lüneburg ist es nicht. Ich freue mich, daß ich wieder bei euch bin."

Er musterte den größeren Gefährten mit bewundernden Blicken. „Ich sehe es auch an dir, Konrad, wie lange ich fortgewesen bin: du bist breit geworden inzwischen." Dabei ergriff er des Freundes Hand und drückte sie warm. „Man denkt doch in der Fremde viel an die Heimat, an die Freunde und all die vertrauten Stätten. Hab auch oft an euch im Langenhof zurückgedacht."

Der Sprechende unterbrach sich selbst. Er blieb stehen und faßte des Freundes Arm. „Ich vergesse ja die Hauptsache. Wie steht es jetzt mit deinem Ohm Lange?"

Ein leiser Schatten legte sich auf Konrads Züge. Die Antwort klang bedrückt. „Nicht nach Wunsch. Die schlimme Krankheit schreitet fort. Er ißt wenig. Die Kräfte nehmen seit einem Jahre sichtlich ab. Ich fürchte, wir behalten ihn nicht mehr lange."

„Wir würden ihn alle vermissen. Weißt du noch, wie Ursula und ich als Kinder ihn auch ‚Ohm‘ nannten?" Konrad nickte still, während Ludolf nachdenklich fortfuhr: „Er ist dir wie ein Vater gewesen."

„Er ist mir Vater und Mutter gewesen von früh an. Was wäre aus mir geworden, wenn Ohm Lange mich nicht ins Haus genommen, als die Eltern beide so bald starben und ich allein stand in der weiten Welt?" Immer wärmer sprach Konrad. „Eine sonnige Kindheit und frohe Jugend verdanke ich dem Ohm und werde ihm zeitlebens dafür dankbar sein. Eine sonnige Kindheit ist ein Schatz für das ganze Leben."

„Ja, es war schön, wie wir noch als Kinder beim Ohm Lange im Langenhof spielten."

Jetzt richtete Konrad eine Frage an den Freund, die ihm schon die ganze Zeit auf dem Herzen gelegen hatte. „Sag' Lüdecke . . . es schien dir nicht recht zu sein, daß ich mit dem dummen Mönche den derben Spaß machte? . ."

„Nein . . . so ganz nicht."

„Das sagst du? — — Du, Ludolf von Dassel? — — Ich denke doch, du hast noch besonders ein Hühnchen mit der Pfaffheit zu rupfen?"

„Wie meinst du das?"

„Ob Mönch, ob Pfaffe . . . wo der eine mit gewaschen, ist der andere mit getrocknet. Die Sorte hat dir doch die Ursula genommen und ins Kloster geschleppt."

„Das ist ja nun vorüber. Ich möchte nicht offene Feindschaft haben."

Konrad verzögerte seine Schritte und sah den Freund groß an. „Bist du ein anderer geworden in der Fremde? Lüdecke, ich verstehe dich nicht. Das ist vorüber? So etwas kann man doch nicht vergessen. Weißt du nicht mehr, wie wir als Knaben Pläne über Pläne schmiedeten, um Ursula aus dem Klosterkerker zu befreien, und wie wir den Pfaffen ewigen Haß gelobt haben? Ist deiner Schwester Los dir jetzt gleichgültig geworden?"

Immer erstaunter blickte Ludolf auf den Gefährten. „Was sprichst du, Konrad? — Gleichgültig geworden? ... Ursula befreien? — — Hast du nicht erfahren, daß Ursula wieder daheim ist?"

Konrad stand plötzlich wie angewurzelt. Krampfhaft umfaßte er des Freundes Arm. „Was sagst du?" Er packte den andern an beiden Schultern und fragte nochmals: „Was sagst du da?"

„Wir haben Ursula wieder."

„Sie ist nicht mehr im Kloster?"

„Nein — daheim beim Vater."

„Lüdecke!! — — Und das sagst du mir jetzt erst!"

„Aber, Liebster, ich denke, das weißt du."

„Ursula daheim? . . Nicht mehr im Kloster? . . Geschehen Zeichen und Wunder? Haben die Pfaffen sie wirklich losgelassen?"

„Sie ist zuletzt als Novize in Lüne gewesen. — — Aber komm weiter. Ich erzähle dir alles . . . "

Lange noch wanderten die beiden Freunde auf einsamen Wegen und sprachen über Ursulas Klosterjahre und Heimkehr.

„Daß sie unserer Ursula, unserm Spielgesellen, Jugendjahre und Jugendfreude gestohlen haben, das vergesse ich den Pfaffen nie und nimmer", grollte Konrad zum Schluß. Dann faßte er vertraulich des Freundes Hand und fragte leiser: „Sag' mir, wie sieht sie aus?"

„Aus dem lachenden Kinde ist ein ernstes Jungfräulein geworden.“

„Sie muß das Lachen wieder lernen. — Hat sie
noch die sonnigen braunen Augen?“

„Ich werde ihr einmal aufmerksam hineinsehen . . .
kann dir dann Bescheid geben.“

„Will mich lieber selbst überzeugen.“

„Auch gut . . . wenn ich dir nicht zuverlässig ge-
nug bin. — Also komm bald ins Dasselhaus. Der
Vater wird es auch gern sehen, wenn wir wieder gute
Freundschaft halten.“

„Ich komme bald. Leb’ wohl, Lüdecke!“

„Auf Wiedersehen, Konrad!“ — —

Seit jener Stunde verfolgte der Gedanke an die
aus dem Kloster Heimgekehrte Konrad fort und fort.
Vergeblich versuchte er, sich das frische Kind mit den
prächtigen braunen Locken in der ernsten, unkleidsamen
Tracht der Klosterfrauen vorzustellen. Sie blieb ihm
der lustige, geschmeidige Spielgesell, dem keine Mauer
zu hoch und kein Winkel zu dunkel war.

*　　*　　*

Wenn Ludolf von Dassel recht hatte, so verschwan-
den die tiefsten Kummerfalten aus dem Antlitz des alten
Ratsherrn, seitdem sein Töchterlein täglich mit weicher
Hand lind und zart über seine Stirn ihm strich. Auf
Ursulas Wangen blühten die erblaßten Rosen wieder
auf; ja, leises Singen alter, liebgewordener Weisen
begleitete nicht selten ihr freundliches Walten im Hause.

Der Vater freute sich darüber.

Als zum ersten Male in Ursulas sonst so stillem Mädchenstübchen das Singen sich hören ließ, weilten der Vater und Ludolf gerade in der nahen Schreibstube des Ratsherrn. Beide horchten auf, schoben zugleich ihre Arbeit beiseite und schauten sich mit fragenden, aufleuchtenden Blicken an.

„Hörst du's?" flüsterte halblaut der Alte, als fürchte er, die Singende zu stören.

Der Junker nickte lächelnd. „Sie singt wieder." — „Klosterlieder!" betonte er nachdrücklich.

Ein heller Schein flog über des Ratsherrn sinnende Züge. „Ja, Klosterlieder sind es. Sie hat es überwunden. Jetzt denkt sie ohne Bitterkeit an das Kloster zurück, wo sie diese Lieder gelernt und gesungen hat." —

Auch die Scheu, sich außerhalb des Hauses mit dem Vater oder dem Bruder zu zeigen, bezwang Ursula mehr und mehr. Es war nicht bloß die Furcht vor neugierigen Blicken und unzarten Äußerungen, sondern auch die lange Gewöhnung der weltabgeschlossenen Klosterjahre.

Am liebsten blieb sie daheim ... im Hause auf ihrem erhöhten, umgitterten Fenstersitz in der Utlucht oder zwischen der Blumenfülle ihres Gärtchens im Dasselhofe. Vor den Besuchern des Hauses hatte sie anfangs scheu sich zurückgezogen. Bald aber lernte sie es, auch den Blicken und Worten Fremder standzuhalten und die Freunde des Hauses unbefangen zu begrüßen.

Nur als Konrad von Wittorf zum ersten Male nach ihrer Rückkehr ins Dasselhaus kam, überfiel sie wieder bange Scheu und heimliche Hilflosigkeit.

Mit der offenen Herzlichkeit des alten Spielkameraden trat ihr der stattliche Junker entgegen. Ein Wort, halb Scherz, halb Ernst, das über alles Fragen hinweghelfen sollte, schwebte ihm auf der Zunge: „Gott sei gelobt, daß du aus den Klauen der Pfaffen wieder heraus bist, Ursula." Aber als ihm das schlanke Geschlechterfräulein mit dem stillen Ernst im Antlitz und dem jungfräulichen Liebreiz gegenüberstand und die großen braunen Augen ihn fast ängstlich ansahen, brachte er ein scherzendes Wort nicht über die Lippen. Die ernste Jungfrau da vor ihm war nicht mehr der lustige Spielgesell von früher, mit dem er jetzt einfach weitertollen konnte, als liege keine Trennungszeit dazwischen. Der sonst so sichere, ja oft übermütige Junker wußte in plötzlicher Bestürzung nicht, ob er Ursula als Geschlechterfräulein oder als einstmaligen Spielkameraden anreden solle.

Förmlich und unbeholfen fiel seine Begrüßung aus: „Erlaubt, daß ich in alter Freundschaft Euch die Hand reiche." Leise und scheu erwiderte sie mit stockender Stimme: „Seid willkommen, Junker Konrad." Ihre Hand zitterte, als des Jungherrn kräftige Rechte sie umschloß, und Konrads Mienen verrieten deutlich die Überraschung, die ihn für einen Augenblick aus der Fassung gebracht. Noch auf den Stufen draußen vor dem Gemach würde er sich kaum gewundert haben, wenn sein Spielgesell plötzlich aus der Tür ihm entgegen gesprungen und in die Arme geflogen wäre: „Komm rasch, Konrad! Wir verstecken uns. Lübecke soll uns suchen."

Wie ganz anders jetzt das Begegnen . . .

Kaum hatte Konrad von Wittorf Ursulas Hand freigegeben, so nahm ihn auch schon der Ratsherr ganz für sich in Anspruch. Wollte der Junker nicht unhöflich gegen den alten Herrn erscheinen, so mußte er den Blick von Ursulas lieblichem Bilde losreißen und dem Hausherrn geziemend Rede stehen auf seine Fragen.

Die beiden jungen Männer nahmen ihre Plätze zur Seite des Ratsherrn ein. Ursula trat still hinter des Vaters Stuhl, Konrads Augen scheu ausweichend. Lebhaft ging das Gespräch zwischen den Männern hin und her. Ursula beteiligte sich nicht daran und verließ schon nach kurzer Zeit das Zimmer. Leise, ohne aufzuschauen, ging sie fort. Vater und Bruder hielten sie nicht zurück.

Immer wieder hatten Konrads Blicke verstohlen das Antlitz der Jugendfreundin gesucht und mit stillem Staunen auf den feinen Zügen geruht. Sie schien es nicht zu beachten. Bewundernd folgten seine Augen, als Ursula sich zur Tür wandte, der blühenden Gestalt in der kleidsamen Tracht der Geschlechterfräulein. Jetzt wartete er vergeblich, daß sie wiederkommen, ihm Auge in Auge gegenüber sitzen und mit ihm Erinnerungen aus den Kindertagen auffrischen und austauschen solle.

Schließlich mußte er aufbrechen, ohne sie noch einmal gesehen zu haben. Unzufrieden mit sich selbst ging er heim. Sollte Ursula sein Anstarren doch bemerkt und seine staunende Bewunderung wohl gar für zudringliche Neugier gehalten haben? Hatte er selbst das scheue Klosterfräulein verscheucht? Warum war sie nicht wiedergekommen, so daß er ohne Abschied ziehen mußte?

Er versuchte, sich ihr Bild wieder vorzuzaubern. Je klarer er es vor sich sah, um so deutlicher fand er in dem Antlitz der Jungfrau die Züge des Mädchens wieder.

Ob die braunen Augen noch ebenso sonnig wie früher blicken konnten? Er hatte kaum hineinzuschauen vermocht. Nur flüchtig war ihr Blick dem seinen begegnet; dann hatte er sich scheu gesenkt und den alten Freund gemieden.

Das Staunen über die schöne Mädchenblume, die aus dunklem Klosterschatten wieder in den Sonnenschein des Vaterhauses verpflanzt war und hold sich hier zu entfalten begann, blieb in seinem Herzen. Aber die Überraschung löste sich in heimliche, tiefe Freude auf: er würde sie wiedersehen.

IV.

Auf den sonnigen, rasch dahinfließenden Sommer folgte für den Dasselhof ein ruhiger Winter, der alle Hausgenossen ihres stillen häuslichen Glückes von Herzen froh werden ließ.

Konrad von Wittorf schritt oft durch die Tür unter dem Lindenblattwappen. Von dem alten Herrn wurde er stets mit warmer Freundlichkeit aufgenommen: der frische Junker mit dem hellen Blick gewann immer mehr das Herz des Ratsherrn . . . auch des Sohnes wegen freute sich der Alte über Konrads Kommen.

Die beiden so verschieden gearteten Freunde er= gänzten sich in glücklicher Weise. Ludolf, der bei seiner Kurzsichtigkeit körperlichen Übungen und dem Waffen= gebrauch abhold und mehr zum Grübeln veranlagt war, schlug oft in seiner nachdenklichen Art gelehrte und ernste Fragen an. Konrad dagegen, der mit beiden Füßen fest auf der Erde stand, mit klaren Augen in die Ereignisse und Forderungen des täglichen Lebens hineinschaute und mit fester Hand zugriff, wo es galt, fand genug Gelegenheit, auch dem Freunde in dem Stoßen und Drängen des Alltags mit warmem Herzen zurecht= zuhelfen und dessen Blick für das wirkliche Leben zu schärfen.

Ursulas anfängliche Scheu dem alten Jugend= freunde gegenüber verlor sich immer mehr. Mit gleich= bleibender Freundlichkeit und stiller Zurückhaltung be= grüßte sie ihn bei seinem Kommen und bei seinem Gehen. Sie lief ihm nicht aus dem Wege; aber sie suchte auch nicht seine Gesellschaft. Kam er, während sie gerade in ihrem lauschigen Mädchenstübchen weilte, so verließ sie ohne besondere Aufforderung ihr freund= liches Heim nicht.

Dem Gespräch der Männer lauschte sie gern; nahm auch wohl unbefangen daran teil. Nur wenn die beiden Junker anfingen, in Kindheitserinnerungen zu schwel= gen, so stieg wohl ein zartes Rot in des Mädchens Wan=

gen und sie antwortete auf die Fragen der jungen Männer mit leiser Befangenheit. Im Kloster hatte sie gern, wenn auch mit schmerzlichem Heimweh, der sonnigen Kindertage gedacht; jetzt war ihr das Erinnertwerden fast peinlich, besonders wenn sie fühlte, daß des Vaters Blick sinnend auf ihr ruhte.

Dem Ratsherrn konnte es nicht verborgen bleiben, daß Konrads Verkehr im Dasselhofe zu einem stillen, ritterlichen Werben um die Tochter des Hauses wurde. Der Vater sah es nicht ungern. Dem kernigen, aufrechten Junker und zukünftigen Sülfmeister, der gleich ihm einst im Rate der Stadt Lüneburg sitzen, dem der kinderlose Ohm Lange einmal den Langenhof übergeben würde, dem erprobten Freunde seines Sohnes würde Ulrich von Dassel ohne Bedenken die Hand seiner geliebten Ursula zusagen. Doch vergebens fragte er sich, wie das Mädchen selbst über Konrads Werben denken mochte.

In Ursulas Herzen sah es wunderlich aus. Sie freute sich über des Junkers Kommen und fürchtete sich doch davor. Mit heimlicher Gewalt fühlte sie sich zu ihm hingezogen und wehrte sich zugleich mit aller Kraft dagegen. Seinen Blicken wich sie aus und hätte doch am liebsten heimlich seine Augen gesucht und mußte oft gewaltsam dieses Wünschen zurückdrängen.

So gelang es ihr allerdings, dem Jugendfreunde äußerlich ruhig zu begegnen, aber um so mehr quälten sie dabei die tiefe Unruhe und die zwiespältigen Gedanken. Sie fühlte: es waren nicht nur die Fäden aus der Kinderzeit, wenn täglich ihre Gedanken zu dem stattlichen, fröhlichen Junker flogen.

Ludolf machte sich über die Schwester und Konrad nicht viel schwere Gedanken. Er war von den eigenen Herzenswünschen in Anspruch genommen, deren Ziel die ihm hold gesinnte Ilsabe von Sankenstedt war. Und es erschien ihm ganz selbverständlich, daß Ursula und der Freund zusammengehörten und sich finden würden.

*   *
*

Im Hausgarten des Dasselhofes reckte die breit= kronige Linde ihre Äste noch kahl zum Himmel empor. Den Holunderbusch im Hauswinkel schmückte noch kein grünes Blättchen . . . grau und winterlich grämlich sah er aus. — Der Frühling hielt seine grüne Blätterpracht noch zurück.

Aber die Märzsonne am klarblauen Frühjahrs= himmel hatte sich heute allen Ernstes vorgenommen, der Welt einen richtigen Märzsommertag zu schenken. Alle Ecken und Winkel durchstöberte sie mit flimmerndem Lichte, drängte die dumpfe Winterkälte hinaus und füllte sie mit sommerlicher Wärme.

An der Mauer, von welcher die aufprallenden Sonnenstrahlen warm zurückgeworfen wurden, auf der Holzbank saß Ursula und ordnete Schneeglöckchen und Immergrün zu einem Sträußchen. Sie freute sich des Sonnenlichtes und dehnte wohlig die jungen Glieder in der Sommerwärme.

Vor ihr stand Bruder Ludolf . . . auf dem Antlitz auch Sonnenschein. Lebhaft redete er auf die Schwester ein, die den Blick nicht von ihren Blumen erhob. Von Ilsabe von Sankenstedt, seiner Herzliebsten, sprach er und von Zukunftsplänen und kommenden schönen Tagen und sprudelte dann in seiner überwallenden Herzensfreude heraus: „Das eine wünsche ich dir, lieb' Schwesterlein, daß auch dir einmal solch reiches Glück beschieden sein möge."

Vergeblich hatte Ludolf gewartet, daß die Schwester ein Wort herzlicher Freude über sein Glück äußern werde. Mit steigender Verwunderung sah er, wie auf Ursulas Züge sich tiefer abweisender Ernst legte. Bei seinem letzten Wunsche schüttelte sie sogar ganz leise das Haupt. Da stockte sein Redefluß. Befremdet trat er zurück.

„Ursula . . . du solltest die erste sein, die erfährt, daß Ilsabe mir ihr Herz geschenkt hat . . . du solltest dich zuerst mit mir freuen — — — und nun sitzest du da, verziehst keine Miene und findest kein Wort für mich und mein Glück. — — Was hast du, Ursula? — — Woran denkst du?"

Sie blickte nicht auf. Zögernd, aber ruhig kam die Antwort: „An Schwester Mechtild Wilde in Kloster Lüne." Der Bruder schüttelte verständnislos den Kopf. Eine ganz andere Antwort hatte er erwartet. Stockend fuhr sie fort: „Als du von Ilsabe sprachest, mußte ich an das denken, was ich im Kloster oft von Schwester Mechtild gehört habe."

„Ich verstehe dich nicht," sagte Ludolf verwundert. „Du mußt schon deutlicher reden."

„Wir wollen lieber nicht darüber sprechen," bat Ursula jetzt ausweichend. Aber nun drängte der andere: „Heraus mit der Klosterweisheit, Schwesterlein!"

„Von Ehelichwerden und dem ehelichen Leben hat sie manchmal zu mir gesprochen," beichtete Ursula mit leiser Stimme.

„Und was?"

„Nicht so, wie du es eben getan hast . . ."

„Kann ich mir denken. — — Aber sprich, Ursula!"

„Das Ehelichwerden ist etwas sehr Häßliches und das eheliche Leben eine Erniedrigung für die Frau," sagte sie . . . dabei bemühte sie sich, ihrer Stimme einen festen Klang zu geben. Aber sie senkte die Augen zu Boden.

„Ursula!" . . . unterbrach sie in jäher Empörung der Bruder.

„Alle denken sie so im Kloster," fuhr Ursula erregt fort. „Alle sagen sie doch, das jungfräuliche Leben ist weit besser und heiliger als das Ehelichwerden . . . es muß doch etwas Wahres daran sein."

„Komm!" sagte Ludolf ruhig und streckte ihr die Hand hin. „Wollen im Gehen weiter davon sprechen. — — Wer immer auf Herrn Omnes hören will, ist übel daran. So einer kommt nie zurecht."

Sie schritten in dem Gärtchen auf und ab . . . immer wieder. Fest hielt Ludolf die Hand der Schwester, und aus übervollem Herzen strömten die Worte über seine Lippen.

Von einer reinen heiligen Flamme sprach er, die Gottes Hand in Menschenherzen anzünde ... von unsichtbaren Fäden und ihrem starken Ziehen .... von der reinen Liebe zweier Herzen, die von Gott zusammengeführt miteinander sich freuen und miteinander weinen können, zusammen schaffen und leiden, hoffen und tragen, wandern und ruhen dürfen ... von allem Schönen und Großen im Ehestande ... von dem reichen vollen Glück der vier Wände ...

Eine neue Welt tat sich vor Ursulas Seele auf ... eine Welt, von der sie bis dahin nichts gewußt, in die sie nur zagend hineinzublicken wagte. Gedanken wuchsen empor, die sie bisher gewaltsam im Keime erstickt hatte — an Namen und Erinnerungen aus der Klosterzeit knüpften sie an ... an die Namen jener Nonnen, die aus dem Kloster Lüne einst ausgestoßen werden mußten: „Konnte das Klosterleben wirklich höher stehen, wenn es doch vor dem Fall nicht zu bewahren vermochte? ..."

Still lauschte sie der lieben Stimme des Bruders, der ihre Hand nicht wieder losließ, als ob seine Worte so desto besser eindringen müßten. Schließlich zog er die Schwester herzlich in seine Arme und strich ihr zart über die erblaßten Wangen. „Was haben sie aus dir machen wollen! ... Klosterfräulein, Klosterfräulein! ... Es ist nicht alles recht und gut gewesen, was man dir im Kloster ins Ohr geflüstert hat ..."

Ludolfs Name wurde vom Hause her gerufen. Konrad von Wittorf war zum Besuch gekommen.

Eine heimliche Aufregung sprach noch aus Ludolfs Zügen, als die beiden Junker sich in der großen Halle begrüßten. Konrads klarem Blicke entging es nicht. Er faßte den Freund an beiden Schultern, drehte ihn ganz nach dem Lichte, das durch die Fenster hereinfiel, und sah ihm lachend und fragend in die Augen.

„Hagelwetter bei Märzensonne? — Wo fehlt's denn? — Will etwa die Ilsabe nicht, wie sie soll?"

Doch der andere wich seinem Blick aus und wollte nicht mit der Sprache heraus. „Es ist zum dreinschlagen!" grollte er. „Aber laß nur, Konrad. Ich mag nichts mehr davon hören. — Komm herein!"

Sie traten in das behagliche Wohngemach und trafen dort den alten Herrn an. Der warf einen fragenden Blick auf Ludolf. „Hast du Verdruß gehabt?"

Da lachte dieser. „Mein Gesicht ist ja wohl ein aufgeschlagenes Buch? Nun fragst du auch. — — Freilich hab' ich . . . eben mit der Ursula . . ."

Er brach ab. Aber der forschende Blick des Vaters zwang ihn, weiter zu sprechen. „Wie kam es eigentlich? — Ja . . . richtig, so war es . . . aber das tut auch nichts zur Sache."

„Nun einmal heraus mit der Sprache!" trieb jetzt der Vater nach.

„Also . . ." raffte sich Ludolf zusammen, „über Ehelichwerden haben wir gesprochen. Der Ursula haben die sonderbaren Heiligen da im Kloster Lüne ganz verrückte Gedanken in den Kopf gesetzt: das Ehelichwerden

und das Eheleben sei eine Erniedrigung für eine Frau
. . . sei etwas sehr Häßliches.“

„So denkt Ursula?“ fuhr Konrad auf. „Das
kann . . .“

„Nein,“ unterbrach ihn Ludolf, „die Lüner Kloster=
frauen haben es ihr vorgeredet. Und jetzt hat sie selbst
darüber nachgedacht und ist nun ganz verstört und weiß
nicht, was sie davon halten soll.“

Der alte Ratsherr schüttelte bekümmert und un=
willig den Kopf. Konrad aber sprang auf und stellte
sich breitbeinig in seiner ganzen Größe vor dem Freunde
auf. „Lüdecke! Hast du ihr denn nicht gehörig den Kopf
gewaschen? — — Erniedrigung? . . . Etwas sehr Häß=
liches? . . . Das wäre ja noch schöner! — — Potzblitz,
ein herzig Jungfräulein rechtschaffen liebhaben, das
soll etwas Häßliches sein? Ein schönes Jungfräulein als
sein holdes Ehegemahl und seine Hausehre heimführen,
in Treuen meinen und auf den Händen tragen, das
soll eine Erniedrigung für die Frau sein? Dann ist’s
wohl gar Todsünde, ein herzliebes magdlich Kind, mit
dem man Handtreu getauscht, ehrlich zu küssen nach
Herzenslust?“ Er vergaß ganz des Ratsherrn Gegen=
wart. „Kommt mir nur,“ drohte er nach Lüne zu, „ihr
Klosterkatzen . . . wenn ihr einem kerngesunden Mägd=
lein, das der Herrgott eigens zum Heiraten geschaffen
hat, eure niederträchtigen, ungesunden Gedanken ein=
blasen wollt!“

Mit großen Augen blickte der Ratsherr auf den Un=
gestümen und hob abwehrend und beruhigend die Hand.

Da besann sich der Junker. „Verzeiht, Herr Rats=
herr . . . ich ließ mich fortreißen . . . aber wenn das
Herz zu voll ist!" . .

Ruhig trat er jetzt vor den alten Herrn hin . . . ruhig
und fest sprach er: „Herr Ratsherr, Ihr seid mir ein
gütiger väterlicher Freund bisher gewesen. Darf ich
hoffen, daß Ihr einmal mir ein Vater sein werdet? Ich
bitte Euch, gebt mir das Recht, um Eure Ursula zu wer=
ben, daß sie als mein ehelich Weib meine Hausehre
werde."

Aufstehend reichte der Ratsherr dem Junker mit
festem Druck die Hand. „Konrad, du bist mir lieb ge=
worden lange schon. Gern würde ich gerade dir mein
Kind anvertrauen. Aber laß ihr Zeit! Sie muß sich
erst wieder zurechtfinden hier draußen. Und wenn du
dann gewiß bist, daß ihr Herz dir geneigt ist, dann
komm — dann komm mit Ursula, und ich will euren
Bund segnen von ganzem Herzen."

„Vater," trat Ludolf jetzt vor den Alten, „darf ich
dir Ilsabe von Sankenstedt als Tochter zuführen? Wir
sind einig geworden."

Wie lichter Abendsonnenschein leuchtete es in dem
alten Antlitz auf. „Gleich zwei?" lachte er. „Also du die
Ilsabe? — Hab mir's schon gedacht und gewünscht, Lü=
decke," sagte er bewegt und reichte dem Sohne die Hand.
„Ich freue mich darüber und wünsche dir ein reiches,
volles Glück an Ilsabes Seite. Führe sie bald mir zu!"

Auch Konrad drückte glückwünschend dem Freunde
die Hand und meinte dann zuversichtlich: „Die Ilsabe

muß es machen ... die wird der Ursula schon die
Klostergedanken austreiben."

*　　*　　*

Worte und Einflüsterungen sind Saatkörner, die
ausgestreut werden. Keiner vermag zu sagen, wann sie
keimen werden, wachsen und reifen. Sie liegen oft
lange vergessen, aber sie sind nicht erstorben. Plötzlich
werden sie lebendig, schießen empor wie die Halme des
Roggenfeldes nach Alten-Maitag und treiben Ähren
und volle Körner.

So waren auch die Ausdrücke, mit welchen Mechtild Wilde im Kloster von dem ehelichen Leben zu
sprechen pflegte, in Ursulas Herzen unversehens wieder
aufgelebt, als Ludolf von seiner Herzensneigung zu
Ilsabe erzählt und schöne Zukunftsbilder ausgemalt
hatte und gewünscht, auch dem Schwesterlein möge solch
reiches Glück geschenkt werden. Wie eine sündige Zu-
mutung erschien es ihr im ersten Augenblick. Sie zürnte
dem Bruder. Da kamen ihr Mechtilds Worte plötzlich
in den Sinn, und sie gebrauchte sie als Waffe gegen
den Bruder.

Aber was Ludolf ihr dann tiefernst erwidert, das
hatte ihre ganze traurige Klosterweisheit elend zu-
schanden gemacht. Lange noch klang in ihr nach, was
der Bruder ihr zuletzt gesagt, als er sie liebevoll und
tröstend in seine Arme geschlossen hatte.

Neue Kämpfe folgten auf diese Stunde.

Bisher sah sie in der heimlichen Gewalt, welche sie

zu dem Jugendfreunde hinzog, nur eine feindselige Macht, die sie dem Vater und seinem Dienste abspenstig und untreu machen wolle. Dagegen wehrte sie sich. Was sie im stillen dem geliebten Vater gelobt hatte, das würde sie halten. Klar sah sie ihre Lebensaufgabe vor sich und ihren Weg, den sie gehen wollte, unbeirrt durch törichte Wünsche des eigenen Herzens.

Jetzt stand sie vor neuen Fragen. Jetzt hatte sie es nicht mehr allein mit den eigenen Gedanken zu tun. Konrad von Wittorf dachte an sie, würde sie zum Weibe begehren: deutlich genug hatte sie es aus des Bruders Worten herausgehört. Was sollte werden, wenn der Jugendfreund mit der entscheidenden Frage vor sie hintreten würde? —

Als Ludolf von ihr gegangen war, eilte sie aus dem kleinen Hausgarten in ihr stilles Mädchenstübchen und schloß sich ein. Sie mußte allein sein mit ihren unruhigen Gedanken. Heute konnte sie Konrad nicht entgegentreten. Aber lebendiger als zuvor stand des Junkers Bild vor ihrer Seele.

Von Viertelstunde zu Viertelstunde lauschte sie angespannt, ob sie nicht seinen Schritt oder seine Stimme beim Fortgehen hören werde. Und als er dann aufbrach und in fröhlichem Geplauder mit Ludolf an ihrem Gemache vorüberging, schlüpfte sie schnell zu dem Fensterchen, durch das man nach dem Gange hinausblicken konnte. Verstohlen spähte sie hinter dem Vorhange nach dem Fortgehenden ... ungesehen, wie sie meinte. Aber zwei lustige Augen da draußen hatten sie doch be-

merkt, und im Vorbeischreiten drückte Konrad leise Lu=
dolfs Hand, winkte mit den Augen unmerklich zur Seite
und flüsterte dem Freunde zu: „Unser Klosterfräulein!"
Dann lachte er mit strahlenden Blicken vor sich hin:
„Klosterfräulein! Jetzt bist du ertappt! — Kloster=
fräulein . . . wirst doch noch mein eigen." — — — —

Der bisher so ruhige Dasselhof war in der nächsten
Zeit kaum wiederzukennen. Ludolfs Verspruch mit
Ilsabe von Sankenstedt knüpfte neue Fäden. Anstatt
der fast klösterlichen Stille und des verborgenen Froh=
sinns herrschte jetzt in des Ratsherrn Heim oft laute
Freude und geräuschvolles Treiben.

Auch Ursula wurde hineingezogen. Ihre Versuche,
sich auszuschließen, waren gleich zu Anfang von Ludolf
mit einem Scherzwort abgeschnitten: „Wir bringen dich
wieder ins Kloster zurück zu deiner neunmalweisen
Mechtild, wenn du nicht zu uns gehören willst und mit
uns froh sein."

Um so mehr freute sich Ursula über stille Abend=
stunden, die sie mit dem Vater allein verlebte, wenn
Ludolf nach dem Hause der Sankenstedt zu seiner Herz=
liebsten geeilt war. Ganz ungesucht kam dann die Rede
auf Ludolf und Ilsabe und ihre Zukunft. Mit gutem
Bedacht verweilte der Alte gern bei all den Fragen, die
sich da aufdrängten.

„Ich sehe in froher Zuversicht in die kommenden
Tage," sagte er, und die früher oft so müden Augen
glänzten, als schaue er in weite, lichte Ferne hinaus.
„Die beiden haben sich von Herzen lieb. Wir dürfen sie

getrost ihre Straße zusammen ziehen lassen. Sie wer=
den Hand in Hand wandern und Schulter an Schulter
stehen und gemeinsam Freud und Leid nehmen, wie
es ihnen beschieden sein wird. Schwere Stunden wer=
den ja auch kommen. Ich weiß, die beiden täuschen sich
darüber nicht. Das Kreuz gehört nun einmal zum Ehe=
stande. Aber gerade in dem Kreuz des Ehelebens liegt
reicher Segen. Man muß ihn nur suchen und in den
oft gar verschlungenen Wegen und Führungen er=
kennen und sich schenken lassen."

In diesen traulichen Abendstunden lernte Ursula,
sich dem Vater gegenüber auszusprechen. Mehr und
mehr legte sie die klösterliche Verschlossenheit ab. Manche
zaghafte Frage wagte sich jetzt hervor. Mit vorsichtigem
Worte suchte dann der Vater ihre Gedanken zu lenken.

Von Mechtild Wilde sprach Ursula jetzt viel, wenn
sie mit dem Vater allein war. Schließlich erzählte sie
auch von dem, was die Freundin über ihre Eltern ge=
sagt, über die Klagen der Mutter, die Härte des Vaters,
über den ganzen Unfrieden im Hause.

Eine heimliche Unruhe, ein Anklopfen und Suchen
hörte der alte Ratsherr aus Ursulas Worten heraus.
Im stillen freute er sich darüber.

„Ich weiß," sagte er, „wie die Verhältnisse im
Wildeschen Hause lagen. Auch Eberhard Wilde, Mech=
tilds Vater, habe ich wohl gekannt. Ein verschlossener,
starrer Gesell war er, aber ein gerader und gerechter
Mann, der nichts Unbilliges von seiner Frau gefordert
hat. Ich will die Frau nicht anklagen und nicht richten.

Aber ich weiß, sie hat ihren Mann bitter gequält mit ihrer törichten und verkehrten Auffassung von dem ehelichen Leben. Sie hielt das Ehelichsein im Grunde für Sünde. In dieser Anschauung war sie groß geworden; die ließ sie sich nicht nehmen. Sie ist ihrem Manne keine Frau gewesen, wie er erwarten durfte. Er brauchte eine Gehilfin. Sie hat ihn je länger je mehr einsam gelassen. Ihr hat's keinen Heiligenschein eingetragen, und ihrem Manne hat sie mit ihren Nonnengedanken das Leben verbittert. Wo Klosterluft durchs Haus weht, kann das volle Glück der vier Wände nimmermehr gedeihen."

Ursula lernte mit anderen Augen sehen. Immer mehr wurde es ihr zur Gewißheit: „Mechtild hat nicht recht. Eine reine Liebe ist auch eine Gottesstimme im Herzen, auf die man hören soll." —

Die ruhigen, freundlichen Worte des Vaters bei solchen vertrauten Aussprachen konnten sogar einen fröhlichen Ton anschlagen.

„Was fangen wir nur mit dir an, Ursula," fragte er eines Abends, „wenn Ilsabe erst als Hausfrau hier schaltet und für mich sorgen muß?"

„Laß mich dennoch bei dir bleiben, mein Vater, laß auch mich dir dienen," bat sie mit angstvollen Blicken.

„Wie Gott will," meinte der Alte leise und nachdenklich.

* * *

Im Kloster zu Lüne war inzwischen das Leben in gewohnten Bahnen und in der neuen festen Ordnung still weiter geflossen.

Was Sophia von Bodendike, unbewußt unter Mechtild Wildes Einfluß stehend, mit zäher Ausdauer erstrebte, das wurde mehr und mehr erreicht: die Nonnen lernten zu dem Beten auch das Arbeiten.

Wahre Kunstwerke entstanden im Webehause zu Lüne unter den geschickten Fingern der Klosterfrauen . . . zum Ruhme des Klosters und zur Ehre der Heiligen und der heiligen Jungfrau.

Schwester Mechtild wurde immer mehr die rechte Hand der Domina Priorissa, deren Zeit viel durch Arbeit in der Schreibstube in Anspruch genommen war.

Fester fügte sich das ganze Klosterleben und erstarkte mehr und mehr.

V.

Die geschäftigen Heidebienen feierten frohe Tage. Vor allen Toren Lüneburgs leuchtete, von Sonnenglanz übergossen, die blühende Heide im schimmernden Purpurgewand. Da gab es Arbeit in Hülle und Fülle für die fleißigen Scharen der kleinen Honigsucher . . . aber fröhliche Arbeit war es, bei der man ganz bei der Sache ist, weil man sieht: es schafft auch.

Ein behagliches, eifriges Summen begleitete das Schwärmen und Sammeln des Bienenvölkchens. Manchmal schwoll es zu leisem Singen an oder klang auch wie gedämpfter ferner Orgelton über das weite rosige

Blütenmeer: Erntefreude löst Singen aus — auch in der schweigsamen Heide.

„Dieses Jahr honigt aber die Heide!" frohlockten die feinen Stimmen von Busch zu Busch. „Jetzt aber zugreifen, so lange die Sonne lacht, und ernten, was beschert ist … verpaßte Gelegenheit kehrt nicht wieder!" —

Auch bei dem Sankt Gungels-Brunn leuchtete, in Sonnenglut getaucht, die Lüner Heide in voller Blütenpracht. Aus den Blumenkelchen lockte der warme Sonnenschein seinen Duft. Von den Gruppen der breitästigen Bäume, die wie dunkle Inseln aus dem schimmernden Meere hier und dort emporragten, strömte der kräftige Harzgeruch der Kiefernnadeln in breiten Wellen dem Wanderer entgegen. Tiefer atmete die Brust, neues Leben trinkend, wenn ein leiser Windhauch von der Ilmenau herüberstrich und den vollen würzigen Duft über die Heidehügel fluten ließ.

Durch die weiche Sommerluft der blühenden Heide zog plaudernd eine Gruppe junger fröhlicher Menschen von Lüne her dem Sankt Gungels-Brunn zu … zwei Lüneburger Geschlechterfräulein, begleitet von zwei Junkern: Ursula und Ludolf von Dassel mit Ilsabe von Sankenstedt, denen Konrad von Wittorf sich angeschlossen hatte.

Nach dem Heil- und Gnadenbrunnen in der Lüner Heide wanderten sie. Junker Konrad wollte an der Heilquelle ein Fläschchen mit dem heilkräftigen Gnadenwasser füllen: für den kranken Ohm war es bestimmt, der von dem Wasser des Brunnens Heilung erhoffte.

Die anderen begleiteten ihn hinaus und wollten auf dem Rückwege im Klosterkrug bei der rührigen Klosterwirtin vorsprechen . . . Mutter Hogrewe hatte durch Christopher Gottspenn unlängst Erkundigungen einziehen lassen, wie es alt und jung im Dasselhofe ergehe . . .

Eine heimliche Scheu vor dem Anblick der Klostermauern hatte bisher Ursula zurückgehalten, ihre treue Pflegerin im Krug dem Kloster gegenüber wieder aufzusuchen. Jetzt war auch das überwunden — nicht vergessen die Klosterzeit mit ihren stillen Kämpfen, aber das Bittere der Erinnerungen weit zurückgedrängt, ja ausgelöscht durch neue Bilder, die Ursulas Seele ganz erfüllten . . .

Die beiden Jungfrauen schritten Arm in Arm.

„Weißt du auch, Ursula, an wen ich vorhin denken mußte, als wir an Kloster Lüne vorüberzogen?" fragte Ludolf die Schwester. Sie blickte sich unruhig um und schüttelte schweigend das Haupt.

„An deine kluge Mechtild," lachte er. „Du weißt doch, warum?" Erschrocken bat sie: „Laß uns heute nicht von dem Kloster reden."

Er sah ihren flehenden Blick und brach das Gespräch ab . . . die anderen stellten sich, als ob Ludolfs Andeutung für sie unverständlich geblieben sei.

Konrad blieb stehen und wies zurück. „Seht dies Bild: unser Lüneburg . . . wie stolz liegt es da!"

Aber Ursula zeigte über die Heide hin. „Das ist noch herrlicher: unsere Heideheimat in ihrer Blütenpracht . . . und seht doch: jeder einzelne Zweig mit seinen Glocken ein kleines Gotteswunder!" Das sonnige Leuchten der blühenden Heide lachte auch aus ihren Augen.

„Bring mir ein recht schön' Zweiglein, Lüdecke!" bat Ilsabe.

„Die allerschönsten brechen wir euch," fiel Konrad ein, und bald hatte jeder der beiden Junker einen zierlichen Heidezweig mit rosigen Blüten entdeckt, der schöner war als all die anderen ringsumher.

„Darfst es selbst mir anstecken," lachte Ilsabe ihrem Liebsten entgegen und hielt still, daß er das zierliche Sträußchen an ihrer Brust befestigen könne.

Konrad tat unaufgefordert dasselbe bei Ursula. Sie nickte ihm dankbar zu und zierte sich nicht. Aber von dem zarten Rot der Heideblume legte sich ein leiser Widerschein auf ihre feinen Züge. Des Junkers Hände waren ungeschickt bei dem Ritterdienste, und Ilsabe wollte sich schon zum Helfen anbieten. „Ihr müßt aber auch achtgeben, Junker Konrad!" ermahnte sie. „Wenn Ihr nur immer der Ursula in die Augen schaut, bringt Ihr's nicht zustande."

„Es geht schon," lächelte er. „Solch feiner Dienst will sorgsam ausgeführt sein." Als er fertig war, schaute er bewundernd auf den blühenden Zweig und die erglühende Gefährtin und bat: „Nun müßt ihr auch uns schmücken, daß wir zu euch passen." So erhielten auch die beiden Junker von geschickten Mädchenhänden ein Heidesträußchen angesteckt.

Jetzt schritten die vier tapfer aus.

„Wenn der Gungels=Brunn dem guten Ohm doch helfen möchte," sagte Ursula, als das Ziel nicht mehr fern war.

„Besser wär's, wenn er selbst zu dem ‚Badbrunn‘ hinaus könnte," meinte Konrad. „Aber der ‚Trinkbrunn‘ hat auch schon vielen Hilfe gebracht."

„Es ist jetzt noch ein neuer Quell dort kund worden," erzählte Ludolf. „Das Wasser quillt warm aus der Erde. Der ‚Augenbrunn‘ wird er genannt, weil er kranken Augen Heilung schafft."

„Wer des Gungels=Brunn wohl zuerst kundig geworden ist?" fragte Ursula nachdenklich.

Ludolf wußte es. „Ein Schäfer hat ihn erkundet. Er hat gemerkt, wie seine Schafe sich immer hinzudrängten, wenn er durch die Heide trieb. Auch seine Hunde sind nicht vorbeigestrichen, ohne aus dem klaren Quell einen Trunk zu tun."

„Jetzt sind die Quellen mit Steinen aus der Heide ummauert," erzählte Konrad. „Dort in der Senkung zwischen den beiden Heidehügeln, wo die Birken aufragen, liegt der Trinkbrunn. Gleich sind wir zur Stelle. Da seht ihr schon neben den Wacholderbäumen die jüngst erbaute Kapelle des heiligen Gangelinus. — Der Badbrunn liegt weiterhin am Ende des Hügels zwischen den dichten Erlenbüschen ... man sieht ihn nicht von hier aus."

Während Konrad und Ludolf zum Brunnen gingen, um das heilkräftige Wasser zu schöpfen, traten die beiden Jungfrauen in die Kapelle und beteten für den kranken Ohm daheim in Lüneburg. — — — — — —

Als die vier zurückwanderten, machte Ilsabe oben auf einem Hügel in der freien Heide halt. „Laß uns Kränzlein winden, Ursula . . . unsere Ritter holen uns blühende Heide.“

Unter fröhlichem Plaudern und hellem Mädchenlachen wurde das Werk vollbracht. Die Mägdlein setzten sich gegenseitig die Heidekränze aufs Haupt. Den Junkern, die helfen wollten, wehrten sie: „Dazu taugt ihr nicht . . . aber bewundern dürft ihr uns.“

Die Sonne begann zu sinken. Wie ein Träumen legte es sich über die Heide. Die vier Heidewanderer brachen auf, aber sie beeilten ihre Schritte nicht. Für den weiteren Rückweg wählten sie nicht die breite Fahrstraße, wo viele Wagenspuren nebeneinander tiefe Furchen durch die Heide zogen. Sie folgten einer einzelnen Spur, die seitab lief und sich allmählich von dem Hauptwege entfernte.

Die laute Fröhlichkeit war der schweigenden Traumstimmung der Abendheide gewichen. Konrads kecke Augen lachten stillfroh und suchten immer wieder den rosigen Heidekranz auf Ursulas braunem Haar. Und wenn Ilsabe ihrem Liebsten herzensfroh zunickte, so flog zwischem dem innigen Grüßen ein verschwiegenes, übermütiges Verstehen hin und her.

Der Pfad wurde schmal und holperig, oft von dicken Steinen fast ungangbar gemacht. Ilsabe ließ Ursulas Arm fahren und streckte dem Liebsten die Hand hin. „Jetzt mußt du mich führen, Lüdecke, daß ich nicht falle.“ Hand in Hand gingen die Verlobten voran, und Ilsabe wandte sich lachend zu Konrad: „Es hilft Euch nichts, Junker Konrad, Ihr müßt Ursula geleiten. Allein kommt sie sonst zu Fall.“

Ohne Zaudern reichte Ursula dem Junker freundlich die Hand und ließ sich gern das Geleit gefallen.

„Ihr werdet mich sicher führen, Junker Konrad,“ sagte sie, mit Vertrauen zu ihm aufschauend.

„Es soll Euch kein Ungemach begegnen,“ versicherte er, „so lange ich Eure Hand halten darf.“

Über Steine und tiefausgefahrene Wagenspuren, die fast kleine Schluchten bildeten, half er ihr hinweg. So gewissenhaft und vorsichtig verfuhr er dabei, daß das verlobte Paar ihnen bald weit vorauf war und bei einer Biegung des Weges ganz hinter Wacholderbüschen ihren Blicken entschwand. Da aber haftete Ursula unruhig vorwärts, bis sie die Wegecke erreichten. Dort bot sich ihnen ein unerwarteter Anblick: Ludolf hielt seine Herzliebste umfaßt und küßte sie. Fast hätte Ursula unwillkürlich ihrem Führer die Hand entwunden. Aber sie schritt ruhig weiter und sagte leise, wie entschuldigend: „Sie haben sich doch sehr lieb.“ Konrads Augen lachten übermütig zu dem kosenden Pärchen hinüber. Dann wurde er plötzlich ernst, wandte sich zu seiner Gefährtin und schaute ihr voll in die holden braunen Augen.

„Ursula,“ sagte er leise, „herzliebe Ursula — laß es mich heute dir sagen: ich habe dich lieb von ganzem Herzen.“ Sie wich seinem Blick nicht aus und entzog ihm die Hand nicht. „Ursula,“ flüsterte er, „Ursula, hast du mich lieb?“

„Ja, Konrad," sagte sie schlicht und innig, „ich hab dich herzlich lieb." Dabei legte sie beide Hände auf seine Schultern und blickte mit vollem Vertrauen in die klaren treuen Augen des Jugendfreundes.

Der schloß das bebende Mägdlein in seine Arme und küßte den schönen Mund, den sie willig ihm bot, und küßte ihn wieder und wieder.

„Hoh-Halloh!" schallte es plötzlich herüber, daß die beiden auseinander fuhren. „Was treibt ihr da?!"

„Schau her!" rief Konrad zurück, und wieder um=faßte er sein holdes Lieb und küßte sie. — — — — —

Im Klosterkrug wartete schon der Ratsherr Ulrich von Dassel auf seine Heidewanderer. Gemeinsam wollten sie von dort zur Stadt zurückkehren.

Wolf empfing vor dem Hause die Nahenden mit feindseligem Knurren . . . aber sobald er Ursula er=kannte, verwandelte es sich in lautes Freudengebell. Die stürmische Begrüßung des treuen Tieres lockte Mutter Hogrewe in die Haustür. Sie schlug in freudiger Überraschung die Hände zusammen, als sie die beiden Paare sah, Hand in Hand. „Beide im Kränzlein! Alle beide im Kränzlein! — — Ei, ei! — — Was die Heide heute wohl gesehen hat!"

„Ja, Mutter Hogrewe," lachte Konrad, „die Heide hat's gesehen! — — Aber jetzt sag an: welche von beiden ist die Schönste?"

„Für jeden Junker sein Bräutchen!" rief sie rasch.

„Hast recht, Mutter Hogrewe! Für mich meine Heidebraut!"

„Die Freude!" schrie die Klosterwirtin los. „Eia, die Freude! — — Nein, nein; unser Klosterfräulein des Junkers herzliebe Braut!" In ihrer Herzensfreude drückte die treue Seele dem Junker die Hand und strich über Ursulas glühende Wangen. „Nein, nein; die Freude — die Freude!"

Dann rief sie durchs Haus: „Hogrewe! Hogrewe!"

Die Tür der Herrenstube, in welcher der Krüger bei seinem Lüneburger Gast weilte, tat sich auf. Der Ratsherr, auf den fröhlichen Lärm draußen aufmerksam geworden, trat heraus.

Zwei Paare im Schmuck der blühenden Heide standen vor ihm, und tiefe Freude zog ihm durchs Herz, als Konrad jubelnd ihm zurief: „Vater, heute komme ich mit Ursula. Sie will's mit mir wagen!"

Da hing auch Ursula schon an des Vaters Hals, lachend und weinend, und stammelte: „Vater, ich hab ihn so lieb!" Und der Alte reichte dem glückstrahlenden Junker herzlich die Hand und zog ihn zu sich. „Möchte ein reiches Glück euch beschieden sein!"

Von dem Kloster drangen Klänge der Klosterglocke herüber. Ursula klangen sie wie Glückwünsche für kommende Stunden.

VI.

Hatte das heilkräftige Wasser aus dem Sankt Gungels-Brunn wirklich dem Ohm Lange neue Kräfte gebracht? Oder war es die Freude über das Glück, das ihm aus den Augen seines Pflegesohnes entgegen-strahlte? Als die feierliche Verlobung zwischen Konrad von Wittorf und Ursula von Dassel in aller Form im Dasselhause stattfinden sollte, ließ der kränkliche Ohm sich auch hinführen, um gemeinsam mit Ulrich von Dassel die Eheberedung in bindenden Urkunden durch Brief und Siegel aufzustellen.

Genau setzten die beiden in diesen „Dedinges-breven" fest, wie es mit der Aussteuer und Mitgift, der Morgengabe und dem Taschengelde der Frau, dem „Tulchelpennige", gehalten werden solle, wenn Konrad sein junges Weib demnächst in den Langenhof heimführe. Der kräftige Handdruck, den die alten Herren zum Schluß unter herzlichem Händeschütteln tauschten, bezeugte es, daß von beiden Seiten für Kon-rads und Ursulas Zukunft treulich gesorgt war.

Der alte Brauch, nach welchem die Verlobung „uppe deme kerkhove" durch Handschlag und Aus-tausch von Ringen in Gegenwart von Zeugen zu ge-schehen hatte, war schon seit drei Jahrzehnten ab-gekommen ... man blieb lieber in seinen vier Wänden. Allerdings durfte eine besondere Festfeier mit Ver-wandten und Freunden bei dieser feierlichen Ver-lobung nicht veranstaltet werden. Ein ehrbarer und wohlweiſer Rat hatte ſolches in ſeiner weitgehenden Fürſorge für Wohl und Wehe der Bürgerſchaft der guten Stadt Lüneburg unter Androhung von Geld= ſtrafen ſtrengſtens verboten.

Auch über die Geſchenke, welche nach dem Abſchluß des „Lofte", nach der Verlobung, gewechſelt wurden, hatte des Rates umſichtige Weisheit genaue Vorſchrif= ten erlaſſen für arm und reich.

So wurden auch zwiſchen dem Langenhof und dem Daſſelhauſe nur die üblichen Gaben in feierlicher Weiſe ausgetauſcht. Je ſechs Frauen wurden zum Überreichen entſandt und feſtlich bewirtet. Für Braut und Bräutigam, für Verwandte und Hausgenoſſen, Knechte und Mägde brachten ſie beſondere Geſchenke. Die Halskrauſe, das Abzeichen der Frau, die Schuhe mit Knöpfen und Schnallen von einem Lot Silber und ein Paar Pantinen bildeten Konrads Gaben für die Braut, während Urſula ihrem Erkorenen, wie es Brauch war, ein Paar „leinener Kleider" und eine Badekappe verehrte. —

In der folgenden Zeit gab es ein emſiges Treiben und Schaffen im Daſſelhauſe.

Die Gewänder, welche die Braut in die Ehe mit= bringen durfte, mußten für Urſula angefertigt wer= den . . . vor allem der Staatsmantel der künftigen Ehefrau, der „Brauthoyke", mit dem breiten Pelz= beſatz und den ſchweren vergoldeten Knöpfen. Lä= chelnd nickte der alte Ratsherr Gewährung, als Ilſabe mit liſtiger Miene in aller Heimlichkeit ihn ausforſchte,

ob man nicht den Pelzbesatz doch etwas breiter nehmen
dürfe, als die strenge Ratsverordnung vorschrieb, und
ob er auch bereitwillig die übliche Strafe zahlen werde.

Besondere Schwierigkeit erwuchs bei diesem flei=
ßigen Arbeiten aus einem noch neuen Erlaß des wohl=
weisen und ehrbaren Rates, daß die Kleider der Frauen
nur eine „matlike“ Länge haben dürften, „also, dat
se nich slepen uppe der erden.“ — — — — — — —

Auch der nahe bevorstehende Einzug einer jungen
Frau, die Ludolf nun bald in das Daffelhaus führen
wollte, brachte neues Leben und Unruhe in Urfulas
stille Kreise.

*   *   *

Als die Heide unter den Strahlen der Sommer=
sonne verblüht war und wieder Herbstesschönheit die
Erde schmückte, prangte über dem Portal des mäch=
tigen Daffelhaufes an der Bäckerstraße in Lüneburg
neben dem Lindenblattwappen des Daffelschen Ge=
schlechtes noch ein zweites Wappen . . . das der Fa=
milie Sankenstedt war hinzugefügt. Auch auf der
Rückseite des Hauptgebäudes in der hochstrebenden
Giebelwand, die nach Osten blickte, waren jetzt beide
Wappen oben in den Rundteilen und schildförmigen
Einfaffungen zu schauen.

Ludolf von Daffel hatte seine vielliebe Ilfabe
von Sankenstedt als Ehegemahl heimgeholt.

Im nächsten Jahre sollte Konrad von Wittorf
sein Klosterfräulein aus dem Daffelhaufe in den Lan=

genhof heimführen. So war es gleich bei der Verlobung festgesetzt worden. —

Jetzt war die Zeit herangekommen. Die Hoch-
zeitsbitter, je drei von Bräutigam und Braut aus-
gesendet, hatten Verwandten und Freunden die Ein-
ladungen überbracht. Alle Vorbereitungen waren
fast beendet. Nur die Brautlichter mußten noch nach
altem Brauche im Hause der Braut hergestellt werden. Das war der Anfang der Hochzeitsfestlichkeiten.

So wurde denn zu dieser sinnigen Feier der Anfertigung der Brautlichter eingeladen. Sechs Frauen
mit ihren Mägden durften gebeten werden . . . mehr
erlaubten eines wohlweisen Rates Verordnungen nicht.

Ein fröhliches Schaffen war es, als die geladenen
jungen Frauen, Freundinnen und Altersgenossinnen
von Ilsabe, mit geschickten Händen unter manchem Scherzwort und frohem Lachen die große Zahl der nötigen
Wachskerzen fertigten. Zwei besonders große Lichter
mußten darunter sein . . . zwölf Pfund durften sie wiegen.

Mit Getränken und „Krude“, dem stets willkom-
menen Konfekt, wurden die emsigen Frauen bei ihrer
Arbeit bewirtet. Für den Abend waren auch ihre sechs
Männer geladen. Dann war das Werk getan, die Brautlichter fertig, und fröhlich schmauste man gemeinsam in
der großen Halle des Dasselhauses unter dem strahlenden zwölfarmigen Kronleuchter.

In ausgelassener Stimmung verlief das Mahl.

Ursula meinte, in einem Traumreiche zu weilen,
wie sie in stiller Verklärung an Konrads Seite aus

der lauten Fröhlichkeit ringsum an ihre klösterliche Einsamkeit zurückdachte. Fester hielt sie dann des Liebsten treue Hand, die das schlanke Geschlechterfräulein, die ehemalige Novize, in ein neues Wunderland voll Sonne und Liebe hineinführen wollte. Gar geborgen und froh fühlte sie sich an seiner Seite.

Als das Mahl zu Ende und von dienstbereiten Händen die Tafeln abgeräumt waren, ließ Ludolf einen Tisch und eine Bank in die Mitte der Halle rücken.

Auf dem Tische wurden die Brautkerzen ausgebreitet, die beiden großen auf hohe Messingleuchter gesteckt und jetzt schon angezündet ... auf der Bank mußte das Brautpaar Platz nehmen. Die brennenden Brautlichter strahlten in junge glücksfrohe Augen. Hinter dem Paare drängten sich die geladenen Frauen zusammen. Der Kronleuchter goß schimmernden Glanz auf die bunte, festlich geschmückte Schar. Eine Fülle von Licht flutete durch die Halle über blühende Frauenschönheit und kraftvolle Männlichkeit.

Ursulas Blicke hingen fragend an Konrads Augen. Mit leisem Flüstern raunte sie ihm zu: „Was will das werden?" Aber ihr Liebster antwortete nur mit einem Lächeln und schweigendem Achselzucken.

Erwartungsvolle Stille trat ein.

Ludolf von Dassel, sein junges Weib an der Hand haltend, stand vor dem Brautpaare. Auf seinem Antlitz lag feierlicher Ernst. Aber um die Augen zuckte heimliches Lachen. Eindringlich klangen seine Worte:

„Konrad! — Ein gut Wort findet einen guten Ort. — Konrad, mein alter Trautgesell . . . treulich meine ich's mit dir. — Du gehest einen schweren Gang. Die Frauen . . . ach, die Frauen! . . . Laß dich warnen, so lange es noch Zeit ist . . . laß dich warnen vor den Frauen. Erst Sammetpfötchen — dann scharfe Krallen. Erst sind sie gar minniglich, traut und hold; aber alsbald wollen die Frauen die Männer sein . . . werden rechte „Sie-Männer". — — Konrad, Konrad . . . hast du es wohl bedacht? . . . Weißt du, was es heißt, wenn einer ein böses, gottloses Weib hat, ob sie auch gleich mit Gold beschüttet und schöner wäre als Helena? Oder wenn das Weib bissig und zänkisch ist, ein Holzbock und Hausteufel und rechte Xantippe, die ihrem Manne kein gutes Wort gönnt, allemal wider= bellt und stets Haberecht sein will? . . ."

Konrad zog ein wehleidiges Gesicht und seufzte be= kümmert: „Ja, es ist ein groß Herzeleid. Da sollt einer lieber tausendmal tot sein." Er ließ den Kopf hängen, zwinkerte nach Ursula und drückte ihr heimlich die Hand.

Ilsabe hatte bei Ludolfs losen Worten vergeblich versucht, ihre Hand aus der ihres argen Ehemannes zu winden und ihm den Mund zuzuhalten.

„Glaub's ihm nicht, Konrad!" rief sie dazwischen und zu Ursula: „Schlimm sind sie . . . die Männer . . . alle! Laß auch du dich warnen, Ursula! Der da," dabei wies sie auf den lachenden Konrad, „der da ist auch nicht besser denn sie alle."

„Helft mir doch, Freunde!" wandte sich Ludolf

jetzt an die übrigen jungen Männer. „Mögt ein gut Werk damit tun. Sagt an, was dünkt euch um die Sie-Männer und das ehelich Leben?"

Da traten sie herzu . . . einer nach dem andern . . alle fünf. Jeder brachte, wie sie es zuvor heimlich verabredet hatten, sein Sprüchlein vor.

Der erste begann: „Der Weiber Rede geht: Früh aufstehen ,und früh freien soll niemand gereuen. — Wer aber das Wagnis erprobt hat, der weiß: Hochzeit . . kurze Freude, lange Unlust."

Mit unheilkündender Miene folgte der zweite: „Item — selten wohl und allweg wehe ist das täglich Brot in der Ehe."

So ging es in rascher Folge . . . ein derbes Wort auf das andere.

„Item — ein Weib nehmen ist nichts anderes als Unglückshosen anziehen."

„Item — Narr, nimm dir ein Weib, so hat deine Freude ein Ende."

„Item — ein Ehemann hat zwei fröhliche Tage: den Brauttag und wenn ihm sein Weib stirbt."

Mit großen, verwunderten Augen ließ Ursula die losen Reden über sich ergehen. Bei den letzten Worten aber flog doch ein jähes Erschrecken über die lieblichen Züge. Konrad legte leise den Arm um sie und flüsterte: „Meine herzliebe Ursula!"

Zugleich erhob sich im Kreise der Frauen vielstimmiger Lärm. Ilsabe schaffte sich schließlich Gehör.

„Haltet ein! — Jetzt kommen wir Frauen an die Reihe ... wollen auch unfer Sprüchlein herfagen auf die argen Männer, die groben Klötze, fo man Kolbmann heißet."

Damit machte fie es nur fchlimmer. Der letzte Sprecher wandte fich noch einmal um.

„Oho — es gibt noch ein paar treffliche Sprüchlein: Drei Ding, die muß man allezeit fchlagen, will man, daß ihrer eins gut bleibt: ein Nußbaum, Efel und ein Weib. — Ungebrannte Afche ift gut auf die böfen, hart= näckigen Weiber."

Neues Lachen und Lärmen, das fich aber plötzlich legte, als die Tür der Schreibftube weit geöffnet wurde. Sie hatte fchon eine Weile vorgeftanden. Jetzt erfchien der alte Herr auf der hochliegenden Türfchwelle und blickte mit gütigem Lächeln in das bunte Treiben hinein.

Er fchritt die Stufen der kleinen Treppe hinab, be= gleitet von dem alten Freunde des Haufes, dem Ma= gifter Bifcher. Fröhlicher Zuruf begrüßte die beiden.

Der Ratsherr gab Ilfabe einen Wink. Sie nickte zurück. Es wurde ftill in der Halle.

„Ihr übermütig Völklein — nun unterlaffet die Narrenteidinge. Vergönnt auch uns ein Sprüchlein."

Der alte Herr führte den Magifter vor das Braut= paar. Und der begann, ruhigen Ernft auf den blaffen, geiftvollen Zügen:

„Dieweil alle Schandfprüche, die der Teufel dem Eheftande zur Schmach und Schande erdacht hat, und die Herr Omnes mit allem Fleiß ausbreitet, nunmehr hergebetet sind, lasset mich ein besser Wort vortragen, so alles Häßliche zudecken möge. In den heiligen Schriften habe ich es bei meinem Forschen gefunden. In unsere Rede übertragen, lautet es: Ein häuslich Weib ist ihrem Manne eine Freude und macht ihm ein fein, ruhig Leben ... wem ein tugendsam Weib bescheret ist, die ist viel edler, denn die köstlichsten Perlen ... wie die Sonne, wenn sie aufgegangen ist, an dem hohen Himmel des Herrn eine Zierde ist: also ist ein tugendsam Weib eine Zierde in ihrem Hause. — — So soll," schloß er, „die Antwort lauten auf die argen Sprüche, so nur eitel Herzeleid anrichten mögen." Dann wies er auf die helleuchtenden Lichter: „Merket auf, was die brennenden Kerzen euch sagen: Seid gleich den klugen Jungfrauen, die brennende Lichter in den Händen hielten, da es not tat ... als der himmlische Bräutigam nahte zur Hochzeit."

Ulrich von Dassel trat an des Magisters Seite.

Ilsabe reichte dem alten Herrn einen prächtig gearbeiteten, kostbaren Becher, ein Meisterstück altlüneburgischer Goldschmiedekunst. In dem duftenden Weine des schimmernden Kelches blinkten die Kerzen des Kronleuchters und der hochragenden Brautlichter.

Der Ratsherr hob den Pokal empor. „Ich bringe es euch, meine Kinder. Mein Spruch soll heißen: Das volle Glück der vier Wände!"

Mit strahlenden Augen taten die beiden Bescheid. Ursula nippte mit holdem Lächeln von dem duftenden Tranke und suchte mit innigem Blick des Liebsten Augen.

Konrad setzte den Kelch an der gleichen Stelle an, daß das blinkende Gold ihm den Gruß des schönen Mädchenmundes brachte. Dann gab er den Becher an Ilsabe weiter und zog seine erglühende Braut in die Arme, und sie duldete es gern, daß er sie küßte.

Ilsabe aber raunte ihr leise zu: „Klosterfräulein ... Klosterfräulein ... was würde Schwester Mechtild sagen! ..."

*   *   *

Am folgenden Tage begannen die eigentlichen Hochzeitsfeierlichkeiten, die sich durch zwei Tage hindurchzogen. Mit der Brautmette wurde der Anfang gemacht.

Als Ursula am ersten Morgen — ohne den Bräutigam — von Ilsabe und ihren Freundinnen in festlichem Aufzuge nach der Sülfmeisterkirche Sankt Lamberti zu der feierlichen Brautmette geleitet wurde, lag auf ihren feinen Zügen liebliche Befangenheit. Sie vermochte den Blick nicht aufzuschlagen: gar zu viele forschende Augen musterten in den Straßen Schmuck und Mienen der vornehmen Braut. An den Ecken und vor den Türen standen die Gaffer. Aus den Fenstern in den Häusern oben und unten lugten die Neugierigen. In dem weiten Portal des Witzendorfschen Hauses an der Ecke der Schröderstraße, an welchem der Weg vorüberführte, drängten sie sich sogar zu einem dichten Haufen zusammen.

Aber im Gotteshause bei den feierlichen Klängen der Orgel und dem festlichen Gesange wurde Ursula das Herz und der Blick wieder frei.

Die Bilder der Vergangenheit zogen an ihrem Auge vorüber. In engen Grenzen war ihr Leben bisher dahingeflossen: nicht wie ein wilder, sich überstürzender Gebirgsbach, der tosend und aufschäumend über Felsblöcke hinwegstürmt — nein, wie ein still und einförmig gleitendes Wiesenbächlein . . . im stillen Kloster . . . im stillen Vaterhause. Und doch — wie viel tiefe Strömungen in diesem stillen Laufe, wie viel ungestümes Drängen und haltloses Fortreißen unter der ruhigen Oberfläche! Wer hatte den Bach gelenkt, daß die unruhigen Wasser sich immer wieder glätten mußten?

Eine große, heilige Stille füllte Ursulas Seele, und sie lauschte in dieser Stille auf leise, innere Stimmen.

Nicht vom Schutz der Kirchenheiligen redeten die, sondern von wunderlich verschlungenen Wegen, die hinter ihr lagen: von Tiefen und Höhen, von dunklen Zeiten und lichten Stunden, von ihrer Verlassenheit in der Klostereinsamkeit und dem Geborgensein im Schutze des Vaterhauses, von Suchen und stillen Kämpfen, von Finden und der tiefen Freude, ein getreues Herz jetzt zu wissen. Es mußte ein gütiger Wille, eine starke Hand sein, die sie durch all die Wirren so sicher hindurchgeleitet und zuletzt das treue Herz ihr zugeführt, an dem sie Halt finden würde allezeit.

In diese starke Gotteshand wollte sie getrost ihre Zukunft legen und voll Vertrauen den neuen Weg antreten. — — —

Die Brautmette war beendet . . . die Stimmen der Orgel verklungen. Freien Herzens erhob sich die Braut aus andächtigem, stillem Sinnen. Einer äußeren Form hatte sie genügen wollen mit ihrem Gange zur Braut= mette. Einen Gewinn für ihr Innenleben trug sie da= von aus der laut redenden Stille des Gotteshauses . . .

In festlichem Zuge wurde Ursula von Dassel wieder nach dem väterlichen Hause zurückgeleitet.

Dort war inzwischen ein Mahl für zwölf Gäste ge= rüstet . . . mehr ließen die Hochzeitsverordnungen des Rates nicht zu.

Nach der Sitte der Zeit nahm der Bräutigam an dieser Festlichkeit noch nicht teil. Konrad von Wittorf weilte am ersten Tage des Hochzeitsfestes noch ganz im Langenhof. Auch hier wurden geladene Gäste bewirtet, allerdings nur ein kleiner Kreis. So hatte es Konrad gewollt aus Rücksicht auf den kränklichen Hausherrn, obgleich Ohm Lange ausdrücklich gebeten, man möchte seinetwegen keine Einschränkung bei den Festlichkeiten vornehmen — die Grenzen seien ohnehin durch des Rates Verordnungen schon eng genug gezogen. Er hatte sogar mit gütigem, verständnisvollem Lächeln Konrads Freunden auf ihre Bitte erlaubt, den glücklichen Bräutigam im Langenhof am Abend des ersten Fest= tages nach altem Brauche mit dem üblichen Scherz zu überraschen.

Als Konrad sich zur Nachtruhe in sein Schlafgemach zurückgezogen hatte, drangen die Freunde lärmend und jubelnd bei ihm ein und überbrachten ihm zusammen als letztes Junggesellenmahl einen gebratenen Hahn. Mit feierlicher Ansprache und derben Scherzworten wurde die Gabe überreicht. Den nötigen Wein für die übermütigen Leutchen mußte zu dieser kleinen nächtlichen Feier das Hochzeitshaus spenden.

In des hochweisen Rates Hochzeitsordnungen wurde es freilich immer wieder eingeschärft: „Wenn der Bräutigam zu Bett gegangen ist, so soll man ihm zu seiner Bewirtung keinen Hahn bringen." Aber kein Verbot und keine Strafandrohung hatte bisher den uralten Brauch auszurotten vermocht.

*   *   *

Die Festlichkeiten, an welchen Bräutigam und Braut gemeinsam teilnahmen, folgten erst am zweiten Tage.

Durch dieselben Straßen, welche gestern das Geleit der Braut zur Brautmette gesehen hatten, schritt heute im festlichen Hochzeitszuge das Paar zur Trauung. In der Sülfmeisterkirche Sankt Lamberti sollte die Tochter des Ratsherrn und Sülfmeisters Ulrich von Dassel mit Konrad von Wittorf getraut werden.

Sechs Spielleute, Pfeifer, Trompeter und Trommelschläger, zogen voran.

Noch größer als am Tage zuvor war das Gedränge des Volkes. Gestern hatte man in ehrerbietigem oder neugierigem Schweigen die Braut mit ihrem Geleit vorüberziehen lassen. Heute aber wurde das Hochzeitspaar durch frohe Zurufe und lauten Jubel begrüßt, wo immer der Zug, umdrängt von Jungen und Alten, nahte. Bewundernde Augen ruhten mit Wohlgefallen auf dem jungen Paar in den kleidsamen Hochzeitsgewändern. Heute lastete keine Befangenheit auf der lieblichen Braut. Sicher schritt Ursula im pelzverbrämten Brauthoyke an ihres stattlichen Liebsten Seite. Klar und frei war ihr Blick und sonniges Leuchten in den Braunaugen. —

Bei dem reichen Hochzeitsmahle — achtzig Gäste durften außer den Brautjungfern und den von auswärts gekommenen Verwandten eingeladen werden — entfaltete das Dasselhaus seinen vollen Glanz. Prunkendes Silbergeschirr in reicher Fülle, Weinkannen, Becher mit Deckeln und ohne Deckel, Schalen und blinkendes Gerät aller Art schmückte die Tafeln. Fünf Gänge auserlesener Speisen, darunter Wildbraten aus der Raubkammer und Forellen aus dem Hasenburger Bache nicht fehlen durften, wurden bei dem Mahle in Fülle aufgetischt, mit Behagen genossen, mit Kennermiene gelobt . . . dazu guter Rheinwein aus des Rates Weinkeller den Gästen geboten. Die Männer ließen ihn sich gar trefflich munden, und auch die Frauen nippten tapfer von dem duftenden Tranke.

Hoch gingen die Wogen der Fröhlichkeit und des Übermutes, als nach dem reichen Mahle zum Hochzeitstanze aufgespielt wurde.

In ungestörter Freude verlief das Fest, bis die Stunde schlug, wo die Spielleute nach der Ratsordnung aufbrechen mußten und der Tanzlust ein Ziel setzten.

*   *   *

Genau vierzehn Tage nach der Hochzeit wanderten langsamen Schrittes unter frohem Gespräch zwei ehrwürdige alte Herren im Feiertagskleide durch Lüneburgs Straßen dem Rathause zu: Kord Lange aus dem Langenhof und Ulrich von Dassel aus dem Dasselhof.

Sie hatten zuvor Geld in ihren Beutel getan.

Von dem gestrengen Rate waren sie auf das Rathaus entboten, damit sie als die beiden Gastgeber der ausgerüsteten und glanzvoll gefeierten Hochzeit nunmehr vor dem Ratskämmerer in aller Form bekunden sollten, ob und welche Übertretungen der Ratsverordnungen bei der Hochzeit vorgekommen seien.

Das Sündenregister war nicht gerade klein. Lächelnd wurde es aufgezählt, mit stillem Selbstbewußtsein gern die Strafgelder entrichtet. Schmunzelnd nahm der Ratskämmerer das blanke Geld unter richtigem Augurenlächeln entgegen. — Jetzt konnte man mit gutem Gewissen auf die Hochzeitsfeier zurückblicken. — — — —

In den Trinkstuben der guten Stadt Lüneburg wurde noch lange von dem glänzenden Feste erzählt und stets dann hervorgehoben: „Von der Pfaffheit ist auch nicht ein einziger geladen gewesen.“

Sogar in das Kloster Lüne drang die Kunde von Ursulas Heirat. In der Schreibstube der Domina wurde bald nachher das große Ereignis besprochen: Sophia von Bodendike erzählte es Schwester Mechtild, die ihr beim Schreiben zur Hand ging.

„Jetzt sieht man ja,“ meinte sie, „welche Fäden

unsere saubere Novize damals hinausgezogen haben. Hätten es uns gleich sagen können.“

Da trat aber Mechtild warm für die Ferne ein. „Ich kenne Ursula. Nein . . . das hat sie damals nicht da draußen gesucht. Mit keinem Gedanken hat sie daran gedacht.“

„Segen wird ihr der Schritt nicht bringen,“ prophezeite die Domina mit wegwerfender Miene.

———

VII.

Ein stillfroher Lebensabend war dem alten Herrn im Langenhofe beschieden. Das Glück des jungen Paares brachte seinen Tagen lichten Sonnenschein.

Nicht lange freilich war es Kord Lange vergönnt, sich dieses jungen Glückes zu freuen. Als Frühjahrsstürme an morschen Stämmen in Wald und Gärten rüttelten und Absterbendes umstürzten, brach seine Kraft zusammen . . . und als die Schneeglöckchen einen neuen Frühling einläuteten, schloß er zum letzten Schlummer die treuen Augen. — Sein Erdenwinter lag hinter ihm.

Dankbare trauernde Liebe rüstete dem teuren Toten den letzten Weg nach väterlichem Brauch in würdiger Weise. Seinen Leib hüllte man in kostbare Seide. Die Räume des Langenhofes, Fenster, Tische und Bänke wurden mit schwarzem Tuch bekleidet. Alle Hausgenossen legten die dunklen Trauerkleider an. — Wenn

es galt, einem geliebten Heimgegangenen die letzten
Ehren zu erweisen, brauchte man um einschränkende
Verordnungen des sonst so strengen Rates keine Sorge
zu haben. Ungehindert durfte nach alter, sorgfältig
innegehaltener Sitte Prunk und Glanz bei Leichen=
begängnissen entfaltet werden. Und die Geistlichkeit
sorgte eifrig dafür, daß Geläut, Gesang und aller Pomp
ihres Mitwirkens als stehender Brauch erhalten blieb,
und warnte sogar fleißig vor einer übel angebrachten
Sparsamkeit bei Beerdigungen . . .

Es kam der Tag der Bestattung. Im Trauerhause
erklangen die Klageweisen. Trauergesang der singenden
Schulkinder der Johannisschule erschallte bei dem Zuge
durch Lüneburgs Straßen. In geschlossener Schar
folgte die Geistlichkeit, dichtgedrängt die Menge der
Leidtragenden in Trauermänteln und wallenden Schlei=
ern. Vielstimmiges Geläut der Kirchenglocken ertönte
von den Türmen und begleitete den Zug und redete
seine ernste Sprache zu den Herzen der Menschenkinder.

Kord Langes Testament wurde geöffnet. Es be=
gann mit der Formel, wie sie in den meisten letztwilligen
Verfügungen jener Zeit wiederkehrte und das Denken
jenes Geschlechtes widerspiegelte.

„Ick, Kord Lange, borger to Lüneborch, overtrachte,
dat up erden nicht wissers is, wen de dod, unde nicht
unwissers, wen de dodes stunde. Uppe dat my denne de
dod nicht vorsnelle (überrasche), sunder schickinge myner
nahgelatenen gudere, so schicke und make ick dit myn

gegenwordige testament, dat ick na minem dode so wil geholden hebben . . ."

Eigenhändig hatte der Herr des Langenhofes es aufgesetzt. Von zwei Ratmannen als Zeugen war es beglaubigt. Aus jeder Zeile hörten Konrad und sein junges Weib noch einmal die ganze treue Liebe des Entschlafenen, die auch über das Grab hinaus väterlich für sie sorgte.

Eine besondere Überraschung brachte das Testament unter den Bestimmungen, welche milde Stiftungen bedachten oder festsetzten.

„Es soll fortan im Langenhof ein ‚Gotteskeller für Arme‘ eingerichtet werden, wie Töbing und Stöterogge das auch schon im Sülzviertel getan haben. Als erster soll Christopher Gottspenn in diesem Gotteskeller wohnen dürfen: der alte Kuhlenhitter aus Kloster Lüne, der unserer viellieben Ursula so treulich beigestanden hat. Ich wünsche dem treuen Christopher, daß er noch manches Jahr ohne Sorgen im Langenhof leben möge, und ich erhoffe, daß er fleißig für mein Seelenheil und für alle im Langenhof beten wird."

Frau Ursula traten die Tränen in die Augen. „Der gute Ohm . . . wie danke ich ihm!" . .

Auch Konrads Herz war froh bewegt und zugleich erleichtert. „Ich fürchtete schon, das Testament würde den Pfaffen eine Handhabe bieten, sich in unsere Angelegenheiten einzumischen. Hab' Dank, Ohm, daß du sie uns vom Halse gehalten hast! — — Also ein Gotteskeller . . . jetzt auch im Langenhof?! — Aber, aber?" . . .

Er trat vor Frau Ursula, legte ihr beide Hände auf die Schultern und blickte sie voll an. „Wie ist denn das, mein Herzensweib? — Ist solch ein Gotteskeller nicht auch so etwas wie Ablaß und Werkerei . . . damit warst du doch fertig?" . .

Frau Ursula schüttelte lächelnd den Kopf. „Nein, Konrad: hier ist es anders. Wir haben Christopher doch viel zu danken und wollen ihm nur seine Liebe vergelten. — — Wenn er mir nicht zurechtgeholfen hätte . . . was wäre wohl aus mir geworden? — — Und sieh, mein Mann," dabei barg sie den Kopf an seiner Brust, „ich freue mich besonders über den letzten Wunsch des guten Ohm." Leiser sprach sie weiter: „Es mag bald die Zeit kommen, wo ich herzlicher Fürbitte gar wohl bedarf. Dann wird es mir tröstlich sein, zu wissen, andere bitten für mich."

Er nahm den Kopf seines Weibes sacht und zart zwischen seine starken Hände und blickte in wortloser Herzensfreude in die sonnigen Braunaugen. Ein Neues lachte ihm aus den dunklen Augensternen entgegen, das im tiefsten Grunde der Seele entspringen mußte: ein strahlendes Glänzen . . . wie das aufleuchtende Morgenrot eines neuen jungen Tages. Da zog er die glückselig lächelnde Frau in seine Arme und küßte sie in heißer Dankbarkeit.

*   *   *

Schwellende Früchte hingen wieder an den Zweigen der Obstbäume in dem großen Garten, der zum

Langenhofe gehörte . . . still und verborgen waren sie
in der Sommersonne herangereift. Jetzt aber leuchteten
sie rotbackig aus dem Dunkelgrün der Blätter hervor . . .
goldgelbe Birnen und frühreife Äpfel.

Manche lachende Frucht freilich trug den Keim
des Todes in sich . . . vom Wurm angebohrt . . . vor-
zeitigem Verderben bestimmt. Die fiel dann über Nacht
und wurde eine Beute der obstlüsternen Nachbarkinder.

Dämmerige Morgenfrühe braute über Höfen und
Gärten, zog undurchsichtige graue Schleier um Bäume
und Häuser und ließ es ungewiß, ob sonnenlos ein Tag
mit heimlichen Schrecken herankrieche, oder ob das
strahlende Gestirn siegreich die schweren, dunklen Nebel-
schwaden überwinden und verdrängen werde.

Durch das nächtliche Grau strebten wortlos drei
Gestalten auf die Tür des Langenhofes zu, öffneten
sie vorsichtig und traten leise hinein. Zwei Frauen waren
es, geführt von Christopher Gottspenn. Drinnen erwartete sie Konrad von Wittorf, der junge Herr des
Langenhofes.

„Hab' Dank, Nachbarin," sagte er, der einen Frau
herzlich zunickend, während er Christopher hastig die
Hand drückte. Dann wandte er sich rasch zu der anderen:
„Gut, daß du da bist." — Die Frau war eine der drei
vom Rate angestellten und besoldeten Bademuhmen . . .
von der Nachbarin eilig in nächtlicher Stunde unter
Christophers Schutz zum Langenhofe geholt . . .

Der forschende Blick der Ankommenden suchte in
des Hausherrn Mienen zu lesen. „Wie steht es denn?"

fragte sie gutmütig. Ernste Sorge sprach aus den Zügen des Mannes. „Komm herein und sage du es mir," erwiderte er stockend.

Der sorgende Ernst wich auch nicht von Konrads Stirn, als bald nachher die Bademuhme mit unruhigen Augen zu ihm zurückkehrte und ihm flüsternd einige Worte ins Ohr raunte. —

Bange, schwüle Stunden lasteten auf dem ganzen Hause. In grausamer Langsamkeit nur rückten sie vor : . . von Minute zu Minute endlos sich dehnend. Während braußen die Sonne ihr Ringen gegen das dunkle, starre Nebelgrau begann, kämpften drinnen die Herzen mit angstvoller Sorge, Stunde um Stunde . . . bis endlich die Bademuhme mit selbstzufriedenem Lächeln **vor** Konrad von Wittorf stand und dem jungen Vater ein verhülltes Bündelchen entgegenhielt.

Ein zierliches Händchen und ein winziges Kinder=füßchen drängten sich mit ungeschickten Bewegungen aus der Hülle hervor. Das Wunder eines zur Welt ge=borenen, ganz kleinen Menschenkindes sahen seine Augen. Die leisen, abgerissenen Töne eines ersten Kinderweinens schlugen an sein Ohr und ließen sein Herz in wortlosem Jubel pochen.

Da eilte er mit vorsichtigen, hastigen Schritten durch die geöffnete Tür. Am Lager seines Weibes kniete er und umfaßte die schmächtige Gestalt mit unsagbarer Zartheit.

„Ursula . . . meine Ursula!"

Aus den blassen Zügen blickten die Frauenaugen, die in seliger Hingebung aufleuchten konnten, ihm groß entgegen .... froh und still und doch wieder in ängstlicher Sorge.

Sie legte matt den weichen Arm um seinen Hals. Dann zog sie plötzlich mit leiser Gewalt seinen Kopf ganz nahe und flüsterte: „Vergib, Konrad . . . es ist . . . ein Mädchen . . . kein Junge . . . ich kann wirklich nichts dafür . . .“

Da zuckte es durch das markige Gesicht des starken Mannes. Ein strahlendes Lächeln flog über seine Züge; aber in seinen Augen wurde es feucht. Er streichelte mit zartem Ungestüm die weißen Wangen und küßte die blassen Lippen. „O, du . . . du . . . mein tapferes Weib . . . wie danke ich dir . . . wie danke ich dir! . .“

Dann aber mahnte er: „Nicht mehr sprechen . . . meine Ursula!“

Da lag sie gehorsam ganz still.

Er blieb an ihrem Lager und hielt die matte heiße Hand in der seinen.

Aus den Augen der jungen Frau war die Unruhe fortgeweht . . . Geborgensein, Vertrauen, Hoffnungsglück sprach aus ihnen. Und immer wieder wanderten dann die Blicke zu dem zierlichen Menschenkindchen, das die Bademuhme mit sachverständigen Händen für den ersten Lebenstag rüstete. Ein leises Siegerlächeln zog über das weiße Gesicht des tapferen jungen Weibes und spielte um den holden Frauenmund, der so wonnig und heiß küssen konnte und so törichte Worte eben gesprochen hatte.

Still wurde es in dem Gemach. Bald legte sich erquickender Schlummer auf die müden Augen.

Das leise Kinderstimmchen, das noch einmal laut wurde, störte ihn nicht. — — — — — — — — — —

Ilsabe war die erste, welche herzueilte, die junge Mutter mit herzlichen Wünschen zu begrüßen und das Neugeborene zu bewundern.

Sie war auch unter den Gevatterinnen, welche schon am nächsten Tage das rosige Kindlein mit dem weißen Taufkleide und dem perlengeschmückten Tauf=mützchen zur Taufe trugen. Sechs Frauen mit sechs Mägden gaben ihnen auf dem Wege das Geleit.

Zur Sülfmeisterkirche Sankt Lamberti ging es auch diesmal, wo die prächtige, von den Sülfmeistern einst gestiftete „Döpe" zu der heiligen Handlung festlich mit Kränzen umwunden war.

Ein fröhliches Leben und Lachen schallte nachher durch den Langenhof. Außer den Gevatterinnen und den Geleitsfrauen waren noch die Verwandten zu froher Feier eingeladen.

In Ursulas Gemach ging es ein und aus wie im Taubenschlage auf dem Lüner Klosterhofe. Jede der Frauen hatte ein freundliches Wort für die junge Mutter, das lächelnd erwidert wurde, und eine leise Zärtlichkeit für die kleine Getaufte, die zierliche Gisela. Mit stiller Freude beobachtete Konrad, wie auf den Wangen seines jungen Weibes heute schon wieder Rosen blühten.

Tag um Tag ergoß sich jetzt in den Langenhof ein immer mehr anschwellendes Zuströmen von Frauen aus der Verwandtschaft, Freundschaft und Nachbarschaft. — Wurden doch durch des umsichtigen Rates Vorschriften diese Besuche nur in der ersten Zeit nach der Geburt eines Kindes zugelassen . . . nach Ablauf der ersten drei Wochen bis zum Kirchgange der Mutter waren sie verboten.

Jeder Besuch wurde in Ursulas reich geschmücktes Gemach geleitet, dort festlich bewirtet und alle bemühten sich, die junge Mutter in ein anregendes Gespräch zu ziehen. Da erkannte Konrad mit plötzlich aufsteigender Angst, was die Rosen in Ursulas Antlitz bedeuteten. Fieberrosen waren es. Jäh verstummte im Hause die Freude. Bleiche Angst zog ein.

Viele Stunden bei Tag und Nacht saß Konrad . . . mit Ilsabe in die Sorge um die Kranke sich teilend . . . am Lager seines jungen Weibes und hielt die heiße Hand der unruhig schlummernden Fieberkranken. Starr hing sein Blick in schweigender Qual an den geliebten Zügen. Die dunklen Wimpern blieben geschlossen . . . wohl gar zum letzten Schlummer . . .

Aus einem sonndurchleuchteten Tale fühlte er sich plötzlich in einen Abgrund mit schaurigem Dunkel hinausgestoßen. Brach alles zusammen jetzt . . . der ganze stolze Bau seines reichen Glückes, den er auf festen Grund gestellt hatte und mit starker Hand und klarem Wollen sich aufzimmern wollte durch viele Jahre hindurch . . . lange, lange noch? Zerbrochen das ganze sonnige Glück seiner vier Wände? . . .

Wenn in die Stille der Krankenstube das harte, schartige Läuten vom Benedikt herüberdrang, horchte

die Kranke in ihren Fieberträumen unruhig auf und
faltete wohl wie zum Gebet die Hände. Dann gedachte
Konrad an seines Weibes Wort: „Es mag bald die Zeit
kommen, wo ich herzlicher Fürbitte bedarf." Leise schlos=
sen sich auch seine Hände zusammen. Aber dabei ging
ein Frieren durch das Herz des aufstöhnenden Mannes.
In den Glockenklängen, die an die Fenster schlugen, hörte
er das Anpochen des Todesengels. Wie ein kalter Hauch
wehte es durch das Krankenzimmer, daß Frostschauer
seinen Körper schüttelten und durch seine Seele schnitten.

Bange Tage . . . lange, qualvolle Nächte . . .
ein Ringen der Jugendkraft gegen Todesmächte . . .
und zuletzt ein Siegen des Lebens . . . ein wortloses
Aufatmen und Aufjubeln . . .

Die Kranke erwachte aus Bewußtlosigkeit und
Fieberunruhe. Mit verstehenden, unsicher fragenden
Augen blickte sie auf. Sie horchte nach dem zarten
Kinderstimmchen, das plötzlich laut wurde, und lächelte
glückselig. Sie suchte zur Seite und fand den glücks=
frohen Blick ihres Mannes und drückte leise die treue
Hand, welche die ihre schirmend umschloß. Dann legten
sich wieder die dunklen Wimpern über müde Augen: jetzt
aber zum tiefen Schlafe der Genesung.

*　　*　　*

Jahre sind dahingeeilt. — — —

„Mutter . . . was ich aber kann jetzt! . . ."

Erwartungsvoll horchte Frau Ursula auf . . . an
einem Kinderlager stand sie . . . in stiller Abendstunde.

Was würde ihr Martin, der älteste ihrer beiden Knaben, jetzt für Heldentaten erzählen, die er den Tag über verrichtet? Hatte er wohl gar mit seinem Bogen einen Pfeil hoch über das Hausdach geschossen? . . . Oder war er wieder von Gisela, seiner älteren Schwester, in Frauenkünsten des Kochens und der Kinderstube unterwiesen worden? — Am liebsten hätte ja die Gisela in ihrer gernegroßen mütterlichen Mädchenart aus dem sinnigen, zierlichen Bruder, dem Abbild der Mutter, ein Mädchen gemacht.

Frau Ursula setzte sich neben das Lager und zog das Bübchen an sich. „Ei, Martin . . . was kannst du denn schon?“

Der kleine sechsjährige Bursche schmiegte sich in die Mutterarme. „Hab’s vom Christopher gelernt . . .“

Froh aufleuchtende Kinderaugen eines dunkellockigen Knaben schauten mit glänzenden Blicken in die immer verstehenden Mutteraugen.

„Im Gotteskeller . . . von unserem Christopher Gottspenn?“ fragte Ursula Frau erstaunt.

Wichtig nickte der Kleine. „Ja . . . im Gotteskeller. — Ganz lang ist es . . . aber ich kann’s doch . . .“

„Was denn? . . . lächelte geduldig die Mutter.

„Allein beten . . . zu Abend,“ kam jetzt die bestimmte Antwort. Und nochmals versicherte der Kleine selbstbewußt: „Ganz lang ist es.“

„Ei . . . so laß hören,“ ermunterte die Mutter.

Martin faltete die Hände, senkte den dunklen Lockenkopf und sprach mit ernster Miene die gelernten Worte:

„Des Abends, wenn ick to Bedde gah,
Vertein Engel mit mi gahn:
Twee to minen Höten,
Twee to minen Föten;
Twee to miner rechten Sit,
Twee to miner linken Sit;
Twee, de mi decken,
Twee, de mi wecken,
Twee, de mi den rechten Weg wiest
In dat himmlische Paradies. —
Paradies, Paradies is upslaten,
De Himmel is apen.
Da slap ick so söt
Achter lewen Herrgott sin Föt.
Un wenn de bittere Dod kummt
Un will mi besluten,
So kommt de lewe Jesu,
De den Himmel upslut. Amen."

Leise strich die Mutterhand über die dunklen Locken des Knaben. „Schön kannst du es, Martin . . . "

Sie blickte hinüber nach einem Kinderbett an der anderen Wand der Schlafstube, in welchem Wolfgang, ihr zweites Bübchen, der Vierjährige, schon fest schlief.

Vor ihrer Seele stand ein anderes Bild: ihr kleiner Wolfgang bei der gemeinsamen Mahlzeit aller Hausgenossen. Frau Ursula pflegte vor dem Essen als Hausmutter ein kurzes Tischgebet laut zu sprechen . . . sie war in ihrem Heim der alten liebgewordenen Gewohnheit treu geblieben, und ihr Mann hinderte sie nicht. Der kleine Wolfgang aber . . . ein strammes Kerlchen mit dem blonden Schopf des Vaters und den straffen Gliedern des Wittorfschen Geschlechtes . . . hatte das Beten für eine höchst unnötige Verzögerung des Angriffs auf das lockende Mahl gehalten, die betende Mutter, als sie kaum begonnen, mit einem lauten „Amen" unterbrochen und tapfer nach seinem Löffel gelangt, um einzuhauen und es sich gut schmecken zu lassen . . .

Wie verschieden doch ihre Kinder waren . . . .

Martin, der ältere, mußte sich den Tag über schon viel Gedanken über das Beten gemacht haben.

Die Mutter betete abends mit jedem Kinde auch für den Großvater im Dasselhofe. An diesem Abend bettelte Martin: „Mutter, heute mußt du auch für mich beten."

„Weshalb denn?"

„Mir tut mein Bein so weh. Hab' es arg gestoßen."

„Was soll ich denn beten?"

„Lieber Gott, laß doch unserem kleinen Martin sein Bein wieder besser werden diese Nacht."

„Ist es schlimm?" fragte mitleidig die Mutter. Der Kleine nickte mit trüber Miene.

Als ihm sein Wunsch erfüllt war, hatte er noch mancherlei auf dem Herzen. Er mußte es der Mutter aussprechen.

„Ich weiß jetzt, wie das ist . . ." Der Kleine besann sich ein wenig, wie er es wohl sagen solle, was er im Gotteskeller aus dem Alten herausgefragt und sich zurechtgelegt hatte. Jetzt hatte er es gefunden: „Wenn es nicht ganz schlimm ist, dann sagt der liebe Herrgott es den Engeln, daß sie kommen und es wieder heil machen. Und wenn es ganz schlimm ist, dann muß er selbst kommen."

„Ja, wie ist's denn heute mit dir?"

„Oh . . ." meinte er zögernd, „es ist ziemlich schlimm . . . aber ich glaube, die Engel könnten es wohl."

„Aber ich sollte doch den lieben Herrgott selbst bitten?" . .

Da stutzte der Kleine . . . dann sagte er seelenruhig: „Das ist doch wohl besser."

„Ja," gab Frau Ursula ihm recht, „das ist besser. — Und nun . . . schlaf schön, mein Martin!" — — —

Die Tür nach dem Wohnzimmer nebenan stand offen. Konrad von Wittorf, Sülfmeister und Ratsherr der guten Stadt Lüneburg, hatte Wort für Wort vernommen, was sein kleiner Martin eben der Mutter gesagt. „Kinderherz und Kindermund!" murmelte er in leisem Selbstgespräch vor sich hin. „Magister Vischer . . . du Kenner der alten Schriften und des Menschenherzens . . . du hast recht. — — ‚Werden, wie die Kinder‘ . . . da liegt das Geheimnis des Gottsuchens . . ."

Frau Ursula trat aus dem Schlafzimmer der Kleinen.

Sie las in den Augen ihres Mannes, daß er des Knaben Worte gehört. Konrad empfing sie lächelnd: „Unser Martin ist ein großer Gottesgelehrter." Sie nickte still sinnend, und er sprach weiter: „Er hat recht . . . der kleine Denker . . . dreimal recht. — Was sollen die Engel und die Heiligen dazwischen, wenn man seine Sache vor Gott selbst bringen kann?"

„Wo habe ich nur gehört," grübelte Ursula, „daß die Heiligen überflüssige Zwischenträger genannt wurden?"

„Das Wort trifft jedenfalls den Nagel auf den Kopf," gab Konrad nachdenklich zu. Dann sprach er aus, was vorher auch das Mutterherz bewegt hatte: „Wie wenig gleichen sich doch unsere Kinder. — — Sollte aus dem Martin wohl noch einmal ein gelehrter Magister werden?"

„Wenn er nur nicht geistlich werden will," seufzte bekümmert Ursula.

„Das darf er nicht . . . das nicht!" fuhr Konrad auf . . . aber rasch beruhigte er sich wieder. „Wir wollen uns darüber noch keine Sorge machen . . . ein frommes Kind braucht deshalb doch nicht gleich ein Pfaffe zu werden . . ."

„Hör' den Wolfgang!" Frau Ursula zeigte lächelnd nach der offenen Tür, durch welche kräftige Schnarchtöne drangen. „Der wird kein Magister und Stubenhocker," prophezeite der Vater. Manchesmal hatte er es schon gedacht und auch wohl gesagt, wenn er den kräftigen Knaben auf seinem Knie reiten ließ und in die blitzenden hellen Augen blickte.

Vater und Mutter traten noch einmal in die offene Tür und blickten in das Halbdunkel nach den Schläfern.

„Verschieden genug sind die beiden," wiederholte Konrad, „aber doch jeder ein tüchtiges Kerlchen." Offener Vaterstolz sprach aus seinen Worten. „Aber die beste ist doch die Gisela — — — wenn es auch nur ein Mädchen . . ."

Frau Ursula hielt ihm den Mund zu, der Altes wieder aufrühren wollte. „Laß es gut sein, mein Mann. — Ich bin ja selbst von Herzen froh, daß ich die Gisela habe. Sie ist mir schon eine gute Hilfe im Hause."

Konrad legte den Arm um seine kleine Frau. „Wie reich sind wir doch, Ursula."

Glückliche Augen lachten ihn an. Die Hände der Eheleute fanden sich zu festem Drucke. Aber ein leiser Seufzer wurde doch laut: „Wenn er nur nicht geistlich wird . . ."

Drittes Buch.

I.

Das Rauschen der Eichen im Klostergarten von Lüne, das Krächzen der Dohlen und das leise Zwitschern des Rothkehlchens, das zärtliche Gurren der Tauben und das Rufen der Klosterglocke: ein immerwährender Wechsel und doch jahraus jahrein dasselbe Erleben.

Auch drinnen, zwischen den engen, starren Mauern, war das Klosterleben im stillen Einerlei Jahr um Jahr seinen leisen Gang weitergegangen.

In die Gesichter der Alten gruben sich die Runen und Falten und Fältchen, die mahnenden Zeiger eilender Zeit, von Winter zu Winter tiefer ein. Aus den Novizen wurden erfahrene Klosterschwestern.

Wie um die Eichen des Klostergartens bald die Stürme daherfuhren, bald wieder Sonnenlicht spielte .. alles zu seiner Zeit: so ging es auch bei den Klosterfrauen durch Zeiten stillen Seelenfriedens und durch unabwendbare verborgene Kämpfe hindurch. Die Stürme brausten vorüber, und die sonnigen Tage eilten davon: das Klosterleben zog seinen steten Gang . . . ohne tiefgehende Ereignisse . . . . ohne merkliche Erschütterungen.

Selbst ein wiederholter Wechsel im Amte des Konfessors brachte kaum eine Störung in das stetige Dahingleiten.

Von Propst Graurock wurde eifrig der weitere Ausbau der Klostergebäude betrieben: die Küchen-, Wirtschafts- und Vorratsräume bedurften der Erneuerung und Erweiterung. Und die blassen Nonnen fertigten mit stetigem Bienenfleiße weiter ihre Stickereien an: immer größere, heute noch vielbewunderte Kunstwerke.

Ein großer Teppich . . . eine mühevolle Arbeit, die Jahre erfordert hatte . . . wurde anno 1500 vollendet. Die Geburt Christi stellt er dar. Fünfundreißig Rundbilder . . . . jedes etwa drei Fuß im Durchmesser .. zu sieben Reihen geordnet, haben die fleißigen Frauenhände aneinander gefügt. Das Feld in der Mitte enthält das Hauptbild. Mit großer Sorgfalt sind die Figuren ausgeführt: das Jesuskind, in Glorienschein auf dem Boden ruhend . . . hinter ihm zwei Engel . . . hinter Maria Ochs und Esel. Die vier Ecken füllen die Evangelistenzeichen: der Engel des Matthäus, der

Löwe des Markus, der Stier des Lukas und der Adler des Johannes.

In den folgenden Jahren schufen die rastlosen Hände der Lüner Nonnen ein neues großes Kunstwerk, eine eigenartige malerische Darstellung: den Teppich mit dem Stammbaum des Heilandes, „virga yesse". Um dieses Hauptbild zieht sich am Rande des Teppichs in gotischen, abwechselnd rot und blau gehaltenen Majuskeln eine Inschrift über die Anfertigung der Arbeit und noch eine Fülle kleinerer Bildwerke. Sechsunddreißig zählt man, der damaligen Anzahl der Klosterfrauen entsprechend: in buntverschlungenem Rankenwerk mannigfache Tierbilder . . . Löwe, Einhorn, Hirsch, Hund, Elefant, Vögel, Schweine, Füchse.

Merkwürdig stechen gegen den ernsten prophetischen Gedanken des Mittelbildes mit dem Stammbaume des Erlösers diese Randbilder aus der Tierfabel ab: ein Fuchs predigt den Gänsen, aus deren Schnabel ein mit „tat tat" besticktes Spruchband hervorgeht . . . ein Fuchs schleppt eine widerstrebende Gans fort . . . der Affe ahmt das Tun der Nonnen nach: versucht zu spinnen, zu schreiben, schaut in den Spiegel . . . die Katze macht Jagd auf die Maus . . .

In den Ecken des Teppichs prangen vier Wappen . . unter diesen das der Domina Sophia von Bodendike und des Propstes Nikolaus Schomaker, der Graurocks Nachfolger in Lüne geworden. —

Noch ein groß angelegtes Kunstwerk wurde unter der Domina Priorissa Sophia von Bodendike in Angriff genommen . . . der größte der alten Lüner Teppiche: die Verherrlichung der Auferstehung Christi.

Mit tiefer Freude verfolgte die betagte Domina das mühevolle Arbeiten, das unter Schwester Mechtilds sicherer Leitung wacker voranging. Dann leuchteten beim Zuschauen Sophias müde Augen; aber die matten Hände halfen nicht mit. — Sophia von Bodendike hat die Vollendung des Kunstwerkes nicht mehr erlebt.

Der Tag Mariä Reinigung im Jahre 1504 brachte die tiefeinschneidende Veränderung für das sonst so still dahinfließende Klosterleben: Sophia von Bodendike schloß die altersmüden Augen, nachdem sie 23 Jahre ein strenges Regiment über Kloster Lüne geführt.

Was sie sich unter Mechtilds Einfluß als Ziel für ihre Lebensarbeit gesteckt hatte, das war erreicht worden: die Nonnen hatten zu dem Beten auch das Arbeiten gelernt. Das Klosterleben war innerlich gefestigt und erstarkt: nicht ein Nebeneinanderleben, sondern jetzt ein Miteinanderschaffen . . . nicht ein Zusammenwohnen nur, sondern ein bewußtes Zusammengehören . . eine festgefügte, geschlossene Gemeinschaft. —

Am Tage des heiligen Valentinus, des Märtyrers, am 14. Februar, wurde die neue Domina Priorissa erwählt.

Abt Johannes von Oldenstadt und Propst Nikolaus Schomaker nahmen die Wahl vor. Der Konfessor, der Kapellanus und der Kustos waren die Notarii und Zeugen.

Die Wahl fiel auf Mechtild Wilde, die längst schon die rechte Hand der alten Domina gewesen. — Einmütig gab der ganze Konvent der Klosterfrauen seine Zustimmung . . .

Helles Sonnenlicht eines klaren Wintertages durchflutete den Kapitelsaal, feierliche Erwartung lag auf den Zügen der Nonnen, als Mechtild von dem Abt und dem Propst zum Thronsitze an der Schmalseite des weiten Raumes geleitet wurde.

Gesenkten Hauptes, aber mit sicheren Schritten ging Mechtild Wilde, verfolgt von den Blicken der Klosterfrauen, die Stufen hinauf. Eine reife, aufrechte Frauengestalt stand sie auf dem Throne des Kapitelsaales. Klar und fest blickten die Augen der neuen Domina, als sie die Huldigung der Klosterinsassen entgegennahm. Und aus den Mienen der Nonnen, die sich jetzt um den Thron scharten, sprach das volle Vertrauen auf Mechtilds sicheres Wollen und festes Handeln.

Leise, stolze Freude zog durch Mechtilds Seele. Die Wege und Führungen ihres Lebens standen vor ihr . . . das stille Werden und Wirken im Schatten des Klosters . . . wie viel hatte sie schon leisten können zur Ehre der Heiligen und der Jungfrau Maria. Dankbar blickte sie zurück. Und jetzt warteten neue, Gott wohlgefällige Aufgaben. Mit frischem Eifer würde sie herantreten und Gottgewolltes wirken zum Heil ihrer Seele, zum Ruhme des Klosters, zur Ehre der Heiltgen. Durch ihre Seele klang das Bitten: „Maria, Himmelskönigin, hilf mir, das Kloster zu regieren zu deiner Ehre!"

Einer lichten, friedereichen Zukunft wollte sie Kloster Lüne entgegenführen.

*　　*　　*

Genau zwei Jahre nach Sophias Abscheiden kam wieder ein ernster, tiefeingreifender Tag für das Kloster: am Vorabend von Mariä Reinigung nahm der Tod den Propst Nikolaus Schomaker hinweg.

Dreizehn Jahre hatte er die Schlüssel des Klosters gehütet und in dieser Zeit, ebenso wie sein Vorgänger, manche Bauten im Kloster ausführen lassen.

Ein Nonnenchor, zu dem man durch einen besonderen verborgenen Gang von der Kirche aus gelangen konnte, war unter seiner Leitung an das Westende der Kirche angefügt und die Heizungsanlage des Klosters, das dunkle Herrschergebiet des Kuhlenhitters, besser ausgebaut worden. —

Die Wahl eines neuen Propstes für Kloster Lüne wurde am Sonntage „Exsurge" im Kapitelhause zu Lüne vorgenommen.

Der Abt von Sankt Michaelis Boldewin von Mahrenholz mit seinem Bruder Johann und der Propst von Wienhausen vollzogen die Wahl. Zwei Bürgermeister, zwei Ratsherren, der Konfessor von Lüne, ein Kapellanus und zwei Scholaren wohnten als Zeugen der Handlung bei.

Johannes Lorbeer hieß der Neugewählte.

Die feierliche Einführung fand, nachdem der

Klosterkonvent seine Zustimmung zu der Wahl gegeben, am ersten Montage im April statt.

Der Herzog, Heinrich von Lüneburg, und die Herzogin waren zu der Einführung nach Lüneburg gekommen und hatten als Gäste des Rates und der Stadt in dem Herzogenhause am Ochsenmarkt Wohnung genommen.

Mit einer Messe in der Klosterkirche zu Lüne begann die Feierlichkeit. Dann zogen die Klosterjungfrauen in großer Prozession vom Nonnenchor zum Kapitelsaale. Zugleich wurde unter Glockenläuten das fürstliche Paar von der Lüner Geistlichkeit aus der Barbarakapelle durch den Kreuzgang zum Kapitelhause geleitet. Ihnen schlossen sich die fremden Prälaten und Ratsherren an.

An der Seite des Abtes von Sankt Michaelis schritt der neugewählte Propst. Neben der Herrschergestalt des selbstbewußt und weltmännisch sicher auftretenden Abtes erschien Johannes Lorbeer unbedeutend und unbeholfen. Auf seinem ganzen Wesen lag eine merkliche Befangenheit, die ihn das Auge fast beständig verlegen zu Boden schlagen ließ.

Leise Bemerkungen wurden in vorsichtigem Flüstertone unter den Ratsherren ausgetauscht.

„Die klugen Nonnen! . . . Da haben sie sich gerade den Richtigen als Vater des Klosters setzen lassen."

„Der wird schön nach ihrer Pfeife tanzen müssen."

„Nun noch als Konfessor den Dummsten daneben . . so wollen sie es ja haben."

„Soll den schlauen Jüngferchen wohl gefallen . . ."

Als alle im Kapitelsaale versammelt waren, wurde der Bestätigungsbrief des Herzogs verlesen. Dann leistete Johannes Lorbeer vor dem Abt von Sankt Michaelis inmitten der ganzen Versammlung kniend den Eid. Der Abt übergab dem neuen Propst die Schlüssel des Klosters und verlas die Pflichten seiner Amtsführung. Der Herzog richtete Worte der Mahnung an den Konvent und an den neubestellten Propst.

Johannes Lorbeer war Propst von Lüne. —

Am Tage des heiligen Ambrosius, des Bischofs, am Sonnabend vor „Domine ne longe“ trat Johannes Lorbeer sein Amt in Lüne mit einer lateinischen Ansprache im Kapitelsaale an.

Alle, die zum Kloster gehörten . . . mit Ausnahme der Schwestern, welche kein Gelübde abgelegt hatten, und der Klosterkinder . . . gelobten dem neuen Propst nacheinander Gehorsam mit der üblichen Formel: „Facio vobis obedientiam, secundum gradum“.

*   *   *

Mit neuem Eifer wurde unter Domina Mechtild an dem großen „Auferstehungs-Teppich“ weitergearbeitet, bis nach langem, mühevollem Schaffen das kunstvolle Werk schließlich vollendet dalag.

Es war ein festlicher Tag für das ganze Kloster, als die fertige Arbeit im Kapitelsaale allen Klosterinsassen von der Domina gezeigt und erklärt werden konnte.

Staunend ruhten die Augen der dichtgedrängten Schar auf dem großen Kunstwerke, und die feinen

Einzelheiten der Ausführung weckten laute Bewunderung. Vor allem zog das breite runde Hauptbild, das sich klar als Mittelstück eines mächtigen siebenstrahligen Sternes aus dem Ganzen heraushob, die Blicke auf sich: der Auferstandene durchbricht des Grabes Tür . . . die Hand hebt die Siegesfahne . . . zur Seite des geöffneten Grabes zwei Wächter . . . am gestirnten Himmel oben zwei Engel mit Weihrauchfässern . . .

Mechtild las mit klarer Stimme die Inschrift, welche sich um das runde Mittelfeld schlingt: „Ego sum alpha et o et stella matutina. Ego, qui loquor justiciam et propugnator sum ad salvandum. Exsultat jam angelica turba". Zugleich gab sie für die Novizen, Konversen und Kinder der Klosterschule die Übersetzung: „Ich bin das A und das O und der Morgenstern. Ich, der ich rede Gerechtigkeit und Vorkämpfer bin des Heiles. Es frohlockt schon der Engel Schar."

Aufmerksam verfolgten die Hörer dann die Erklärung der Ringflächen, welche sich um den Kreis des Mittelfeldes legen. Sie sahen, wie in dem ersten Streifen — den Tagen der Woche entsprechend — sieben Dreiecke, jedes von einem Sterne ausgefüllt, sich kunstvoll an das Mittelstück fügen und mit diesem sich zu dem einen großen siebenstrahligen Sterne zusammenschließen, dessen Kern so das Auferstehungsbild wird. Zwischen den Strahlen schweben auf sternbesätem Grunde musizierende Engel mit Glockenspiel, Laute, Schalmei, Geige, Harfe und Triangel. Die ganze erste Ringfläche ist wiederum von einer lateinischen Inschrift um-

schlungen: sie preist Christus als den Morgenstern, welcher auferstehend der Welt das ewige Licht gebracht.

Eine zweite Ringfläche enthält in gleichmäßigen
Abständen zwölf Mondscheiben: vom Vollmond allmählich abnehmend bis zum Neumond und dann wieder
zunehmend — ein Bild der zwölf Monate. Zwischen
den Mondscheiben läuten Glocken.

Vier Eckzwickel fügen sich an:

Der Adler trägt von den drei Jungen seines Horstes
eines im Schnabel der Sonne entgegen.

Der Phönix, auf seinem Neste sich verbrennend,
geht verjüngt aus der Asche hervor.

Der Pelikan nährt seine Jungen mit dem eigenen
Blute.

Der Löwe haucht seinen drei Jungen Leben ein.

Inmitten der ersten beiden Bilder steht die Sonne ..
zu den Seiten zwei Engel, welche Geige und Orgel
spielen. Zwischen den beiden anderen Figuren ragt
der Baum des Lebens . . . links und rechts ebenfalls
musizierende Engel.

Um das Ganze zieht sich außer der Inschrift über
die Anfertigung des Kunstwerkes eine breite Kante:
buntes Rankenwerk, kranzartig gewunden, mit den
mannigfachsten Bildern . . . dem Kuckuck, Pfau, Wiede-
hopf und erdachten Figuren. In den Ecken der Kante
Engel als Schildhalter . . . oben mit dem Wappen
der Domina Sophia von Bodendike und des Propstes
Schomaker . . . unten mit den Wappen der Nach-

folger: der Domina Mechtild Wilde und des Propstes Lorbeer . . .

Auch die Deutung des Ganzen gab Mechtild bei ihrem Erklären: Osterlicht strahlt hinein in alle Zeiten, in die Tage, Monde und Jahre; Osterjubel füllt Himmel und Erde; Osterfreude klingt durch die Musik der himmlischen Chöre und aus den Stimmen der Vögel einer wiedererwachenden Frühlingswelt.

———

II.

Unter Mechtild Wildes kraftvollem Regimente wurde bald der weitere Ausbau der Klostergebäude in Angriff genommen.

Bereitwillig ging der Propst Johannes Lorbeer auf die wohlüberlegten Pläne und Forderungen der Domina Priorissa ein.

Die Kapelle der heiligen Barbara, zu welcher die Bausumme durch den alten Ratsherrn Ulrich von Dassel als Lösegeld für seine Tochter Ursula geschenkt war und lange schon bereit lag, wurde gebaut: ein zierliches Kirchlein neben der Kirche. — An der Südostecke der Klosterkirche lehnt sich die Kapelle an die ragende Kirchenmauer, durch eine Tür mit dem Altarraume der Kirche, durch eine andere mit dem Kreuzgange verbunden; aber auch von außen, vom Propsthause her,

zugänglich durch eine kleine Tür seitwärts von dem Altar
der Kapelle.

Noch eine zweite Kapelle ließ Domina Mechtild
in einem Raume des inneren Klosters herstellen: zu
Ehren der heiligen Katharina und der Jungfrau Maria.
Ein neues Schlafhaus wurde gebaut und ein neues
Webehaus, und auch ein neues eisernes Fenster für die
Fremden hergerichtet . . .

Jahr um Jahr in dem friedlich dahingleitenden
Klosterleben ein eifriges Planen, ein fleißiges Aus-
bauen, ein emsiges Schaffen — — bis jäh der Friede
gestört und die stillfleißige Arbeit unerwartet abgebrochen wurde.

Böse Gerüchte über Kriegsgreuel liefen anno 1519
plötzlich von Mund zu Mund, von Ort zu Ort.

Auch durch die Klostermauern drangen sie und
schreckten die Nonnen aus ihrem beschaulichen Still-
leben auf . . .

Die Wellenschläge der Hildesheimer Stiftsfehde
schlugen über die Grenzen des Lüneburger Landes.

Raubend und brennend wälzten sich feindliche
Scharen nach Norden zu. Schlimme Kunde flog
durch das ganze Land und malte in grellen Farben
die blutigen Schrecken des Krieges: der rote Hahn
werde weit und breit den Häusern aufs Dach gesetzt
und breite Tag und Nacht seine feurigen Schwingen
in lohender Glut zum Himmel . . . von den Dörfern
bleibe kein Stein auf dem andern . . . Burgen und
Städte würden zerstört . . . ungezählte Menschen seien

erschlagen worden . . . Klöster ausgeplündert und
verwüstet, Klosterfrauen mißhandelt. — — Wer
konnte wissen, was Wahrheit sei, wieviel Übertrei-
bung? . . .

Bald nahmen die Gerüchte greifbare Gestalt an.
Bestimmte Namen wurden genannt, verbürgte Tat-
sachen erzählt.

Jetzt hörte man, wie am Donnerstag nach Exaudi
Schloß und Stadt Burgdorf niedergebrannt worden
und am Pfingstfeste Burgwedel. Gegen 50 lünebur-
gische Dörfer wurden aufgezählt, die von den vor-
bringenden Haufen geplündert und in Asche gelegt
worden. Eine Schreckenskunde löste die andere ab:
Meinersen sei beschossen und eingenommen, Stadt und
Schloß Gifhorn in Brand gesteckt, Wittingen und Boden-
teich zerstört. Dann wurde erzählt, wie die beiden
feindlichen Herzöge, Erich der Ältere von Braunschweig-
Kalenberg und Heinrich der Jüngere von Braunschweig-
Wolfenbüttel, mit ihren Truppen und ihren Ver-
bündeten ein Lager zwischen Ülzen und Oldenstadt
bezogen hätten, Stadt und Land brandschatzten und von
der armen Bauern Schweiße lebten . . .

Auch nach Lüne drangen die argen Gerüchte.

Briefe der Priorinnen aus Wienhausen und aus
Ebstorf bestätigten die bösen Nachrichten über nahe
feindliche Kriegshaufen.

Mit banger Sorge blickte Domina Mechtild in die
Zukunft.

*　　*　　*

Unweit des Propsthauses in Lüne schwang sich ein staubbedeckter bewaffneter Reiter mit ungelenken, müden Bewegungen vom Pferde. Er lüftete für einen Augenblick die drückende Schutzhaube, holte tief Atem und wischte sich mit dem Ärmel die perlenden Tropfen von der Stirn.

Die Mittagssonne eines heißen Sommertages brannte vom wolkenlosen Himmel — man zählte den 24. Juni 1519, den Tag Johannis des Täufers. Roß und Reiter sah man es an, daß sie einen weiten, eiligen Weg hinter sich hatten. Der Gaul ließ den Kopf hängen und stand mit zitternden Knien. Aber während der Reitersmann mit schweren, schleppenden Schritten auf die Tür des Propsthauses zuging, hob das abgetriebene Tier plötzlich aufhorchend den Kopf, blähte schnuppernd die Nüstern, spitzte die Ohren und lauschte nach dem Rieseln und Rauschen des Klosterbaches. Dann schob es sich langsam Schritt um Schritt nach dem fließenden klaren Wasser hin und trank in langen gierigen Zügen. —

Vor Propst Johannes Lorbeer stand der erschöpfte staubige Reiter. Daß er keine gute Kunde bringe, las der Propst in des Boten Mienen. Hastig stieß er die Frage heraus: „Woher kommst du?"

„Geraden Weges von Kloster Medingen . . . ein heißer und gefährlicher Ritt. Durfte den Klepper nicht schonen . . ."

„Was bringst du?" unterbrach ihn der Propst.

„Böse Nachricht, hochwürdiger Herr, und Warnung. Soll Euch die Botschaft ausrichten, daß die plündernden

Heere der feindlichen Herzöge schon bis Ülzen vorgedrungen sind. Auf die Klöster haben sie es besonders
abgesehen. Kloster Wienhausen soll vollständig aus-
geraubt und zerstört sein. Ebstorf mag es nicht besser
ergehen. In Kloster Oldenstadt hausen die feindlichen
Fürsten. Eine harte Feldschlacht steht bevor. Die Herzöge haben durch einen Reisigen Herzog Heinrich von
Lüneburg fragen lassen, ob es dem fürstlichen Vetter
von Lüneburg genehm sei, eine ritterliche Schlacht zu
halten. Zum Hohn haben sie es getan. Aber Herzog
Heinrich hat schon eine geräumige und harte Strecke
der Heide als Kampfplatz genannt. Bald werden die
Feindeshaufen um Lüneburgs Mauern lagern. Die
Gefahr ist sehr groß. Die Klosterfrauen von Medingen
flüchten nach Lüneburg hinein. Mein Auftrag heißt:
Sorgt beizeiten für euer Kloster!"

Erblassend hörte der Propst den Bericht und starrte
in jähem Erschrecken fassungslos den Unglücksboten an.
Er fuhr von seinem Sitze empor und griff ratlos mit
bebenden Händen an die Stirn. Noch ein paar hastige
Fragen . . . verworrene Antworten . . . dann stürzte
er nach der Barbarakapelle hinüber und durch die Kapelle in das Kloster, um mit der Domina Priorissa zu
beraten.

Auch die sonst so ruhige Domina Mechtild wurde
durch des Propstes Kopflosigkeit in tiefe Unruhe ver-
setzt. Gegen den Ernst der Lage konnte auch sie die
Augen nicht verschließen: die Gefahr drohte nahe genug.
Wie sollte sie ihr Kloster vor Plünderung und Brand-

schatzung und Schlimmerem schützen? ... Es blieb nur ein Ausweg: die Klosterfrauen mußten das Kloster preisgeben und sich mit dem beweglichen Klostergut in den Schutz der festen Mauern Lüneburgs flüchten ... nach dem Lüner Hofe in der Stadt, der Eigentum des Klosters war. Zeit war nicht zu verlieren ...

Eilig wurde der ganze Konvent zusammengerufen und die andrängende Gefahr den bestürzten Nonnen dargelegt.

Eine fieberhafte Tätigkeit begann jetzt. Die heiligen Gefäße, Kostbarkeiten und Wertsachen des Klosters wurden zusammengeholt und unter viel Seufzen und Tränen alles zum Auszuge gerüstet.

Bis spät in die Nacht hinein dauerte das Rennen und Schaffen.

Als der Morgen graute, rollten die schwerbeladenen Wagen mit wertvoller Klosterhabe vom Klosterhofe zum Tore hinaus Lüneburgs schützenden Mauern zu ... begleitet von bewaffneten Knechten. — Es war der 25. Juni, der Tag nach Johannes Baptista, der Sonnabend vor „Domine in tua".

Gegen Mittag brachen dann die Klosterinsassen auf und verließen schweren Herzens unter viel Tränen und Klagen ihr friedliches Heim.

Als Domina Mechtild in die Pforte trat, stockte ihr Fuß, als dürfe sie die Schwelle nicht überschreiten, dürfe das anvertraute Kloster nicht verlassen. Tausend Fäden hielten sie zurück. Von allen, die hinauszogen, war ja keiner so eng mit all seinem Denken und Wirken mit Kloster Lüne verwachsen wie gerade sie. Mit dem Kloster würde ihr ganzes Lebenswerk in Trümmer sinken: alles, was sie geleistet zum Ruhme des Klosters und zur Ehre der heiligen Jungfrau und der Heiligen . . .

Aber sie sah auch die harte Notwendigkeit. Was sollte denn werden, wenn die brandschatzenden, plündernden Haufen über das ungeschützte Kloster und die wehrlosen Frauen herfallen würden? . . . Sie durfte die ihr befohlene Schar der Klosterjungfrauen nicht dem sicheren Verderben preisgeben . . .

Mit blassem Antlitz, aber festen Herzens schritt Mechtild Wilde hinaus und ließ die Nonnen, die Konversen und Klosterkinder zum Zuge sich ordnen. In feierlicher Prozession wanderten sie auf Lüneburg zu: 87 Menschen, groß und klein, in langen Reihen. Das heilige Kreuz wurde vorangetragen. An der Spitze des Zuges folgten der Propst und die Domina Priorissa. Sie trugen die heiligen Gefäße der Klosterkirche.

Drückende Gewitterschwüle lastete auf allen: im Süden türmten sich blauschwarze drohende Wetterwolken . . . schwerer noch lag der Schmerz des Scheidens auf den Herzen.

Immer wieder blickten die Augen der Fortziehenden weinend zurück und konnten sich nicht losreißen von dem traulichen Klosterbilde, das man vielleicht nie wiedersehen würde . . . von der Stätte, wo man in weltabgeschlossener Stille mit heiligem Eifer Gott und der benedeiten Jungfrau gedient hatte.

So zogen die Klosterleute durch das Lüner Tor in die Stadt.

Verwundertes Anstarren, scheues Flüstern, ehrerbietiges Grüßen begleitete die Prozession durch die Straßen bis zum stillen Rettungshafen der Flüchtenden, dem Lüner Hofe an der Bäckerstraße.

Auch dort im Lüneburger Hause des Klosters, wo die Frauen sich in sicherem Schutze fühlten und die Kostbarkeiten des Klosters wohlgeborgen wußten, hörte das Weinen um die verlorene Klosterheimat nicht auf, und die Klage wollte nicht verstummen: sie seien wie die Kinder Israel in der Babylonischen Gefangenschaft . . . vertrieben und heimatlos wie jene, die trauernd an den Wassern zu Babel saßen und weineten, wenn sie an Zion gedachten.

* * *

Wie ein Lauffeuer ging es durch Lüneburgs Straßen und Gassen: „Die Klosterjungfrauen von Lüne sind in Prozession aus ihrem Kloster ausgezogen und haben sich mit ihren Kostbarkeiten im Lüner Hofe in Sicherheit gebracht." Bald erzählte man auch in der ganzen Stadt, daß sich die Nonnen von Medingen und Ebstorf gleichfalls in den Schutz der Stadtmauern geflüchtet hätten.

Was an Verwandten und Befreundeten der Klosterfrauen und Klosterkinder in Lüneburg wohnte, kam in den Abendstunden der nächsten Tage zu den Flüchtlingen, um ihnen Trost in ihrer Heimatlosigkeit zu bringen. Des Weinens und Klagens wurde dadurch nur noch mehr.

Auch zu Frau Ursula im Langenhofe drang die Kunde, daß die Lüner Nonnen in der Stadt weilten. Die Klosterjahre wurden wieder lebendig in ihrer Erinnerung. Das Bittere und Trübe hatte sich mit der Zeit verwischt. Was Mechtild Wilde ihr einst gewesen, das hob sich licht von dem dunklen Grunde ab. Vielleicht konnte sie der einstigen Freundin jetzt auch etwas sein . . . sie mußte die Vertriebene aufsuchen.

Mit zurückhaltender Freundlichkeit wurde Frau Ursula von der Domina empfangen: es stand etwas zwischen beiden. Prüfend ruhten Mechtilds klare Augen auf der einstigen Freundin. Sie sah: aus dem zierlichen Mädchen war eine vollerblühte Frau geworden . . . durch das schöne dunkle Haar schimmerten schon einzelne verlorene frühe Silberfädchen . . . die einst so sonnigen Augen leuchteten Güte und Freundlichkeit, Verstehen und Mitfühlen.

Mit der ganzen alten Herzlichkeit trat Frau Ursula der Domina Mechtild entgegen . . . nur beseelt von dem Wunsche, helfen zu wollen. In offener Bewunderung glitten ihre Blicke über die würdige Erscheinung der stattlichen aufrechten Domina Priorissa, die in ihrer eigenartigen dunklen Klostertracht geradezu ehrwürdig erschien.

„Mechtild — meine liebe Mechtild . . . ich möchte so gern dir helfen . . . kann ich etwas für dich tun . . .?"

Die Domina legte zögernd ihre Rechte in die dargebotene Hand. „Ich danke dir, Ursula . . . wir sind hier ja in Sicherheit.“ Mit herber Bitterkeit wandte sie den Blick ab. „Unser Kloster ist doch verloren.“

„Mein Bruder Ludolf ist jetzt worthabender Bürgermeister, wie es vor Jahren der Vater war, und mein Mann sitzt auch im Rate . . . sollte nicht der Rat von Lüneburg . . .?“

Ursula brach ab. Ein kurzes Aufleuchten flog über das ernste Antlitz der Domina. Sie kam aus ihrer ruhigen Zurückhaltung heraus. „Ja . . . wenn der Rat das Kloster schützte . . .“ Sie überlegte einen Augenblick. „Höre, Ursula. Ich werde mit unserem Propst alles besprechen. Der soll zu euch in den Dasselhof kommen. Dort mögen die Männer ihm sagen, was zum Schutze des Klosters geschehen muß.“ Herzlicher fuhr Mechtild fort: „Ich danke dir, Ursula, daß du an uns gedacht hast . . .“

Wieder ruhten die Blicke der stattlichen Klosteroberin ruhig forschend auf Frau Ursulas Gesicht und Gestalt. Ein warmer Ton klang jetzt durch ihre Worte. „Es ist lange her, seit wir uns zuletzt gesehen. Wie ist es dir ergangen?“

In Ursulas Augen leuchtete es auf. „Mein Leben ist gar reich gewesen . . . nicht lauter Sonnenschein . . aber das volle Glück der vier Wände, das mein guter Vater mir gewünscht hatte, habe ich finden dürfen.“ Ein mädchenhaftes Erröten breitete sich über die feinen Frauenzüge, als sie lebhaft weitersprach. „Eines Mannes herzliche Liebe und treue Fürsorge . . . blühende Kinder pflegen und erziehen — o, mir ist viel Gutes und Schönes zuteil geworden. Ich denke längst ohne Bitterkeit an das Kloster zurück."

Ein heimliches Unbehagen legte sich auf Mechtilds Mienen. Aber sie überwand es. Groß und voll blickte sie in die dunklen Frauenaugen der einstigen Klostergefährtin.

„Ursula, hast du es nie bereut, daß du nicht im Kloster geblieben bist?"

Da strahlte der sonnige Glanz von einst wieder aus Ursulas Blicken. „Nie, Mechtild. Ich habe draußen das Beste gefunden."

Abweisend schüttelte Domina Mechtild den Kopf. „Das jungfräuliche Leben im Kloster ist gottgefälliger und besser als alles, was du Glück der vier Wände nennst."

Wieder begleitete ein ruhiges frohes Lächeln Ursulas Antwort: „So habt ihr schon damals im Kloster gesprochen. — — Der alte Freund meines guten Vaters, Magister Vischer, der viel im Dasselhause aus- und einging, pflegte wohl zu sagen: ,Mir ist ein Stück Himmel auf Erden versagt geblieben, da ich kein christlich Eheweib mein eigen nennen darf: die Ehe gehört zu dem Wenigen, was die Menschen aus dem Paradiese mitgenommen haben.' — Du siehst, Mechtild, es denken nicht alle gering über das eheliche Leben. Glaube mir, es ist etwas Schönes und Gutes, in herzlicher Treue einem Manne Liebes erweisen früh und spät. Da lernen wir erst, wie viel wir zu geben haben. Das macht reich. Das ist keine Erniedrigung für ein Weib: das führt auf die Höhen. — Und selbst tagaus tagein von der fürsorgenden Liebe eines treuen Herzens umgeben zu sein, scheint dir das etwas Geringes? Bei jeder Freude, die man erfährt, auch das erleben: sie ist auch des anderen Freude . . . bei jedem Leid: er trägt es mit mir, möchte helfen, abnehmen — ist das nicht etwas Großes? — Und, liebe Mechtild, wenn man sieht, wie der andere die eigenen Wünsche zurückstellt und zum Opfer bringt, und man lernt das dann auch . . . gemeinsam das Rechte suchen, das Gute wollen, reifer werden — scheint dir das alles so verächtlich? . . ."

Mit wachsendem Staunen hatte Domina Mechtild der Sprechenden zugehört. War das dieselbe, die sie einst als hilflose kleine Novize im Kloster gekannt hatte? Ruhig und sicher blickte Ursula in Mechtilds verwundert fragende Augen. Sie war noch nicht zu Ende. „Ich meinte es aber vorher anders. — Das Beste . . . dabei dachte ich nicht an das Glück in der Ehe. — — Ich kann es mit Worten der Heiligen Schrift sagen, was ich meinte. Gute Perlen habe ich draußen gesucht: Elternliebe, Sonne, Licht, Freiheit. Die eine köstliche Perle habe ich gefunden: die Gottesliebe, das Heil der armen Sünder . . . den fröhlichen Glauben an Gottes Liebe . . . die Gewißheit: Gott hat mich lieb in allem, was er schenkt und schickt."

„Ich verstehe dich nicht," erklärte die Domina mit unruhigen Augen. „Was wissen Frauen von der Heiligen

Schrift? — — Wir Klosterfrauen haben unsere Ordens=
regel. Die ist göttliches Gebot. Sie halten, heißt Gottes
Wohlgefallen haben. — — Wie wollten wir unwissenden
Frauen auch die schweren Fragen der Lehre entscheiden?
Das ist Sache der Kirche . . .‟

Mechtilds Sicherheit war einer leisen heimlichen
Unruhe gewichen. Das Wesen der beiden Frauen schien
ausgetauscht zu sein. Jetzt war Ursula die Kühle, Zu=
rückhaltende. „Nein,‟ sprach sie fest, „jeder muß selbst
gewiß werden, wie er zu seinem Gott steht. Das erst
macht still und froh und frei. Andere können mir das
nicht verbürgen. — — Du wunderst dich, daß ich über
solche Fragen nachgedacht habe? Wir sprechen daheim
oft darüber. Mein Ältester, der Martin, ist Student in
Wittenberg . . .‟

Überrascht blickte Domina Mechtild auf. „Will er
geistlich werden?‟

„Nein — das nicht . . . wenigstens nicht so, wie
du es meinst. Ein Lehrer und Prediger des reinen Evan=
geliums will er werden. Der Doktor Martin Luther ist
sein Lehrer.‟

„Der Luther . .?‟ Blasses Entsetzen malte sich
auf Mechtilds Gesicht. Unwillkürlich blickte sie erschrocken
sich um, als fürchte sie, unberufene Ohren könnten zuhören.

„Ist der Name schon in deine Klostereinsamkeit ge=
drungen?‟

„Ich weiß, was er damals am Vorabend von Aller=
heiligen in Wittenberg getan hat. Ein Ketzer ist er. Im
Kloster darf sein Name nicht genannt werden.‟

„Mir hat er zurechtgeholfen mit seinem Worte: ‚Der wahre Schatz der Kirche ist das allerheiligste Evangelium der Herrlichkeit und Gnade Gottes.‘“

„Mir soll die Ketzerei nicht hineinkommen in mein Kloster.“

Da legte Ursula leise die Hand auf Mechtilds Arm. „Sie ist schon im Kloster . . . du siehst es nur nicht . . . und deine Nonnen wissen’s auch nicht. — Das Bild mit der Wage . . . kannst du es nicht deuten? Du meinst, es bedeute: Christi Leiden ist schwerer gewesen als alles Leid und alle Last der Menschenkinder, und er bedarf unseres Mitleids — nein, Mechtild, das heißt es: sein Kreuz wiegt in Gottes Gericht schwerer als alle Schuld der armen Sünder . . . was er für uns gelitten, hebt unsere Schuld auf, und wir bedürfen seiner Erlösung. Von dem tiefsten Geheimnis seiner Passion, von dem ‚für uns‘, erzählt das Bild in der Kirche. — — Und sieh dir den Altar in der Klosterkirche an: seine Darstellungen sind ja auch nichts anderes als das Evangelium von Christus. Sucht nur nicht immer den Mittelpunkt in der heiligen Jungfrau! Das Kreuz des Gottessohnes steht in der Mitte. Den Jesusnamen rufen alle jene Bilder euch zu. — — Ja, Mechtild, damals bin auch ich achtlos an diesem Rufe, an diesen ausgestreckten Gotteshänden vorübergegangen. Aber alle diese Bilder sind mir nachgegangen . . . viele Jahre hindurch un=verstanden . . . bis mir die Binde von den Augen genommen wurde. Sie gehören auch zu den Fäden, an denen Gottes Hand mich zurechtgeleitet hat, bis ich ihn gefunden. Er ist mir nachgegangen, und ich habe ihn finden dürfen."

Domina Mechtild hatte sich still in ihren Sitz zurückgelehnt, die Hände ineinander gefaltet, und blickte nachdenklich zu Boden. Sie machte keinen Versuch, Ursula zu unterbrechen. So sprach diese mit ruhiger Stimme weiter. Es klang jetzt fast wie leises Selbstgespräch.

„Ja, Mechtild . . . Gottes Hand hat mich gesucht, und ich habe ihn finden dürfen. Sein Evangelium hat mich gerufen, und ich konnte dem Rufe folgen. Das ist alles so still und leise gekommen, daß ich nicht sagen könnte, wie es zugegangen ist. So muß es auch wohl sein. Alles Feine und Gute und Tiefe, alles Geistige und Ewige kommt nicht mit viel Lärm und Posaunen . . . das kommt so leise wie der Schritt des Wanderers, der im Winter über die weiche dichte Schneedecke einherschreitet. — Man muß nur recht aufmerksam auf all das heimliche Erleben hinhorchen, um Gottes Nahesein und Anklopfen zu spüren. Er ist uns nahe genug und will sich finden lassen . . ."

Mit gespannter Aufmerksamkeit hatte Mechtild gelauscht. Jetzt wehrte sie ab. „Es klingt manches wohl schön und gut, was du da aussprichst," langsam und nachdenklich kamen die Worte, „aber wer sagt dir, daß solches Erleben nicht Selbsttäuschung ist, daß dein Gefühl sich nicht irrt, daß dein Gotthaben nicht Träume und Einbildung sind? — — Die Kirche sagt anders: Wir brauchen die Fürsprache der heiligen Jungfrau und der Heiligen."

„Erleben ist Wirklichkeit .... auch das verborgene
innere Erleben. Wenn der Dürstende seinen Durst ge=
löscht fühlt, erquickt, gestärkt, neubelebt ist — kann es da=
durch geschehen sein, daß er sich einbildete, getrunken zu
haben? Ob andere kein Verständnis und keinen Blick
für solches Erleben haben, das ändert nichts daran.
Und nicht auf mein Gefühl verlasse ich mich, sondern
auf die großen Taten Gottes, von denen die Krippe
und das Kreuz und das offene Grab uns erzählen, in
denen er sich uns bezeugt. Da haben wir festen
Grund unter den Füßen ... nicht in dem, was die
Kirche sagt, sondern was die Taten und das Wort
Gottes sagen."

Ursula brach das Gespräch ab. „Ich weiß, wir ver=
stehen uns nicht und werden uns nicht zusammenfinden.
Du stehst auf anderem Grunde: dir ist die Bürgschaft
und Vermittlung der Kirche genug. Ich kann mich nicht
begnügen mit einem blinden Gehorchen und stumpfen
Hindämmern. Ich muß Besseres haben. Und ich muß
mich an Gott selbst wenden können, wie ein Kind seine
Hand getrost in die starke, liebende Hand des Vaters
legen darf. — — Laßt ihr euch weiter von der Kirche
gängeln ... wir wollen uns von Gott selbst führen lassen:
von der verborgenen Lebenskraft seines Wortes."

Domina Mechtild erhob sich. „Du hast recht, Ur=
sula: wir stehen nicht auf einem Grunde ... wir wer=
den uns nie verstehen."

*　　*　　*

Die wuchtigen Hammerschläge, welche ein arm=
seliger Mönch am Vorabend von Allerheiligen anno
domini 1517 mit unerschrockener Hand gegen die Tür
der Schloßkirche in Wittenberg geführt, sollten nicht so
bald wieder verhallen. Sie dröhnten durch den ganzen
alten Bau der Tradition und erschütterten ihn, daß das
Morsche zerbröckelte und das alte Brüchige zu wanken
begann.

Nicht in Übereilung hatte Luther die folgenschwere
Tat vollbracht. Erst nach heißen Seelenkämpfen wagte er
den entscheidenden Wittenberger Schritt. Der Angst=
schrei des erwachten Gewissens, das Verlangen nach
Frieden mit Gott, das Hungern und Dürsten nach Ge=
rechtigkeit: das alles ließ ihn nicht wieder los, trieb ihn
von Kampf zu Kampf, daß er rücksichtslos die starren
Fesseln durchbrach und offen hinaustrat aus der Ver=
borgenheit.

Eine kühne Sprache ging durch jene 95 Sätze, welche
der Mönch an die Schloßkirchentür anschlug:

„Menschenlehre predigen die, welche sagen, daß
die Seele aus dem Fegefeuer auffahre, sobald der
Groschen im Kasten klingt." — — „Wer durch Ablaß=
briefe meint, seiner Seligkeit gewiß zu sein, der wird
ewiglich verdammt sein samt seinen Lehrmeistern." —
„Jeglicher Christ hat, wenn er in aufrichtiger Reue
steht, vollkommenen Erlaß von Strafe und Schuld,
auch ohne Ablaßbriefe." — — „Der wahre Schatz
der Kirche ist das allerheiligste Evangelium der Herr=
lichkeit und Gnade Gottes."

III.

Die schlimmen Nachrichten über das wüste Hausen der feindlichen Heereshaufen hatten auch in das Haus des worthabenden Bürgermeisters von Lüneburg, in den Dasselhof, ernste Sorge gebracht.

Neben der bangen Unruhe um das Wohl und Wehe der guten Stadt Lüneburg, vor deren Toren über kurz oder lang wohl die Feinde liegen würden, bedrückte Herrn Ludolf von Dassel noch etwas Besonderes: sein Augsburger Freund war auf der Reise nach Lüneburg mit seinen beiden Begleitern mitten in die Kriegswirren hineingeraten.

Schon im Februar — gerade in den Tagen, als Herzog Heinrich von Lüneburg unerwartet zu Fastnacht auf fastnachtsmäßig vermummten Rossen eingezogen war, um die Kopefahrt, das Hauptfest der Sülfmeister, mitzufeiern — war im Dasselhofe ein Brief von Christoph Langenmantel eingetroffen mit der Botschaft, daß er Vorbereitungen zu einer wichtigen Geschäftsreise nach Lübeck und Hamburg treffe und in einigen Monaten durch Lüneburg zu kommen gedenke.

Fuhrleute der Langenmantel hatten den Brief mitgebracht.

„. . . Wenn es euch gelegen ist," hieß es zum Schluß, „so nehmen wir in Lüneburg Aufenthalt. Ihr sollt dann von dem Luther hören, der im Oktober hier im Karmeliterkloster zu Sankt Annen weilte und vor Cajetanus sich verantworten sollte. Des Luthers Name wird ja in allen Städten hin und her jetzt genannt. Ich kann euch erzählen, wie er aller Menschen Gunst und Zufall hatte und viele sich seiner freundschaftlich annahmen. Auch ich konnte dem unerschrockenen Manne meine Verehrung und Liebe erweisen. Es hat ihn auch herzlich erfreut . . . also daß der Luther sogar vor seinen Freunden gerühmt hat: „Herr Christoph Langenmantel tut so ganz treulich zu mir‘. Herr Johannes Rana von den Karmelitern hat es mir wieder hinterbracht, und Luther selbst hat mir am 25. November einen Brief geschrieben. — — Wir werden viel über den Luther und die neue Lehre zu sprechen haben. Ich bin ihr von Herzen zugetan. Da finden wir klare Antwort auf die ernsten Fragen, die schon vor vielen Jahren unsere Väter und auch die eigenen Herzen beunruhigt haben. — Es wird bald Frühling werden im Lande: Glaubensfrühling. — — So hoffe ich denn, mein viel= lieber Freund, daß uns Gott in einigen Monden ein frohes Wiedersehen vergönnen wird . . .“

Als der Brief damals in Lüneburg eintraf, sah es im Dasselhofe gar festlich aus. — Am Montag nach Lichtmeß war Herzog Heinrich unangemeldet vor dem Sülztore der Stadt erschienen . . . ähnlich wie im vorhergehenden Jahre, als er unerwartet, nur von zwei Dienern begleitet, in Lüneburg zu einer persönlichen Verhandlung mit dem Rate eingeritten war.

Diesmal zog er mit seiner Gemahlin, seinen Kin= dern und größerem Gefolge ein. Erst die schmetternden Fanfaren seiner Trompeter meldeten der Stadt seine

Ankunft. Sie kamen in Fastnachtskleidern, die Pferde angetan wie wilde Tiere: Bären, Wildochsen, Hirsche, Einhorne. Fastnacht wollte der Herzog mit seinen Lüneburgern feiern . . . auch ohne Einladung.

Fröhlich wurde er begrüßt. Fröhlich nahm die ganze Schar der Gäste drei Tage lang an dem festlichen Treiben in der Stadt und an der Feier der Kopefahrt teil. Auch von der kirchlichen Feier schloß sich der Herzog mit seinem Gefolge nicht aus: Wachslichter in den Hän= den zogen alle mit dem Rate und der Pfaffheit nach Sankt Johannis von Modestorp.

Ein Rennen und Stechspiel wurde gehalten. Man schmauste, zechte und tanzte auf dem Rathause und auch bei dem worthabenden Bürgermeister. Ludolf von Dassels gastlicher Saal öffnete wieder einmal dem herzoglichen Gaste weit seine Türen und zeigte, was an üppiger gastfreier Bewirtung ein vornehmes Lüne= burger Haus auserlesenen Gästen zu bieten vermochte. —

Damals hatte kein Lüneburger Bürger an Krieg und Kriegsgeschrei gedacht.

Jetzt konnten die Schrecken des Krieges schon in kurzem vor Lüneburgs Mauern wüten . . .

Und mitten in diesem Kriegsgetümmel wußte Lu= dolf von Dassel jetzt seinen Freund Christoph Langen= mantel. Durch Reisige, welche dem Rate eine Botschaft eilig überbrachten, hatten der Bürgermeister Ludolf von Dassel und der Ratsherr Konrad von Wittorf er= fahren, daß die Augsburger Reiter unter viel Fährlichkeit Ülzen vor den andringenden Feinden erreicht hätten und versuchen wollten, nach Lüneburg zu entkommen, sobald die völlig erschöpften Pferde sich erholt haben würden. —

Als Ludolf von Dassel und Konrad von Wittorf vom Rathause schweigend den Heimweg antraten, beschäftigte beide derselbe Gedanke. Konrad sprach ihn aus: „Wir reiten den Augsburgern entgegen, Lüdecke. — Sind ja beide keine Jünglinge mehr: aber ein gutes Roß können wir noch meistern und das Schwert führen in ehrlichem Kampf . . . oder auch gegen Schnapphähne und Strauchdiebe."

„Ich meine es auch," stimmte Ludolf ohne Besinnen zu . . . aber er betrachtete doch mit wehmütigem Lächeln seine feinen Hände.

„Keine Sorge, Mann des Rechtes und der Schreibfeder!" lachte Konrad und straffte den starken Schwertarm. „Meine Klinge schlägt noch für zwei." Doch Ludolf unterbrach ihn mit fester Stimme: „Ich reite mit!"

„Brav, Lüdecke!" Konrad streckte dem anderen die Rechte entgegen. Der schlug kräftig ein. „Ja . . . wir reiten zusammen. — Heute lassen die Augsburger die Pferde ruhen. Morgen brechen wir auf . . . ihnen entgegen. Kommen sie überhaupt noch aus Ülzen heraus, so können wir sie nicht verfehlen." —

Auch die Frauen, Ilsabe und Ursula, mußten den Männern schließlich, wenn auch nur widerstrebend, zustimmen. Aber mit banger Sorge sahen sie die beiden, begleitet von einem Trupp Bewaffneter, scheiden. — —

Sie zogen die vielspurige Handelsstraße nach Süden.

In den Dörfern, durch die sie ritten, herrschte bleiche Furcht. Die Bauern suchten die wertvollste Habe nach den nahen Wäldern in sichere Schlupfwinkel zu retten. Man warnte die Lüneburger Herren. Je weiter nach Ülzen, um so größer wurde die Verwirrung, um so schlimmer die Gerüchte über Plündern und Brennen.

Gegen Mittag gönnten die Reiter den Rossen kurze Rast.

Am Fuße eines Heidehügels lagerte sich die Schar. Dichte Kronen von Birken boten mit ihren tief herabhängenden Zweigen Schutz gegen die sengende Sonne. Breite Wacholder, struppige Schlehenbüsche und dichtes Brombeergesträuch verbarg die Lagernden.

Oben auf der Anhöhe hielt einer der Knechte, auch durch dunkle Wacholderbüsche versteckt, als Wache Ausschau.

Sie rasteten noch nicht lange, da rief der Wächter.

Eine Staubwolke wirbelte in der Ferne empor: Berittene nahten. Bald aber sah man, daß es nur einzelne Reiter waren. So drohte keine Gefahr: der kleinen Anzahl würde man sich leicht erwehren.

Durch die dichten Wacholder des Hügels gedeckt, spähten die Lüneburger angestrengt auf die Straße hinaus.

„Keine Kriegsleute! . . . " konnte der scharfblickende Konrad von Wittorf jetzt feststellen, während der kurzsichtige Ludolf von Dassel die einzelnen noch nicht zu unterscheiden vermochte. „Dann sind es unsere Augsburger . . ."

Ruhig ließen sie die Nahenden herankommen.

„Sie sind's! . . " rief plötzlich Ludolf, sprang aus der deckenden Heide empor und winkte mit fröhlichem Zurufe nach der Straße hinüber.

Die Augsburger grüßten zurück und stiegen von den Rossen.

Ein herzliches, fast stürmisches Begrüßen erfolgte. Schwerer Druck war von allen genommen. Strahlende Augen hüben und drüben.

Fragen und Antworten flogen hin und her.

Die Augsburger berichteten von den Feinden, denen sie nur mit knapper Not entronnen seien . . . von drohenden Gefahren, die sie glücklich überstanden. Die Lüneburger erzählten von den schlimmen Gerüchten, die das Land durcheilten . . . von ernster Sorge, die sie um die Reisenden ausgestanden. Und Christoph Langen= mantel bekannte frohbewegt: „Hätt' es vor einigen Tagen nimmer gedacht, daß wir Lüneburgs Türme je sehen würden. — Gott sei gelobt, daß wir mit heiler Haut entschlüpft sind."

Konrad von Wittorf trat zu den Pferden. Er schaute, die Augen mit der Hand gegen die blendende Sonne überschattend, in die Ferne: weit und breit nichts Beunruhigendes zu erblicken. Dennoch trieb er zur Eile:

„Wir müssen aufbrechen! . . . Zu den Pferden! Aufsitzen!"

Sie lenkten selbander ihre Rosse Lüneburg zu.

Lebhaft plaudernd ritten die Freunde zusammen.

Bald brachte Langenmantel die Rede auf Luther. Er rühmte ihn mit warmen Worten und erzählte: „Der Luther hat mir vor kurzem eine Gabe gesandt durch Spalatin, die ist mir teurer als das beste güldene Kleinod in meinem Hause: einen Psalter, von Luther selbst verdeutscht, daß man in eigener Sprache jetzt die Worte lesen kann."

Lächelnd horchte Konrad von Wittorf auf den Sprechenden, dem der Mund überging von dem, was das Herz erfüllte. Dann begann er selbst: „Auch mir ist der Luther kein Fremder. Hab ihn gesehen, Auge in Auge. Habe lange mit ihm geredet, als ich meinen Ältesten, den Martin, ihm zuführte nach Wittenberg."

Der Augsburger horchte hoch auf.

„So seid Ihr auch Luthers Freund . . . .?"

„Er ist mir lieb," bekannte Konrad schlicht. „Seiner Lehre verdanke ich es, daß ich einen gnädigen Gott habe."

Jetzt mischte Ludolf sich ein. „Die neue Lehre ist die Wahrheit. Aber es ist ein gefährlich Ding, dem Neuen ohne weiteres freien Lauf zu lassen. — Wer weiß, wozu es noch führen kann, wenn das Alte umgestürzt wird? Ich sehe Gefahren, die den Vorrechten der Geschlechter drohen, wenn man erst anfängt, mit dem Alten aufzuräumen . . ."

Das Gespräch wurde plötzlich durch laute Rufe der Knechte unterbrochen.

Ein Reitertrupp brach in stürmischem Ritt aus einem Seitenwege hervor: plündernde Feinde auf einem Streifzuge.

„Gebt die Rosse her, Pfeffersäcke!" schrie der Führer den Reisenden entgegen.

Konrad von Wittorf warf das Pferd herum und zog sein Schwert. „Holt sie euch, ihr Lotterbuben!"

Rasch hatten sich seine Lüneburger Reiter um ihn geschart . . . die Waffen kampfbereit.

„Drauf! Drauf!" Mit lautem Geschrei drangen sie auf die anstürmenden Feinde ein. In wildem Anprall stießen die Haufen aufeinander.

Konrads Schwert suchte den feindlichen Führer, einen wüsten Gesellen mit borstigem Barte.

Krachend fuhren die Klingen zusammen. Wieder blitzte Konrads Schwert empor. Ein wuchtiger Streich traf die Stirn des Gegners, daß der vornüber auf den Hals des Pferdes sank. Die Waffe entfiel seiner Hand. Er umklammerte krampfhaft den Hals seines Tieres, das hoch emporstieg und dann in wildem Laufe in den Sonnenbrand der weglosen Heide hinausraste.

Ein wüster Knäuel hauender und stechender Reiter . . . Fluchen und Waffengeklirr . . . schreiende und aufstöhnende Menschen . . . schnaubende, bäumende Rosse in aufwirbelnden Staubwolken . . . dann einzelne Gruppen blindlings dreinschlagender Kämpfer . . .

„Konrad hilf!" Ludolf schrie es. Von zwei Seiten wurde ihm hart zugesetzt.

Mit kräftigen Hieben und Stößen bahnte sich der Gerufene den Weg, den bedrängten Freund aus dem Getümmel herauszuhauen. Ein Gegner stürzte unter seinen Schwertstreichen vom Gaule. Aus tiefer Wunde

blutend suchte ein anderer sein Heil in wilder Flucht . . .
ein zweiter folgte . . . ein dritter . . .

Das gab Luft für den umzingelten Ludolf. „Hab’
Dank, mein Konrad!“

Die Lüneburgischen schlossen sich wieder zusammen.
„Drauf! Drauf!“

Sie drangen von neuem auf den weichenden feindlichen Haufen ein . . . allen voran Konrad von Wittorf.

Da riß unversehens einer der Fliehenden seinen Gaul
zurück und führte aus einer Wolke von Staub und Sand
einen wuchtigen Hieb nach dem Anstürmenden.

Blutend stürzte Konrad vom Pferde. Über ihn
hinweg rasten die Rosse der Gefährten, die in heller
Wut auf die fliehenden Räuber einhieben.

*　　*　　*

Es war ein schwerer Gang für Ludolf von Dassel,
als er am Abend in den Langenhof trat, um Frau Ursula
anzusagen, daß ihr Mann als Schwerverwundeter ohne
Besinnung gebracht werde.

So war es doch gekommen, was den ganzen Tag
wie herzbeklemmendes Ahnen, wie ein harter kalter
Druck auf ihr gelastet hatte. Jetzt war das Leid über ihre
Schwelle getreten wie nie zuvor . . . als solle das ganze
Glück ihrer vier Wände haltlos zusammenbrechen. Alles,
was ihr Leben an Sonnenschein und Güte bisher gehabt, drohte in dem fürchtbaren Ereignis des Augenblicks
wie in einem tiefen dunklen Abgrunde zu versinken und
zu verschwinden.

Ursula schrie nicht auf. Sie jammerte nicht. Still traf sie alle Vorbereitungen. Still legte sie Hand an, als der traurige Zug anlangte.

Die Augen des Verwundeten blieben geschlossen, sein Atem ging stockend und unruhig, als er verbunden und gut gebettet dalag.

Eine dunkle Nacht durchwachte Ursula unter heißen Seelenkämpfen am Lager des Mannes, der am Morgen so lebensfroh und stark von ihr gegangen. — War es ein Sterbender? Gab es noch Hoffnung? — Eine Nacht für die einsame Frau, die das Erleben von Jahren umschloß.

Die ernsten Rätselfragen des Menschenleides drangen in der nächtlichen Stille in langen bangen Stunden auf sie ein. Das „Warum?" wurde lebendig . . . Antwort heischend bei Unbegreiflichem. Ein Frieren und Fürchten ging durch ihre Seele.

Aber dann klang wie leises, fernes Rufen ein Wort in die Stille hinein, das sie einst von ihrem schriftkun= digen Sohne, von ihrem Martin, gehört . . . das „Dennoch" des Glaubens, der unter der Wucht des Un= begreiflichen sich anklammert an das Allergewisseste: daß trotzdem Gottes unerforschliche Wege wunderbar sind und sein Ratschluß weise und seine Liebe treu und stark.

Sie hörte ihren Martin wieder erzählen von dem Luther . . . wie er seinen Studenten gesagt, das „Den= noch" sei das rechte Trutzwort des Glaubens, mit dem man am bösen Tage bestehen könne. Sie sah die glän=

zenden Augen ihres Martin, wie er in ernstem Eifer in seinem Psalter ihr gezeigt, was da geschrieben stehe: „Dennoch bleibe ich stets an dir, denn du hältst mich bei meiner rechten Hand. Du leitest mich nach deinem Rat und nimmst mich endlich mit Ehren an.“

Die Wogen des Leides brandeten um sie — aber aus den Wogen ragte ein Fels mit einem schimmernden Leuchtturm: von jenem „Dennoch“ ging das Licht aus. Die brausenden Wellen drohten die Ringende hinabzureißen — aber sie flüchtete sich auf den Fels des Wortes und klammerte sich an das Wort. Und das Wort wurde ihr zum sicheren Grund und zum festen Halt.

Das „Dennoch“ behielt den Sieg in Ursulas Seele. Das „Warum?“ verstummte und wandelte sich in das „Wozu?“ Und dieses „Wozu?“ fand Antwort und blickte auf das Ziel und Ende aller Gottesführungen und verschlungenen Gotteswege . . . die Antwort: Du führst mich doch zum Ziele, auch durch die Nacht.

Es wurde still im Herzen der einsamen schmerzgebeugten Frau. Über den ernsten dunklen Frauenaugen lag Tränenflor. Aber aus der Tiefe drang ein Friedensglanz: lichte Sommersonne, die an dunklem Tage schimmernd die Wolkenschleier durchbricht. — —

Schwere Tage folgten für die bangende Frau. Dann zog leises Hoffen wieder ein.

———

IV.

Während die geflüchteten Nonnen im Lüner Hofe weinend des verlorenen Klosters gedachten und in tiefer Traurigkeit ihr Singen und Lesen und Beten verrichteten, lastete auch auf ganz Lüneburg dunkle Sorge.

Immer neue Gerüchte über Kriegsgreuel liefen durch die Stadt und drangen in die Klöster. Von Tag zu Tag lauteten die Nachrichten beängstigender. Oft widersprachen sie sich auch von einem Tage zum andern.

Bald wurde erzählt, eine blutige Schlacht unmittelbar vor den Toren stehe bevor . . . Heinrich von Lüneburg und Bischof Johann von Hildesheim führten ihre Truppen schon in Eilmärschen heran . . . durch Tausende von Geldernschen Reitern seien sie verstärkt . . . die plündernden Feinde wichen in kopfloser Eile. Andere wußten, es sei schon eine mörderische Schlacht geliefert. Dann wieder hieß es, der Herzog habe nur erst den Feinden eine Schlacht angeboten und dabei den Vorschlag gemacht, man wolle sich beiderseits des Gebrauches der Feuerwaffen enthalten, damit es klar zutage komme, welcher Teil durch seine Mannhaftigkeit das Feld behaupten werde.

Endlich kamen Boten, die sichere Kunde brachten. Jetzt erfuhr man, daß Herzog Heinrich von Lüneburg einen Zuzug von 400 Geldernschen Reitern erhalten habe und mit 9000 Fußknechten und 1500 Reitern von Celle auf Ülzen vorgedrungen sei. Die feindlichen Herzöge hätten von Oldenstadt aus Verhandlungen angeknüpft, aber der tapfere Ritter Asche von Cramm habe unter dem Beifall des Herzogs von Lüneburg und des Bischofs von Hildesheim ihre schmählichen Vorschläge mit siegesgewissem Trotz zurückgewiesen: „Die fürstliche und ritterliche Ehre erlaube ein Eingehen auf die gemachten Vorschläge nicht . . . man wolle dem hoffärtigen Feinde Auge in Auge entgegentreten . . er für seine Person trage ein sicheres Hoffen auf die Samtröcke und Goldketten desselben in sich." Darauf habe der Feind sein Lager zu Oldenstadt Hals über Kopf bei Nacht abgebrochen und sich eilig nach Westen gewendet auf Soltau zu, um möglichst schnell mit aller Beute die Verdener Grenze zu erreichen . . .

Immer größer wurde die Spannung in der Stadt. Man wußte, der Herzog habe durch Hans von Spörken von der Absicht der Feinde Kunde erhalten und ziehe über Lutterloh und Hermannsburg den Weichenden nach, um ihnen den Weg abzuschneiden und sie zu einer offenen Feldschlacht zu zwingen . . .

Lüneburg atmete auf: vor den Mauern der Stadt würde sich also das Kriegswetter nicht entladen.

Peter und Paul, der 29. Juni — gerade der Tag, an welchem zu Frankfurt die Wahl Karls V. zum Römischen Kaiser vollzogen wurde — brachte die Entscheidung.

Noch am Abend kam die Kunde nach Lüneburg, daß eine blutige Schlacht bei Soltau geschlagen worden. Mehr als 3000 Mann wären auf Seite der feindlichen Herzöge gefallen. Aber auch die siegreichen Lüneburger und Hildesheimer hätten 2000 Streiter verloren auf dem blutgetränkten Schlachtfeld der Heide. Reiche Kriegsbeute sei den Siegern in die Hände gefallen, Herzog Erich und sein Bruder Wilhelm gefangen genommen, Herzog Heinrich der Jüngere und Bischof Franz von Minden in das Stift Verden entkommen. Heiß sei es hergegangen. Drei volle Stunden habe der Kampf gedauert. Schließlich hätten sogar noch die Frauen und Mädchen von Soltau zur Entscheidung der Schlacht beigetragen, als der Sieg der Lüneburgischen bedroht schien. Eine mächtige Fahne hätten sie aus Linnentüchern zusammengebunden, ihre roten Unterröcke um die Schultern gezogen, daß es von weitem wie Waffenröcke einer gleichmäßig ausgerüsteten Truppe anzusehen gewesen, und Stangen und Spieße in die Hände genommen. So seien die Weiber in großer Schar auf die Höhe eines Hügels gezogen, und der Feind habe geglaubt, neue Truppen zögen heran, sei dadurch in arge Verwirrung geraten und zur Flucht gedrängt . . .

Das drohende Wetter war an Lüneburg vorübergezogen: der plündernde, brandschatzende Feind zu Boden geworfen, zersprengt, aufgerieben. Die Wächter auf Türmen und Wällen brauchten nicht mehr angstvoll in die Weite zu spähen. —

Im Lüner Hofe verstummte das Klagen. Einige Tage warteten die Klosterfrauen noch, bis kein Zweifel mehr bestehen konnte: die Gefahr war abgewendet.

Am 2. Juli führte Domina Mechtild ihre Schar wieder in feierlicher Prozession aus Lüneburg hinaus der neugeschenkten Klosterheimat zu, von der sie mit bitteren Tränen hatten scheiden müssen.

Strömender Regen ergoß sich auf die dahinziehenden Frauen. Sie achteten des Unwetters nicht. Im Herzen trugen sie Sonnenschein: in Heimatstille und Heimatfrieden kehrten sie zurück aus der Unruhe und dem Weinen ihrer babylonischen Gefangenschaft.

*   *   *

Der Brandschatzung und Plünderung war Lüne entgangen. Aber noch lange drangen beunruhigende Nachrichten störend in den stillen Klosterfrieden, und die schlimmen Folgen des Krieges sollten sich auch für das Kloster Lüne noch fühlbar machen.

Aufmerksam verfolgte Domina Mechtild, durch den Propst über alles Geschehende unterrichtet, die kommenden Ereignisse.

Die Wirren der Hildesheimer Stiftsfehde, unter denen ganz Niedersachsen litt, wühlten weiter. Den Siegern von Soltau war es verwehrt, die Früchte ihres Sieges zu ernten: der junge Kaiser Karl V. stellte sich auf die Seite der Besiegten. Herzog Heinrich von Lüneburg wurde am 24. Juli 1521 von Gent aus in die Acht erklärt. Er legte die Regierung nieder und ging nach Frankreich.

Schwere Zeit lastete auf dem Lüneburger Lande, als Heinrichs Söhne Otto und Ernst die Herrschaft antraten. Der Krieg hatte Verwüstung und Armut gebracht, Herzog Heinrich Schulden auf Schulden gehäuft. Zinsen und Zölle, die fürstlichen Schlösser und

Besitzungen waren fast alle bis auf Stadt und Amt Celle der Ritterschaft verpfändet.

So befanden sich die jungen Herzöge am Anfange ihrer Regierung in schwieriger Lage. Es war kaum möglich, von dem kleinen Reste der Einkünfte die Hofhaltung zu bestreiten und noch außerdem der alten Herzogin den gebührenden Unterhalt zu gewähren.

Am herzoglichen Hofe in Celle ging es sparsam, fast ärmlich zu. Dennoch fehlte es oft am Nötigsten. So sahen sich die Herzöge im Jahre 1522 sogar gezwungen, den Abt Boldewin von Mahrenholz von Sankt Michaelis in Lüneburg um ein Darlehn von 200 Gulden auf kurze Zeit zu bitten, da sie die Beiträge zum Reichsregiment und Reichskammergericht nicht zu zahlen vermochten.

Sollten die Fürsten aus ihrer schwierigen Lage herauskommen, so mußten die Stände ihnen helfen.

Wiederholt wurde auf dem Landtage des Fürstentumes unter der Leitung des Abtes von Sankt Michaelis in Lüneburg von den Prälaten, der Ritterschaft und den Städten über die mißliche Lage des Landes verhandelt und eine allgemeine Steuer gegen besondere Versprechungen der Fürsten bewilligt. Der Adel und die Geistlichkeit, die von Steuern frei waren, brachten freiwillige Beiträge auf. Aber die Geldnot der Herzöge blieb, zumal Lüneburg, die reichste Stadt des Fürstentums, sich standhaft weigerte, auch zur Abtragung der Schulden beizusteuern.

Es mußte Abhilfe geschafft werden. — — —

Eine ernste Stunde war es, als Herzog Ernst, der die Zügel der Regierung in der Hand hielt, mit seinem Kanzler Johannes Förster und seinen Räten über die himmelschreienden Notstände ratschlagte und alle zu dem trüben Schluß kamen: „So kann es nicht weitergehen."

Schließlich erhob sich der Kanzler, von erwartungsvollen Blicken begrüßt, zu einem Vorschlage.

„Es gibt nur einen Ausweg, mein gnädiger Fürst . ."

Fragend schaute der Herzog auf.

„Der Bauer ist schon übermäßig mit Lasten beschwert. Die Bürger murren bereits unter hartem Druck. Das ganze Land seufzt bitter unter der Not der Zeit. Und jetzt müssen 28000 Goldgulden aufgebracht werden. — — Neue Steuern können wir nicht auflegen. Aber . . . da sind die Klöster! Wir müssen die reichen Klöster heranziehen, um Bürger und Bauer zu entlasten und der drückenden Schulden ledig zu werden . . ."

In stillem Sinnen lauschte der Fürst.

„Die Klöster haben Geld und Gut in Hülle und Fülle. Gehört doch allein mehr als ein Viertel aller Pfannen der Lüneburger Sülze den Lüneburgischen Klöstern."

Das Schweigen des Herzogs sagte dem Kanzler, daß sein Vorschlag ein williges Ohr finde. Immer sicherer sprach er weiter . . . überzeugender klangen seine Worte.

„Der Bauer muß Hunger leiden bei harter Arbeit . . die Klöster leben im Überfluß. Viel gutes Geld wird in den Klöstern geradezu verschwendet . . . ist's nicht bes-

ser, das zur Entlastung der hart bedrückten Bauern aus-
zugeben? — — Seht Euch nur das Leben im Lüneburger Michaeliskloster einmal an, mein gnädiger Herr!
Weine aus Dalmatien müssen auf des Abtes Tisch
stehen. Backwerk für die Tafel läßt er mit großen Kosten
vergolden, als ob er nicht weiß, wohin mit allem Gelde.
Drei adelige Kämmerer sind für des Abtes Haushalt
nötig. Ein Hofnarr muß gehalten werden. Mit vollen
Händen wird das Geld oft fortgeworfen: hat doch an
einer Mitra des Abtes der Sticker des Erzbischofs von
Bremen mit zwei Gehilfen länger als ein Jahr gearbeitet . . ."

Mit einem trüben Lächeln wehrte der Herzog ab.

„Genug . . . genug! — — Ja, es ist wahr: viel
Klostergeld könnte wahrlich besser angewendet werden.
— — Es ist nur recht und billig, wenn auch die Klöster
helfen, daß das Land aus seinen Nöten herauskommt."

Gründlich wurde das Für und Wider noch im Rate
überlegt.

Es blieb kein anderer Ausweg.

So entschloß sich der Herzog, gegen die Vorrechte
der Prälaten vorzugehen und in den Nöten der Zeit
das Klostergut zur Abstellung der argen Notstände
heranzuziehen. —

Bald traf bei dem Abte von Sankt Michaelis ein
herzogliches Schreiben ein: „Auf mehreren Landtagen
sei betreffs der Schulden verhandelt, ohne daß man die
Sache gründlich erledigt habe, und man müsse jetzt
wenigstens die drückendsten Schulden und Zinsen ab-

tragen. Dem gemeinen Manne könne man nicht mehr auferlegen, daher sei im Rate für gut angesehen, daß die Klöster eine schleunige Hülfe von 28000 Goldgulden leisteten. 4000 Gulden betrage der Anteil von Sankt Michaelis. Mit den Klöstern Oldenstadt, Scharnebeck, Ebstorf, Lüne, Medingen, Isenhagen und Walsrode habe er sich persönlich oder durch Gesandte in Verbindung gesetzt, und alle bis auf Medingen hätten sich gefügt. Isenhagen habe bis zur Ankunft seines Propstes Bedenken erbeten und erhalten. Er hoffe, daß auch Abt Boldewin, der vornehmste Rat des Fürstentums, sich nicht weigere, sondern die ihm gebührende Summe zum Sonntag Lätare bereit halten würde. Er werde ihm ein gnädiger Herr sein und die Privilegien des Klosters bestätigen . . ."

*   *   *
*

Aus der Schreibstube der Lüner Domina blickten helle Frauenaugen in den lichten waldartigen Klostergarten. Die Strahlen der Frühjahrssonne flimmerten durch unbelaubte Baumkronen. Hinter den ragenden Baumstämmen einer Lichtung blinkte der Wasserspiegel der Fischteiche. In der Ferne grenzte der dunkle Waldsaum das freundliche Bild ab.

Sonnige ungestörte Stille, soweit das Auge schaute.

In der Utlucht stand sinnend Domina Mechtild. So oft sie auch das friedliche Bild Sommer und Winter schon gesehen: immer von neuem umspann es ihr Herz mit seinem leisen Zauber. Dort in der Utlucht legten sich die unruhigen Wogen in bedrängten Tagen. Dort genoß sie die ganze Tiefe des stillen Frohseins ruhiger Zeiten. Dorthin zog sie sich zurück, wenn sie am Marienaltar oder bei der Messe ihr Herz ausgeschüttet hatte und dann allein sein mußte mit den nachklingenden Gedanken.

Heute zog frohes Sinnen durch ihr Herz und leuchtete aus den Augen, die auch streng und hart blicken konnten. Heute hatte sie gern bei ihrer Schreibarbeit die Feder geführt, und der sonst oft widerspenstige Gänsekiel hatte eilend seinen Dienst verrichtet.

Sie trat vom Fenster zurück und kehrte sich wieder zu der unterbrochenen Arbeit. An der Klosterchronik schrieb sie. Von der Bewahrung des Klosters in sorgenschweren Tagen und von der Errettung aus drohenden Gefahren erzählte sie, daß es auch kommenden Geschlechtern kund werde. Aus vollem Herzen dankte sie der heiligen Gottesmutter und den lieben Heiligen für Schutz und Schirm in schwerer Zeit und gelobte, um so treuer ihnen zu dienen mit Singen und Beten und Messe-hören in gottgefälligem Klosterleben.

Zufrieden legte sie die Feder beiseite und überblickte noch einmal das fertige Werk.

Sie wandte sich wieder ihrem Fensterplatze zu, als eilige Schritte der Schreibstube nahten.

Propst Johannes Lorbeer ließ sie an das eiserne Fenster rufen: Wichtiges habe er mitzuteilen.

In leiser Unruhe folgte sie dem Rufe. Was wollte jener zu ungewohnter Stunde? — Kam er wieder mit

Klagen, daß er sich krank und schwach fühle und der Sorge um das Kloster nicht mehr gewachsen sei? —

Der Propst reichte Domina Mechtild ein Schreiben. Seine Hand zitterte. Ein verstörter Ausdruck lag auf seinen blassen Zügen. Seine ganze Haltung erschien gebrochen. Heiser klang die Stimme.

„Eine Botschaft des Herzogs . . .“

„Was schreibt er?“

„Leset nur!“

Domina Mechtild entfaltete das herzogliche Schreiben. Kopfschüttelnd las sie Zeile um Zeile. Ein grenzenloses Erstaunen sprach aus ihren Mienen. Je weiter sie kam beim Lesen, um so höher reckte sich die aufrechte Frauengestalt.

„6000 Goldgulden . . . unser Kloster . . .?“

Sie ließ das Blatt sinken und sah fragend auf Johannes Lorbeer.

Der seufzte tief auf und wich verlegen ihrem Blicke aus. Seine Stimme bebte.

„Ich weiß keinen Rat. — — Sehet zu, wie Ihr mit dem Fürsten und seinen Räten fertig werdet . . .“

„Was soll das heißen?“ Unwillig blickten die klaren Augen der Domina. „Ihr seid zum Vater des Klosters bestellt. Ihr sollt uns raten in schweren Fragen.“

„Es ist böse Zeit,“ klagte der Propst. „Immer neue Sorgen und Nöte. Ich kann’s nicht mehr tragen. Ich muß mein Amt niederlegen. Ich gebe die Schlüssel des Klosters ab.“

In die weiße Frauenstirn grub sich eine tiefe Zornesfalte.

„Ein schlechter Vater, der seine Kinder verläßt, wenn böse Tage kommen.“

„Laßt mich ziehen . . . ich kann dem Kloster nichts nützen . . .“

„Jetzt wollt Ihr uns im Stich lassen . . . jetzt . . . wo das Kloster Rat und Hilfe braucht? Das wäre gegen den Eid, den Euer Ehrwürden dem Kloster geschworen!“

„Ich weiß nicht, was ich tun soll.“

„Bleiben sollt Ihr . . . an Eurem Platze . . . nicht feige davonlaufen. Mit dem Herzog verhandeln, wenn er kommt. Den Rat zu Lüneburg angehen, daß er uns beisteht. Den hochwürdigen Abt von Sankt Michaelis aufsuchen und mit ihm beraten . . .“

„Es wird alles vergeblich sein. Der Herzog gibt nicht nach.“

„Und wenn auch nicht! — — 6000 Goldgulden . . . allein von unserem Kloster 6000 Gulden . . . das ist eine große Summe und sie verlieren ein arger Schade für Kloster Lüne. Aber wenn wir sie freiwillig geben in der großen Not der Zeit, so geht das Kloster daran noch nicht zugrunde. — — Wenn die feindlichen Haufen unser Kloster geplündert und zerstört hätten, das wäre viel schlimmer doch. — Hält uns der Herzog Mordbrenner und Räuber vom Halse, so kann er auch erwarten, daß wir mit unserem Gute ihm beispringen.“

Ein scheuer Blick des Propstes streifte Mechtilds Antlitz. — Das hatte er nicht erwartet.

Wenn Domina Mechtild bereit war, die schier unerschwingliche Summe beizusteuern, dann ließ sich mit dem Herzog unterhandeln.

So versprach er, zu bleiben und zuerst den Rat der Lüneburger Freunde einzuholen.

„Noch eins . . " schloß Domina Mechtild die erregte Aussprache. „Wir wollen bezahlen, wenn es sein muß. Aber wir wollen nicht den Anfang machen. Ich will nicht von den anderen Klöstern die üble Nachrede haben: ich sei es, die den Klöstern solches auf den Leib bringe. — — Mag das Opfer groß sein: wenn wir nur fortan im Kloster stets in stillem Frieden Messe hören, singen und beten können und nichts zum Heil der Seelen zu versäumen brauchen." — — —

Domina Mechtild kehrte in ihre Schreibstube zurück.

Mit Seufzen griff sie noch einmal zur Feder. Dunkle Wolken lagen auf ihrer Stirn.

Einen Brief an die Lüneburger Ratsherren setzte sie auf, „an die ehrsamen, hochweisen, vorsichtigen lieben Herren und besonderen großen Freunde."

Mit bitteren Worten klagte sie über die Nöte der Zeit, die jetzt vor Augen seien, und über die Bedrängnis ihres Klosters, das gezwungen werde, zu Ostern 6000 Gulden zu zahlen. Dann schrieb sie: „Wir besorgen und fürchten unseres Klosters ewiges Verderben und den großen Schaden, der uns erstehen möchte. So sitzen wir jetzt hochbekümmert und sehr betrübt, daß wir wohl mögen sprechen: Angustiae nobis sunt undique, et quod eligendum sit, ignoramus.*) Wir können wohl erkennen, daß sotane große Schuld will bezahlet sein, und daß wir der Not wegen zulegen müssen; und das wollen wir auch, dem ganzen Lande zum Besten und größeren Schaden zu vermeiden, gerne tun, sofern als das rätlich und möglich ist. Also, lieben Herren, gehen wir euch mit betrübten Herzen an, daß ihr uns guten Rat in diesen schweren Sachen wollet mitteilen, daß Gott großen Schaden von unserem Kloster abwende. Ihr könnt und dürft uns nicht verlassen. Wir sind ja eure nächsten Nachbarn, und ein Nachbar benötigt des andern. So zweifeln wir nicht, ihr werdet unsere Not und Bedrängnis zu Herzen nehmen und uns nicht ohne Trost und Antwort lassen. " — — —

Als das Michaeliskloster in die Zahlung willigte, leistete auch Lüne keinen Widerstand.

Eins aber verlangte Domina Mechtild mit allem Nachdruck . . . . dasselbe, was auch der Abt von Michaelis beanspruchte: man ließ sich in besonderer Urkunde von dem Herzoge versprechen, daß die Klöster in Zukunft mit solchen Abgaben, die sie völlig unverpflichtet geleistet hätten, verschont bleiben sollten. Auch die übrigen Privilegien des Klosters mußten noch einmal ausdrücklich von dem Fürsten bestätigt werden.

---

*) Nöte bedrängen uns von allen Seiten, und wir wissen nicht, was wir erwählen sollen.

V.

Wacht auf . . . es naht der helle Tag!
        Ich höre singen im grünen Hag
Die wonnigliche Nachtigall . . .
Ihr Lied durchklinget Berg und Tal.“

Gärende Zeit war es, als der Schuhmacher und Poet Hans Sachs aus Nürnberg so sang.

Martin Luther war die Nachtigall . . . und die Wittenberger Nachtigall hatte einen neuen Frühling eingesungen für das deutsche Volk.

Luthers Frühlingslied drang durch die deutschen Lande . . . und Tausende von Herzen schlugen dem unerschrockenen Manne entgegen.

Auch die Stürme des Frühlings konnten nicht ausbleiben, als das gewaltige Wogen und Gären durch die Lande und die Herzen ging . . .

Frühlingsstürme reißen abgestorbene Zweige hinweg, stürzen morsche Stämme und zerbrechen starres Wintereis. Und wenn der treibende junge Saft im Frühjahr die Knospen schwellen und neue Triebe sich recken läßt, dann werden die erstorbenen braunen Blätter des Vorjahres an den Zweigen der Eichen abgestoßen und zerflattern spurlos im Frühjahrswinde . . .

Das morsche Alte muß fallen, abgestoßen von innen heraus, wenn das gesunde Neue zur Entfaltung drängt und mit Macht hervorbricht.

Und siegreich brach das Neue sich Bahn . . .

machtvoll regten sich die Lebenskräfte des neuen Früh=
lings: die Lebensmacht der Wahrheit.

„Es ist nicht unser Werk, das jetzt in der Welt vor
sich gehet. Es ist nicht möglich, daß ein Mensch allein
solch ein Wesen anfangen und führen sollte. Es ist auch
ohne mein Bedenken und Ratschlagen so fern gekommen.
Es soll auch ohne meinen Rat wohl hinausgehen, und
die Pforten der Hölle sollen's nicht hindern. Ein an=
derer Mann ist's, der die Rädlein treibet. Den sehen die
Papisten nicht und geben's uns Schuld. Sie sollen's
aber gar schier inne werden." Das war Luthers Be=
kenntnis. Und trotziglich ließ der Tapfere im Aufblick
zu seinem Gott den Sang hinausklingen:

> „Sein Wort ist wieder kommen!
> Der Sommer ist hart vor der Tür . . .
> Der Winter ist vergangen . . .
> Die zarten Blümlein gehn herfür —
> Der das hat angefangen,
> Der wird es auch vollenden."

Was Luther verkündete, waren nicht selbstergrübelte
Fündlein. Was er in schwerem Ringen gefunden, was
seine Seele von dem dunklen Abgrunde der Verzweif=
lung hinweggerissen, mit Trost erfüllt und frei gemacht:
das gab er weiter.

Es fehlte ihm nicht die Ehrfurcht, die das Alte
schont und das gute Alte schätzt, aber er besaß auch den
Mut, Altes zu stürzen, das sich als morsch erwiesen und
als Knechtung des Gewissens. —

Viele Suchende atmeten auf. — „Wie werde ich

gerecht vor Gott . .?" In banger Unruhe hatten die Herzen gefragt. Jetzt hörten sie in Luthers Lehre die klare Antwort aus der Schrift:

„So halten wir es nun, daß der Mensch gerecht werde ohne des Gesetzes Werke, allein durch den Glauben. — — Wir haben einen gnädigen Gott . . . um des Kreuzes willen . . . um Christi willen. Der ist das Heil der Welt, und der Glaube ergreift das Heil und erlebt seine Gewißheit. Wir dürfen entsühnt voll Vertrauen vor unseren Gott treten, im Glauben ihm nahen . . . denn der Glaube ist nichts anderes als Vertrauen auf Gottes Barmherzigkeit, die verheißen ist in Christo . .

> daß wir nicht Meister suchen mehr
> denn Jesum Christ im rechten Glauben
> und ihm aus ganzer Macht vertrauen.

Der ist der rechte Mittler. Wir brauchen nicht Menschen, nicht den Papst, nicht Heilige als Mittler. Jeder darf und soll selbst seine Sache vor Gott bringen. Und Gott macht uns des Heiles im Glauben gewiß. Sein Geist gibt Zeugnis unserem Geist, daß wir Gottes Kinder, bei Gott in Gnaden sind. Das macht die unruhigen Herzen still und die Gewissen frei und bringt frohe Heilsgewißheit."

*　　*　　*

Auch durch das Lüneburger Land ging das Frühlingswehen der Reformation.

Über die Gassen eilte die Kunde von der neuen Lehre, trat in die Häuser und drängte sich in die Rats-

ſitzungen und in die Verſammlungen der Gilden und
die Trinkſtuben der Stadt und faßte allmählich Fuß im
Kreiſe der Bürgerſchaft.

Zu den Kloſtermauern drang ſie. Und die Wahrheit
rüttelte herriſch an feſtverſchloſſenen Kloſterpforten und
begehrte Einlaß.

Jetzt mußte es ſich zeigen, ob im Kloſterleben verborgene Lebenskräfte ſchlummerten, die nur geweckt
zu werden brauchten, um kraftvoll dem Neuen zu trotzen
und es ſiegreich zu überwinden.

*   *
*

In den letzten Maitagen des Jahres 1525 — im
Sturmjahre des Bauernkrieges — zwei Tage nach
Fronleichnam, trat ein ehrbarer und wohlweiſer Rat
von Lüneburg zu einer beſonderen Sitzung und Be-
ratung zuſammen.

Bei dem regierenden Bürgermeiſter war ein in-
haltſchweres herzogliches Schreiben vom 15. Mai ein-
gegangen, das jetzt im Rate vorgelegt wurde.

„Es iſt,“ leitete Ludolf von Daſſel die Verhand-
lung ein, „dem Herzog zu Ohren gekommen, daß der
Rat von Lüneburg einige Bürger ausgewieſen hat,
weil ſie Schriften von dem Luther geleſen und deutſche
Pſalmen geſungen haben. — Hier ein herzogliches
Schreiben über das Geſchehnis . . .“

„Möchte uns wohl die Ketzerei aufdrängen,“ brauſte
einer der Ratsherren auf. „Da kommt er an die Un-
rechten.“

Und der Ratsherr Erich von Sankenstedt fuhr empört von seinem Sitze in die Höhe. „Wir lassen uns des Herzogs Einmischung in die Angelegenheiten der Stadt nicht gefallen. — — Daß er es doch immer wieder versucht! . . ."

„Wollen das Stadtregiment schon ohne den Herzog zu der Stadt Bestem führen," knurrte ein anderer.

Ruhig nahm Ludolf von Dassel wieder das Wort: „Wir tun, was dem gemeinen Nutzen der Stadt frommt. Darin will uns der Herzog auch nicht hindern. — Hört nur erst, werte Herren . . ."

Der worthabende Bürgermeister las vor.

Je weiter er kam, um so erstaunter wurden die Mienen der zuhörenden Ratsherren.

Herzog Ernst befahl in dem Schreiben dem Rate von Lüneburg nachdrücklich, „nachdem sich unlängs viele geschwinde Läufe und Aufruhr begeben, dafür zu sor= gen, daß das Wort Gottes verkündigt und sonst allerlei Gottesdienst mit Singen, Lesen, Beten, Fasten und anderen guten Werken zur Ehre Gottes so geübt und gehalten werde, wie das seit langer Zeit gebräuchlich gewesen sei, bis von christlicher Obrigkeit eine andere Ordnung in der Christenheit eingerichtet werde . . . be= sonders über Handwerksleute und Gesellschaften sollten sie fleißige Aufsicht üben . . . und wer sich an einem Geistlichen vergreift, den soll man an Gut und Leben strafen . . ."

Der Bürgermeister legte das herzogliche Schreiben

auf den Tisch und fragte mit ruhiger Miene: „Was dünkt euch? Wollet eure Meinung sagen."

Erich von Sankenstedt griff nach dem Schriftstück. „Das muß ich selbst sehen. Das schreibt der Herzog? — Tritt für das Alte ein? — Anderes will der Rat zu Lüneburg auch ja nicht. Aber der Herzog . . ?"

„Merkwürdig . . ." stimmte ein anderer zu. „Man sagt doch, daß er in Celle die neue Lehre und Predigt begünstige. Sein Kaplan lehrt ganz offen Glaubenssätze, welche mit den Satzungen der Kirche nicht übereinstimmen."

Sankenstedt unterbrach ihn. „Ich weiß aus sicherer Quelle, daß Herzog Ernst dem Luther zugetan ist. Schon in Wittenberg als Student, unter Spalatins Führung, hat er den Luther sonderlich gesucht und fleißig gehört. — Und jetzt . . . dieses hier . . ?"

Ludolf von Dassel nahm wieder das Wort.

„Wenn Herzog Ernst hier schreibt, daß es mit den Gottesdiensten so gehalten werden soll, wie es seit langer Zeit gebräuchlich ist, so ist das offenbar weiter nichts als Staatsklugheit. Er fürchtet, Hader mit dem Kaiser zu bekommen, wenn er zu offen für die neue Lehre eintritt. Da will er sich nicht die Finger verbrennen. Und er fürchtet auch wohl, daß in Lüneburg Lärm und Tumult ausbrechen könnte wie bei den Bauern in Schwaben und Thüringen. Das Neue soll ohne Rumor kommen."

„Lüneburg braucht es nicht," rief ein Ratsherr dazwischen.

„Krumme Wege . . ." brummte Sankenstedt kopfschüttelnd.

Ein feines Lächeln huschte über das kluge Gesicht
des Bürgermeisters. „Auch wir im Rate können in
diesen Fragen nicht immer unsere persönliche Ansicht
den Ausschlag geben lassen. Was der Stadt Wohlfahrt
und Bestes sei: danach haben wir zu fragen."

Da erhob sich ein breitschultriger Ratsherr, dessen
markige Züge festen Willen verrieten und von ernstem
Erleben erzählten: Konrad von Wittorf, der nach langem
Siechtum dem Leben wiedergegeben war. Ruhig und
stark klang seine Stimme durch das Ratszimmer: „Mir
ist es gegen den Strich, meine Überzeugung hintanzu-
halten. Von den Pfaffen habe ich genug. Der Luther
ist mein Mann. Das Beste für jeden ist das Evangelium.
Dürfte auch der Stadt Bestes sein. — Wenn es nach mir
ginge, würden der neuen Lehre die Tore der Stadt
weit aufgetan." Mit siegesgewissen Augen schaute der
Sprechende sich im Kreise um. „Ja, ihr Herren,
versucht nur, das Neue zu hindern. Es wird sich bald
klärlich ausweisen, welche Kräfte darinnen walten.
Mich dünkt, hier gilt das Wort des Gamaliel: „Ist der
Rat oder das Werk aus den Menschen, so wird es unter-
gehen; ist es aber aus Gott, so könnet ihr es nicht dämpfen; auf daß ihr nicht erfunden werdet, als die wider
Gott streiten wollen."

Finstere Gesichter auf der einen Seite, bei anderen
leuchtende Augen und zustimmendes Kopfnicken.

Des Bürgermeisters Mienen blieben verschlossen.

Man munkelte schon lange, daß auch er der neuen Lehre heimlich zugetan sei; aber im Rate war er noch nie offen für Luthers Sache eingetreten. — Er schob das herzogliche Schreiben beiseite. „Was hier vom Rate gefordert wird, verträgt sich mit dem Vorteil der Stadt. Das können wir alle unbedenklich zugeben. — Aber ein anderes habe ich noch mitzuteilen, das wichtiger ist . . ."

Tiefe Stille trat ein.

„Ich habe zuverlässige Kunde erhalten, daß Herzog Ernst von den Prälaten Verzeichnisse ihrer Güter und Einkünfte fordern will und der unruhigen Zeiten wegen die Hinterlegung ihrer Kleinodien, Briefe und Siegel an sicherem Orte verlangt. Er tritt auf, als ob die Klöster dem Fürsten und dem Fürstentume erblich gehörten und der Fürst Macht habe, schlechte Verwalter der Klöster zu entsetzen."

„Ein guter Plan!" rief Konrad von Wittorf. „Das hat wieder der Kanzler ihm eingegeben, der Johannes Förster. — Wahrlich, der gnädige Herr ist gut beraten. — — Jesus Sirach sagt: ‚Es steht in Gottes Händen, daß es einem Regenten gerate; derselbige gibt ihm einen löblichen Kanzler.'"

„Ein kühner Schritt . . . aber ob die Pfaffheit das zugestehen wird?" meinte Sankenstedt nachdenklich.

„Wird ihnen sauer in die Nase gehen . . ."

„Laß ihn zusehen, wie er mit den Kuttenträgern fertig wird . . ."

Mit ernster Miene schnitt der Bürgermeister von Dassel die Zwischenrufe ab. „Uns liegt es jedenfalls ob, sorgfältig auf der Hut zu sein, daß dabei von Lüneburgs Privilegien und Pfründen nichts verlorengehe, und daß die Geschlechter nicht Schaden leiden an ihren Rechten auf Präbenden und Vikarien."

Noch lange beredete man im Rate in großer Erregung die Pläne des Herzogs, die so rücksichtslos in die ängstlich gehütete Selbstverwaltung der Klöster einzugreifen drohten.

Zum Schluß wurde mit Befriedigung ausgesprochen: „Wir haben gut getan, daß wir uns unsere Privilegien wieder bestätigen ließen. Es sind wirklich geschwinde Zeitläufe."

*   *
*

Für Herzog Ernst lag in dem neuen Vorschlage seines Kanzlers und seiner Räte eine große Versuchung: durch Einziehen des Klostergutes konnte er das Land mit einem Schlage aus den unwürdigen Geldnöten herausbringen. Er hat ihr widerstanden . . . es war ihm nicht um Kirchengut und Klosterschätze zu tun. Er bestand nur darauf, daß die Klöster ihm die Verzeichnisse ihrer Habe und Einkünfte einreichen sollten, und wurde hierin schließlich sogar von dem Landtage unterstützt.

Aber mehr und mehr drängte sich ihm die Überzeugung auf, daß er als Fürst auch für das Seelenheil seiner Untertanen zu sorgen habe, und daß er dem lautern Worte Gottes Bahn machen müsse.

Auf den Landtagen des Jahres 1525 zu Winsen und Ülzen begegnete ihm noch schroffer Widerstand, als er die Annahme evangelischer Prediger forderte. Aber unbeirrt ging er seinen Weg weiter.

Schon im Sommer des folgenden Jahres erließ er das Verbot, Messe zu lesen, „weil er durch Gottes Gnade der Wahrheit berichtet sei und gefunden habe, daß wegen des Ärgernisses seiner Untertanen solcher Mißbrauch nicht länger zu dulden sei."

Auf dem Landtage zu Scharnebeck bei Lüneburg, den Herzog Ernst aus besonderer Veranlassung eiligst auf den 18. April 1527, den Gründonnerstag, berufen mußte, wird auch wieder über die Reformation verhandelt sein. Zu einer Beschlußfassung ist es jedoch nicht gekommen.

Eine Begegnung mit Luther Anfang Juni in Torgau bei der Hochzeit des sächsischen Kurprinzen Johann Friedrich mit Sibylle von Cleve bestärkte den Herzog noch in seinem Vorgehen, so daß er in den „Artikeln, darinnen etliche Mißbräuche bei den Pfarrern des Fürstentums Lüneburg entdecket und dagegen gute Ordnungen angegeben werden," wiederum nachdrücklich forderte: „Jeder Pfarrherr soll in eigener Person an seiner Kirche wirken und das Evangelium klar und rein, ohne Fabeln und unnütze Wascherei predigen."

In den Schlußverhandlungen des nächsten Landtages, am Sonnabend nach Laurentii, 17. August 1527, erreichte der Fürst „mit gemeiner Verwilligung der Prälaten, Stände und aller Mannschaft" den Beschluß, „Gottes Wort überall in den Stiftern, Klöstern und Pfarren des Fürstentums rein, klar und ohne mensch=

lichen Zusatz predigen zu lassen." Es wurde aber „den Vorständen und Prälaten der Klöster, den Stiftern Bardowik und Ramelsloh und der Ritterschaft in ihr Gewissen gestellt, es mit den Zeremonien in den von ihnen abhängigen Kirchen zu halten, wie sie es vor Gott verantworten könnten." —

Jetzt konnte sich der Herzog bei seinen weiteren Schritten auf die Landtagsbeschlüsse von 1524 und 1527 stützen. Nach diesen mußte das Inventar der Kirchengüter eingeliefert werden, und das Wort Gottes sollte lauter und rein gepredigt werden. — — —

Allenthalben im Lüneburgischen brach das Evangelium fortan sich Bahn.

Nur der wohlweise und ehrbare Rat der Stadt Lüneburg verharrte in entschlossenem Widerstande und suchte mit allen Mitteln der neuen Lehre das Eindringen in die Stadt zu wehren, obgleich viele in der Bürgerschaft ihr zugetan waren.

Zürnend drohte Herzog Ernst: „Wir wollen den Lüneburgern ein solch Feuer um ihre Stadt anzünden, das ein ehrbarer Rat binnen Lüneburg nicht löschen noch dämpfen soll. Das soll uns Gott helfen!"

Und das Wort blieb keine leere Drohung.

Immer zahlreicher wurden die Stätten weit und breit um Lüneburg her, wo Luthers Lehre gepredigt wurde. Immer näher kam das Neue den Toren Lüneburgs.

VI.

Jn der Schreibstube der Domina lag die Kloster=
chronik aufgeschlagen auf einem Schreibpult. Mit
bekümmerter Miene griff Mechtild Wilde zu der Feder.
Seufzend schrieb sie:

„Anno 1528 Dominica Misericordias seyn unsre
Fürsten auf unsern Hof gekommen und hatten bey Sich
viele Ketzer, die da post nostram primam gesungen
Teutsche Psalmen und Leysas i. e. Kyrie Eleyson.
Darnach hat Einer geprediget, aber wir schlossen alle
Türen zu und gingen ins Capitelhaus, von dannen
nach Sankt Marien Altar, bis nach der Predigt. Da
gingen wir wieder aufs Chor." —

Tage tiefgehender Aufregung hatte das Kloster
durchlebt.

Dem Herzog war es ganzer Ernst, in das Kloster=
dunkel in seinem Lande das Licht der Wahrheit zu
bringen.

Auch von der Lüner Kanzel sollte die neue Lehre
verkündigt werden.

Wohl hatte das Kloster nach vielen Winkelzügen
und Verschleppungen schließlich das Inventarium, das
geforderte Verzeichnis seiner Güter und Einkünfte, ge=
liefert, aber der neuen Predigt die Klosterpforten und
Kirchentüren trotzig verschlossen. —

Mit Sorge blickte Domina Mechtild in die Zukunft.
Herzog Ernst fing an, in den Klöstern evangelische Pre=

diger einzuſetzen, und befahl den Mönchen und Nonnen,
ſie anzuhören.

Würde der Fürſt es wagen, in Lüne gewaltſam
den Kloſterfrieden zu ſtören, um der Ketzerei den Eingang
zu erzwingen? . . Würde der Erzbiſchof Chriſtoph von
Bremen und Verden ihr Kloſter wirklich ſchützen können?

Immer neue beunruhigende Nachrichten über das
Vordringen der neuen Lehre gelangten zu Domina
Mechtild. Sie hörte, Herzog Ernſt habe ſeine eigene
Schweſter Apollonia, die mit ihrem fünften Jahre nach
Wienhauſen gebracht war, aus dem Kloſter heraus-
geholt. — — Wie war es möglich, daß man ſich über ein
Kloſtergelübde hinwegſetzen konnte? . .

In beſondere Aufregung wurde die Domina und
der ganze Konvent durch eine Botſchaft verſetzt, die
Propſt Lorbeer in dem Michaeliskloſter in Lüneburg
erfahren hatte: der im Kloſterleben ergraute würdige
Abt Heino von Oldenſtedt war des Evangeliums wegen
von ſeinem Amte zurückgetreten. Der Propſt brachte
eine Abſchrift des Briefes mit, den Abt Heino geſchrieben.
Propſt und Domina laſen ſie in großer Erregung.

„Nachdem der barmherzige, gnädige Gott,“ hieß
es darin, „ſeine Gunſt und Gnade zu dieſer Zeit hat
ſcheinen laſſen, daß die Erkenntnis ſeines lieben Sohnes
und der Weg der Seligkeit nicht, als wir leider gemeint,
durch Werke und Aufſätze der Menſchen zu gewinnen
iſt, ſondern durch das einige Verdienſt Jeſu Chriſti,
und daß ich in dem verderblichen Wege des Kloſterlebens
leider mannigfach dieſem entgegen gelebt und gehandelt

habe, nämlich im Gewissen durch Ordenspflicht be=
züglich der Kleider, Zeit, Speise bin also gebunden ge=
wesen, daß in diesen, so sie gehalten, die Seligkeit,
so sie übertreten, die Verdammnis ererbt würde, und
dermaßen das Verdienst Christi verkleinert und die Frei=
heit des Evangeliums Christi, darin er mich teuer er=
kauft, verloren habe und ein Menschenknecht geworden
bin, dazu daß ich gegen Gott in meinem Gewissen mich
in den falschen erdichteten Gelübden beschwert finde,
darin ich gegen Gott in Sorge und Fährlichkeit, in mei=
nem Gewissen unruhsam und aller Bekümmernis voll
bin: also weiß und mag ich in berührten Wegen bemel=
detes Klosterlebens mich nicht länger ohne Verlust
meiner Seligkeit zu enthalten . . ."

Was sollte daraus werden, wenn die Mönchs=
klöster abfielen? . . . Die bangen Fragen wollten
nicht mehr weichen.

Was sich anfangs nur wie ein kleines graues Wölk=
chen dem wachsamen Auge in weiter Ferne drohend ge=
zeigt, das drängte sich bald unabwendbar heran und türmte
sich über Lüne zu dunklen Wetterwolken zusammen.

*　　*　　*

Während der Herzog bei den Domherren von
Bardowik bereits die Anstellung eines evangelischen
Predigers — Matthäus Gynderich — erreicht hatte,
blieb in Lüne alles beim alten. Ja, der Propst Johannes
Lorbeer weilte sogar, dem ausdrücklichen Befehle des
Landesherrn zuwider, mehr in Lüneburg als in Lüne.

Wiederholt warnte ihn Domina Mechtild: der Herzog habe die Pröpste Johann von Mahrenholz in Medingen und Friedrich Burdian in Isenhagen einfach abgesetzt, weil sie außerhalb ihrer Klöster gewohnt und die Verwaltung vernachlässigt hätten. Dann klagte Johannes Lorbeer über Leibesschwachheit und Krankheit und wollte sein Amt am liebsten niederlegen. Nur die nachdrücklichsten Vorstellungen der Domina Priorissa vermochten ihn von seinem Vorhaben abzubringen.

Endlich war des Herzogs Geduld erschöpft.

Am 12. Juli 1529 — am Tage vor dem Feste der heiligen Margaretha — erschien plötzlich Valentinus Lorbeer, der Bruder des Propstes, im Kloster Lüne vor dem eisernen Fenster und verkündigte in großer Bestürzung der Domina: Herzog Ernst werde am folgenden Tage ins Kloster kommen . . . man solle schleunigst den Propst, der in Lüneburg Wohnung genommen, nach Lüne herausrufen, damit er den Fürsten hier empfange.

Bange Sorge schlich durch das Kloster.

Domina Mechtild wußte, was vor wenig Monaten — am 18. März — auf dem Landtage, wenn auch unter heftigem Widerspruch der Prälaten, beschlossen war: „Nicht bloß in allen Kirchen, sondern auch in allen Klöstern des Landes soll die päpstliche Lehre abgetan sein.“

Jetzt kam die Entscheidung. Sollte wirklich das, was bisher den Hauptinhalt ihres stillen Klosterlebens ausmachte, ihnen mit einem Schlage genommen wer-

den: das Horensingen und Messehören? Was gingen
sie, die ungelehrten Frauen, alle jene Streitfragen
über kirchliche Lehren an? Sie hatten ihre Ordensregel.
Sie hielten sich an ihr Gelübde. Sie gingen gehorsam
den Weg, den ihre Kirche sie wies . . . gewiß, so am
sichersten ihre Seligkeit zu schaffen . . .

Mit Morgengrauen, früh um 5 Uhr, traf am nächsten
Tage Herzog Ernst, begleitet von seinem Kanzler Johannes Förster und dem Prediger Hieronymus Enkhausen, mit Gefolge in Lüne ein.

Der Propst war nicht anwesend.

Ungnädig schied der Fürst.

Noch an demselben Tage unterschrieb und unter-
siegelte mit eigenem Siegel Johannes Lorbeer abends
eine Urkunde, in welcher er auf die Prälatur mit allen
Rechten und Gütern der Propstei „freiwillig und ungezwungen“ verzichtete und sie dem Fürsten übergab.

Aber am anderen Morgen — am Tage vor der
Apostelteilung — kam er vor das eiserne Fenster im
Kloster und klagte der Domina, daß er nur aus großer
Angst abgedankt habe, weil er gefürchtet, daß sein Leben
in Gefahr sei.

Domina Mechtild machte dem wankelmütigen,
unentschiedenen Manne ernstliche Vorwürfe.

„Euer Ehrwürden haben nicht Macht, unsere Präla-
tur irgendeinem anderen abzutreten und zu übergeben.
Das ist wider Euren geschworenen Eid, den Ihr in
Gegenwart des allmächtigen Gottes, in Gegenwart des

Fürsten Henrikus und vor vielen glaubwürdigen Leuten und Personen öffentlich abgelegt."

Vergeblich versuchte Johannes Lorbeer seinen verhängnisvollen Schritt zu entschuldigen. Unbeirrt fuhr Domina Mechtild ihn hart an:

„Gedenket Ihr nicht mehr daran, was Ihr gelobt, als wir Euer Ehrwürden erkoren haben zu einem Vorsteher und Verwalter unserer Klostergüter: daß Ihr die schirmen und verteidigen und nicht verbringen wolltet?" Zürnend fuhr sie fort: „Ja, Ehrwürden, da habt Ihr zugestimmt und auch mit eigenen Worten zugesagt. Da habt Ihr gelobt: Ich will es nicht geschehen lassen, daß die Güter des Klosters Lüne, worin sie auch immer bestehen mögen, ohne ausdrücklichen und völligen Konsens des Konventes auf irgendwelche Art und Weise möchten vergewaltigt, verabhändigt oder anderen verpfändet und geschädigt werden."

Beschämt und ratlos zog der Propst von dannen.

Domina Mechtild aber berief sofort den Konvent nach dem Kapitelsaal, legte die Sache den bestürzten Nonnen dar, sprach den Jammernden Mut ein und forderte sie ernstlich auf, unter keinen Umständen ihre Zustimmung zu dem Verzicht des Propstes zu geben.

Aufregende Stunden durchlebten die Klosterfrauen, die so plötzlich aus ihrem Stilleben herausgerissen wurden.

Nach dem Mittagsmahl um zwei Uhr, erschien der Fürst mit seinem Kanzler und den Hofleuten wiederum im Kloster.

In dem Kreuzgange bei dem Marienaltar hatten sich die Klosterjungfrauen versammelt. Mit verstörten Mienen und angstvollen Augen scharten sich die eingeschüchterten Frauen um ihre ehrwürdige Domina, die mit klarem Blick den kommenden Ereignissen ungebeugt und unerschrocken entgegensah.

Dort im Kreuzgange vor der Tür der Barbara-Kapelle trat ihnen der Fürst mit seinem Kanzler und dem ganzen Gefolge gegenüber. Unter den Begleitern stand zwischen Hieronymus Enkhausen, dem neuen Prediger von Lüne, und Johann Haselhorst, der vom Herzog zum Amtmann und Vorsteher der Klostergüter bestimmt war, der bisherige Propst Johannes Lorbeer. Er sah bleich und hinfällig aus und vermied es ängstlich, dem Blick der Domina Priorissa zu begegnen.

Der Kanzler Johannes Förster nahm das Wort, indem er sich an Domina Mechtild wandte.

„Unser durchlauchtiger Herzog und gnädiger Fürst und Herr läßt euch und dem ganzen Konvent ansagen, daß der ehrwürdige Propst Johannes Lorbeer die Prälatur zu Lüne mit allem Zubehörigen freiwillig, in aller Freundschaft, seines Alters halber resignieret hat, und daß unser gnädiger Fürst selbige Prälatur mit allen Rechten, Regierung und Zubehör an und auf sich genommen hat. Unser gnädiger Herr will fortan euer Vater, Patron und Beschützer sein, für euch und eure Güter, und euch mit allem an Leibs und Seelen Wohlfahrt väterlich versorgen.“

Die klaren Augen der Domina richteten sich groß

und fragend auf Johannes Lorbeer. Er wich schweigend ihrem Blick aus.

Eine sichtbare Bewegung ging durch das Häuflein der Klosterfrauen, die sich dicht um Mechtild Wilde drängten, wie geängstete Kinder bei der Mutter Schutz suchen.

Um den Mund der Domina zuckte es bitter und verächtlich. Sie trat aus der Schar der Nonnen einen Schritt vor, aufrecht und frei. Ohne Furcht blickte sie dem Herzog ins Auge. Ohne Befangenheit antwortete sie, wenn auch tiefe Erregung durch ihre Stimme klang . . . Wort für Wort langsam und sicher.

„Durchlauchtiger Herzog! Die Resignation ist ohne unseren Willen, Vorbewußt und Konsens geschehen, und der Propst hat dessen keine Macht. Solches Verzichten, Abtreten und Versprechen, dazu der Propst nicht Macht hat, können und wollen wir nicht gelten lassen. Wir können darum nicht zustimmen, sondern wollen verbleiben bei unserer Freiheit und unseren Privilegien, wie wir aus Apostolischer und Kaiserlicher Autorität und anderer Landesfürsten gegebener und konfirmierter Macht haben."

Aus den Reihen der Nonnen wurden zustimmende Rufe laut. Von Mechtilds ruhiger Entschlossenheit strömte neue Zuversicht in die Frauenherzen.

Mancher Blick aus dem Gefolge spähte schon unruhig nach einer Zornesfalte auf der Stirn des Herzogs; aber mit sichtbarem Wohlgefallen ruhte des Fürsten

Auge auf der ehrwürdigen Erscheinung der unerschrockenen betagten Domina. Jetzt nahm er selbst das Wort:

„Sorgt euch nicht! Die Privilegien eures Klosters
sollen nicht geschwächet oder abgebracht werden. Das
Klosterleben soll nicht gestört werden. Euer Propst
kann in Lüne verbleiben. Nur das Regiment und die
Verwaltung der Prälatur muß ich mir vorbehalten."

Die Nonnen widersprachen von neuem. Jetzt
faßten einige sogar Mut, den Kanzler anzugehen, er
möge doch den Herzog bitten, „daß er uns in unserem
Kloster wolle lassen bei unseren Gebräuchen und Privilegien, unsere Gelübde ferner Gott zu Ehren zu
halten und ihn mit Singen, Beten und Lesen zu
verehren."

Der Kanzler versuchte, sie zu beruhigen, „sie sollten
nach wie vor das Ihrige verrichten; denn es wäre seines
gnädigsten Fürsten und Herrn Absicht ganz und gar
nicht, als wolle er sie verjagen oder ihr Kloster verstören,
sondern nur ihnen in allem wohl vorzustehen."

Jetzt ergriff der Herzog wieder das Wort. Freundlich und herzlich sagte er den Frauen von dem neuen
Prediger, den er ihnen mitgebracht, daß er ihnen das
reine Wort verkündige; denn „der Mensch lebe nicht vom
Brot allein, sondern von einem jeglichen Wort, das
durch den Mund Gottes gehet . . . ."

Anfangs widersprachen die Nonnen entschieden.

„Wir haben gehört," erklärte Domina Mechtild,
„der neue Prediger wäre ein aus dem Kloster entlaufe-
ner Mönch . . . also ein Abgefallener und Ungetreuer.

Was kann der andern Gutes fürpredigen, der selbst
nicht gut ist?"

Lächelnd fragte der Fürst: „Wer hat's euch gesagt,
daß er ein Mönch sei?"

„Ist er ein Prior gewesen," entgegnete Mechtild,
„so muß er ja auch freilich ein Mönch gewesen sein."

Schließlich sahen die Klosterfrauen das Nutzlose
weiteren Widerstrebens ein und willigten, um ihre Sache
nicht noch mehr zu verschlimmern, ein, daß der neue
Prediger bleibe . . . „unter der Bedingung, daß er
nichts predige, was wider Gott sei." — —

Als Herzog Ernst um drei Uhr vom Kloster schied,
übertrug er dem Johannes Haselhorst die Verwaltung
des ganzen Hofes und aller Güter und befahl dem Hieronymus Enthausen fortan jeden Dienstag und Freitag
um acht Uhr und alle Sonntage, Feiertage und Apostel-
tage zweimal, des Morgens um 8 und nachmittags nach
12 Uhr zu predigen. — —

Der abgesetzte Propst zog in das Lüneburger Haus
des Klosters und wurde dort vom Kloster Lüne aus reichlich versorgt. Durch eine Urkunde vom 17. Juli 1529
setzte ihm auf Anordnung des Herzogs das Kloster eine
Jahresrente von 250 Mark auf Lebenszeit aus.

*　　*　　*

Was über die neue Lehre bisher in den Kreis der
Nonnen gedrungen, war nichts als ein häßliches Zerr-
bild. In Luther sahen sie nur den Ketzer, den der Teufel
getrieben habe, eine unerhörte Ketzerei aufzubringen . . .

der „alles, was zur Ehre Gottes gehört," mit freveln=
der Hand umzustoßen suche. — Dessen Lehre sollte
fortan in Lüne verkündigt werden? . . .

So brachten die Lüner Nonnen des Herzogs landes=
väterlicher Sorge um ihr Seelenheil wenig Verständnis
entgegen. Bei Enkhausens ersten Predigten waren sie
freilich auf dem Nonnenchor anwesend. Sie hörten,
daß Fasten, Seelenmessen, Gebete und gute Werke
nicht den Himmel und die Seligkeit verdienen könnten.
Als aber Enkhausen in der dritten Predigt sagte, es
seien nur zwei Sakramente in der christlichen Kirche,
führte die Domina ihre Klosterfrauen vom Chor hinweg,
erklärte die Predigten für seelengefährlich und verbot
das weitere Anhören.

Die Nonnen mieden die Kirche und feierten ihre
Gottesdienste fortan im Kreuzgange vor dem Marien=
altar. Dort ließen sie sich auch von ihrem Konfessor
Heinrich Renert das heilige Abendmahl nach römischer
Weise reichen.

Aber bereits am 2. August, am Tage nach Petri
Kettenfeier, wurde ihr Beichtvater ihnen ganz uner=
wartet durch den Tod genommen. Die „Seuche des
englischen Schweißes", die in ganz kurzer Zeit den
Tod der Erkrankten herbeiführte, wütete in Nord=
deutschland und richtete große Verheerungen an. Auch
Heinrich Renert erkrankte plötzlich an der Seuche und
wurde schon nach wenig Stunden weggerafft. — Ein
neuer harter Schlag für die geängstete Frauenschar
im Kloster.

Bald folgte ein anderer. Die beiden Kapläne Johannes Schnor und Johannes Wigand, die am Tage der Maria Magdalena ihre Gottesdienste nach katholischem Brauche eingestellt hatten, traten zum Luthertume über.

Bitter klagte Domina Mechtild in Briefen an andere Klöster, daß nur noch ein Beichtvater und zwei Kapläne den Nonnen zu Lüne geblieben wären, und daß es böse Tage mit argen Nöten seien. Die Mitteilung von dem Abfall der beiden übergetretenen Kapläne schloß sie mit dem Wunsche: „Pervertat illos Deus — Gott möge sie verderben!"

Immer wieder klingt durch Mechtilds Briefe das Gelübde, dem schlimmen Handel bis in den Tod widerstreben zu wollen. In jedem Konvent ermahnte sie die Klosterfrauen, unter allen Umständen standhaft zu bleiben in ihrem Widerstande.

Die Erbitterung unter den Klosterfrauen wuchs, als zu Enkhausens Predigten immer mehr Hörer aus dem nahen Lüneburg herbeiströmten. Oft vermochte die Klosterkirche die Herbeigeeilten kaum zu fassen.

Domina Mechtild hörte, daß 700, ja 800 Lüneburger an manchen Sonntagen gezählt seien.

Was sollte aus ihrem Kloster werden, wenn es so weiterging? . . . Durften die Klosterfrauen jetzt noch untätig zuschauen . . . das alles wie etwas Unabänderliches mit gebundenen Händen geschehen lassen? . .

*   *   *

Auch dem Rate zu Lüneburg war das Hinausströmen der Bürger nach der Klosterkirche in Lüne ein Dorn im Auge.

Er untersagte den Bürgern den Besuch dieser neuen Gottesdienste in Lüne und auch in Bardowik. Aber alles Androhen harter Strafen fruchtete nichts. —

An dem Lüner Gottesdienste hatte auch Frau Ursula schon wiederholt teilgenommen.

Heute wanderte sie mit ihrem Sohne Martin hinaus.

Frau Ursula war das Herz übervoll. — Noch einmal weilte der Sohn für kurze Zeit im Vaterhause: in wenig Wochen sollte er als Prediger des Evangeliums nach Celle übersiedeln ... von Doktor Luther selbst dem Herzog Ernst mit warmen Worten empfohlen.

Als Ursula mit dem Sohne in die Klosterkirche eintrat, drängten sich wieder mit Macht die Bilder der Erinnerung vor ihre Seele: die ferne Klosterzeit mit ihrer Einsamkeit und ihren stillen Kämpfen, das Vaterhaus und die treuen Vateraugen, das eigene Heim, reich an Freude und Leid ... wechselnde Bilder, verschlungene Wege ... aber in den Führungen eine führende Hand.

Tiefe Freude füllte ihr Herz, als sie still an des Sohnes Seite saß und dem Worte des Predigers lauschte: „Gott hat den, der von keiner Sünde wußte, für uns zur Sünde gemacht, auf daß wir würden in ihm die Gerechtigkeit, die vor Gott gilt."

Nicht eine Fülle von Lehrsätzen und Glaubens-vorschriften wurde über die Hörenden ausgeschüttet.

Auf das Bild an der Kirchenwand wurden die Blicke der Kirchleute gelenkt: die Wage mit den beiden Schalen . . . gehalten von der Hand aus der Wolke . . .

Und sie hörten von dem Kreuze und dem „für uns."

In das schlichte tiefe Geheimnis der Rechtfertigung aus Gnade führte das Hören hinein: in die schlichte Wahrheit, daß so die Seele wirklich Gott hat. —

Die Predigt war zu Ende. Es folgte das Singen der deutschen Psalmen.

Da wurde es auf dem Nonnenchor unruhig. Laute Rufe drangen in die Kirche hinein. Der Gesang stockte. Jetzt begann auf dem Chor der lateinische Gesang der Hora. Die Kirchenleute versuchten vergeblich, ihren Psalm zu Ende zu bringen. Sie mußten abbrechen. Das Singen der Nonnen übertönte die Stimmen in dem Kirchenschiffe.

Dann kamen wieder laute Rufe von oben: „Ihr sollt binnen Lüneburg bleiben!"

Zugleich breitete sich ein häßlicher Qualm und ein unerträglicher Gestank in der Kirche aus. Die Nonnen hatten Filzlappen und Lumpen angesteckt, um die Lüneburger aus der Kirche auszuräuchern.

Die Kirchenleute zogen auf den Friedhof und führten dort ihren Gottesdienst zu Ende. —

In tiefer Trauer über das Erlebte kehrte Ursula heim.

Die Lüner Klosterkirche würde sie nicht wieder betreten.

VII.

Wieder einmal wurde in der Sitzung des wohlweisen und ehrbaren Rates der Stadt Lüneburg über die brennende Zeitfrage verhandelt: über die neue Predigt im nahen Kloster Lüne und im Dome zu Bardowick.

„Ihr wißt, werte Herren," begann der worthabende Bürgermeister, „wie Domina Mechtild in Lüne sich mit allen Mitteln gegen die neue Lehre und gegen das Zuströmen der Lüneburger zu wehren sucht . ."

Ludolf von Dassel sah verständnisvolles Lächeln auf allen Seiten: wie ein Lauffeuer war die Kunde durch Lüneburg gedrungen, daß die Lüner Nonnen nunmehr zum Angriff vorgegangen seien.

„Ihr wißt," sprach der Bürgermeister weiter, „wie wir im Rate beschlossen haben, am Sonntage die Stadttore zu schließen, auf daß dem Ärgernis des Hinauswanderns gewehrt werde. Jetzt erfahre ich, daß unsere Verbote und Strafandrohungen wenig gefruchtet hätten. Wenn alles wahr sein sollte, so muß das Ansehen des Rates Schaden leiden. Was ist euch, werte Herren, über die Sache kund geworden? . . ."

„Es ist richtig," sagte Hartwig Stöterogge, der zweite Bürgermeister. „Sie klettern über die Stadtmauer, um Sonntags nach Lüne zu kommen."

Und Erich von Sankenstedt bestätigte: „Über die Ilmenau fahren sie . . . zum Hafen hinaus nach Lüne. — Lachen noch über die geschlossenen Stadttore."

„So kommen wir nicht zum Ziele," gaben auch die eifrigsten Anhänger des Alten kleinlaut zu.

Konrad von Wittorf ergriff das Wort.

„Ihr Herren . . . laßt mich offen reden. — Wir können es nicht leugnen: die Gärung unter der Bürgerschaft geht immer tiefer und weiter. Wir dürfen uns darüber nicht täuschen. — Ihr habt bisher immer nachdrücklich betont: wir tun, was zu der Stadt Nutzen und Vorteil ist. Ihr habt gefürchtet: alte Rechte der Stadt und des Rates und der Geschlechter seien durch das Neue bedroht. — — Ja, ihr Herren . . . seht ihr jetzt nicht, welche große Gefahr in der wachsenden Unzufriedenheit der Bürgerschaft liegt? . . . Unterschätzt das nicht! Dieses Murren der Bürger gegen das Regiment des Rates kann für das Wohl der Stadt viel verderblicher werden als das Eindringen der neuen Lehre. Meinet ihr, der Herzog erfahre nicht, wie es hier in der Stadt Lüneburg zustehet? Meinet ihr, ein Johannes Förster werde die günstige Gelegenheit, die aufrührerische Stimmung der Bürgerschaft, ungenützt lassen? Muß ich's noch sagen, welche Gefahr so den Freiheiten der Stadt und den Vorrechten der Geschlechter droht? — Der Herzog hat bisher seinen

Handel mit großer Zurückhaltung und mit Achtung
der Rechte anderer durchgeführt . . . laßt es nicht
dahin kommen, daß der Kanzler des Herzogs auch
binnen Lüneburg ein Feuer anzünde, welches der Rat
nimmermehr löschen kann . . . das Feuer des Auf=
ruhrs . . ."

Auf den ernsten Mienen der Ratsherren lag das
sorgenschwere Eingeständnis, daß die Warnung wahr=
lich nicht aus der Luft gegriffen war.

Verschiedene Maßregeln wurden vorgeschlagen, der
drohenden Gefahr vorzubeugen.

Konrad von Wittorf nahm wieder das Wort.

„Schaffet den Grund der Unzufriedenheit aus der
Stadt, dann ist die Gefahr beseitigt. — — Die Bürger
suchen die Wahrheit. Was ist ihnen denn bisher ge=
boten worden in den Kirchen, in den Predigten? . . .
Seht euch die Mönche von Sankt Marien an. Denen
liegt das Predigen ob! . . . Ihr kennt sie ja. Die sollen
predigen! . . . Ist es nicht elend und jämmerlich um
ihre Predigten bestellt? Fabeln und Legenden bringen
sie vor. Damit sollen suchende Seelen abgespeist wer=
den? . . . Nein, ihr Herren, das kann nicht so weiter
gehen. Das Volk bedarf der Lehre. Das Wort Gottes
muß gepredigt werden. Nicht bloß vorgelesen . . . .
es muß auch ausgelegt werden. — Ihr wißt, wie es
jetzt damit aussieht: da ist niemand, der die Nuß auf=
beißt und den Leuten den Kern zu essen gibt. — Sorgt
für ordentliche Predigt des Wortes! — Ihr werdet
den Strom nicht aufhalten."

Hart stießen die Meinungen aufeinander. Zuletzt wurde im Rate beschlossen, tüchtige Prediger zu berufen, die im Herzen gut katholisch seien, aber in ihren Predigten eine feine Mittelstraße zu finden wüßten und der evangelischen Lehre nicht schroff entgegentreten dürften. — — —

Nur noch kurze Zeit war es dem Rate möglich, mit solchen Maßregeln und Nachgeben nach zwei Seiten die Bewegung aufzuhalten.

Immer bedrohlicher wuchs die Unzufriedenheit der Bürgerschaft. Immer selbstbewußter klang die Sprache des gewählten Ausschusses der Bürger.

Bald lehnten sie sich offen gegen die katholische Predigt auf. In der Franziskanerkirche wurde der Guardian des Klosters in einer Predigt von gewaltigem Lärm unterbrochen. Die Hörer sangen: „Ach, Gott, vom Himmel sieh darein und laß dich des erbarmen."

Man begann, öffentlich katholische Bräuche zu verspotten. Zu Fastnacht zogen Handwerksgesellen, mit weißen Gewändern bekleidet, in feierlicher Prozession mit Kreuzen und Glocken durch die Straßen Lüneburgs. Pferdeknochen vom Schindanger führten sie mit, als ob es Reliquien seien. Zahllose Gaffer strömten herzu. Viele Mitläufer schlossen sich dem Zuge an. Immer größer wurde die Menge.

So wälzte sich der Zug durch die Bäckerstraße. Als er dem Dasselhofe nahte, trat der Bürgermeister Ludolf von Dassel in die Tür seines Hauses. Der kurzsichtige alte Herr hielt den nahenden Zug für eine Prozession der Geistlichkeit und zog ehrerbietig seine Mütze.

Fast wäre es dem Bürgermeister Hartwig Stöterogge ebenso ergangen. Er stieß bei der Apotheke auf den Zug und war schon im Begriff, ehrfürchtig vor dem Heiligtum niederzuknieen, als seine Diener ihn aufmerksam machten, daß es nur ein Fastnachtsscherz der ‚Schröderknechte‘ sei.

Als aber der Rat, dem solches denn doch über den Spaß gegangen war, versuchte, ernstlich gegen die Handwerksgesellen einzuschreiten, zog er schließlich noch den kürzeren. Er mußte gestatten, daß die losen Gesellen, die er bei Leibesstrafe aus der Stadt verwiesen, zurückkehren dürften, wenn sie sich nur einige Tage ruhig im nahen Lüne in dem Klosterkruge aufgehalten hätten.

*   *   *

Harte Februarkälte herrschte im Lüneburger Lande. Enger schlossen sich in Stadt und Dorf die Hausgenossen zusammen, um Herdfeuer und Ofen sich sammelnd. Das Käuzchen, das in Kloster Lüne hoch oben im Giebel des alten Schlafhauses sicher wohnte, hatte mit Sorgen zu kämpfen: immer seltener ließ sich draußen eine Beute erhaschen.

Für den Kuhlenhitter im Kloster gab es eilige Arbeit früh und spät . . . dafür blieb es auch wohnlich und warm zwischen den dicken Klostermauern. Aber durch die Herzen der Klosterfrauen zitterte dennoch

kaltes Fürchten. Bleiche Sorge und harter Trotz stritten
widereinander: Herzog Ernst hatte seinen Besuch an=
sagen lassen. Die Nonnen erwarteten nichts Gutes
von seinem Kommen und rüsteten sich auf neue Kämpfe.

„Nur standhaft bleiben . . . komme, was da wolle!"
So hieß die Losung, die Domina Mechtild ausgab.
Auch nicht eine Stimme in der ganzen Versammlung
wurde laut, daß man doch lieber nachgeben solle. —

Durch Schnee und schneidenden Nordost ritt der
Fürst mit seinem Kanzler und Gefolge zum Lüner
Tore hinaus . . . am Tage Sankt Matthäi, am 23. Fe=
bruar 1530.

Im Kloster wurde ihm der Zutritt zum Kapitel=
hause verweigert. Nur bis zu dem eisernen Fenster
für die Fremden durfte er kommen.

Dort erwartete ihn hinter dem schützenden Gitter
Mechtild Wilde mit den versammelten Klosterfrauen.
In bedrücktem Schweigen drängte sich die Schar um
ihre Führerin . . . verstört und eingeschüchtert und doch
eins mit der unbeugsamen Oberin. Dort hörten sie
die Botschaft, welche der Fürst dem Kloster brachte
und jetzt in Gegenwart des Beichtvaters dem Kon=
vente vorlesen ließ.

„Ratschlag zur Notdurft der Klöster" nannte er
die Schrift, die er für die widerspenstigen Frauenklöster
hatte abfassen lassen.

Mit wachsender angstvoller Unruhe lauschten die
Nonnen den harten Zumutungen: „Da die Bischöfe
nicht für reines Wort Gottes sorgten, müsse die weltliche

Obrigkeit eingreifen und das lautere Wort predigen lassen . . . die Klosterjungfrauen, die mit Singen, Lesen, Klosterbräuchen und Kleidung den Himmel verdienen wollten, müßten zum Hören evangelischer Predigt gezwungen werden, damit sie die Wahrheit kennen lernten . . . die Heiligendienste sollten eingestellt werden . . . Klausur der Nonnen und Zölibat seien Mißbräuche, die abgeschafft werden müßten . . . wem das Klostergelübde und das Leben im Kloster das Gewissen beschwere, dem solle die Obrigkeit zur Freiheit verhelfen . . ."

Verstörte Blicke und zornige Augen . . . Hände zum Gebet gefaltet und zur Faust geballt . . . Klagelaute und drohende Äußerungen — nur Domina Mechtild inmitten der Unruhe ruhig und unbeirrt.

Mit fester Stimme gab sie im Namen aller Klosterfrauen die klare Antwort: „Wir sind gebunden an unser Gelübde und an unseren Eid. Die eben gehörte Schrift widerstreitet in wichtigen Stücken der Regel des heiligen Benedikt, die doch ohne Zweifel vom Heiligen Geiste eingegeben ist. Was gegen Ordensregel und Klostergelübde ist, das können und wollen wir nicht zugestehen. Wir bleiben bei unseren Klosterbräuchen. Dazu helfe uns die heilige Jungfrau."

Dabei verharrten die Nonnen. Auch dem gütlichen Zureden des Fürsten setzten sie nur die Bitte entgegen, er möge sie ganz bei ihren alten Bräuchen lassen.

Der Herzog mußte die Verhandlungen schließlich abbrechen und unverrichteter Sache abziehen. — —

In tiefem Schweigen lag wieder das Kloster.

Domina Mechtild zog sich in ihre stille Schreibstube zurück. Sie mußte ihr übervolles Herz ausschütten.
Als letzte Zuflucht in ihrer Bedrängnis blieb ihr nur
der Rat zu Lüneburg, der mit Brief und Siegel zugesagt, daß er das Kloster und seine Güter schützen und
beschirmen wolle.

Sie schrieb: „Ehrsamen, hochweisen, umsichtigen
und günstigen lieben Herren und besonderen großen
Freunde! Wir armen geistlichen Kinder klagen euch,
daß unser gnädiger Herr und Landesfürst bei uns gewesen ist und uns angesprochen hat. Da haben wir
seiner fürstlichen Gnaden unser demütiges Anliegen
vorgebracht und auf das allerfreundlichste gebeten,
daß er uns bei unseren Rechten und Privilegien wolle
lassen. Auch baten wir seine fürstliche Gnaden, daß
er dasjenige wolle wieder abstellen und beilegen, was
unserer Seelen Seligkeit hinderlich ist — als mit dem
Prediger, dem wir unsere Seelen nicht anvertrauen
können. Das konnten wir bei seiner fürstlichen Gnaden
nicht erlangen. Seine fürstliche Gnaden gab uns sogar
auf, daß wir unsere Gottesdienste und Klosterbräuche
sollen ändern und es damit halten, wie er es in einer
Schrift vorgeschrieben. Dagegen wir uns hart gewehret
haben. Und wir finden uns davon hochbeschweret in
unserem Gewissen, denn dieselbige Schrift enthält
große und schwere Artikel, die allerdinge sind entgegen
unserer Ordensregel, die unser heiliger Vater Sankt
Benediktus — ohne Zweifel aus Eingebung des Hei-

ligen Geistes — eingesetzt hat. Auch ist das unserem Gelübde, daß wir Gott ungezwungen und mit freiem Willen gelobt und geschworen haben, ganz entgegen, davon wir nicht können und mögen abtreten und weichen; denn unser Gelübde und Eid verbinden uns so fest, daß wir nicht daran denken können, wie wir sollten darüber hinweggehen. Und so sitzen wir hier in periculo animae et corporis absque pastore et absque humano consilio et solatione*), und wie uns armen Kindern zu Sinn und zu Mute ist, ist Gott bekannt. So gehen wir eure Ehrsamkeit an mit betrübtem Herzen, demütig und freundlich bittend, daß ihr uns treulich beistehen wollet, daß wir nicht mit solchen unbilligen Sachen beschwert werden, solches zu halten; denn da ist in unserer ganzen Versammlung nicht eine, die ihre Zustimmung geben will, solchen Handel anzunehmen. So bitten wir, daß ihr für uns armen Kinder bei unserem gnädigen Herrn Fürbitte einleget, daß seine fürstliche Gnade uns wolle bleiben lassen bei unseren Gottesdiensten, Ordenssatzungen und Bräuchen, wie sie zum Lobe des allmächtigen Gottes für Tag und Nacht festgesetzt sind. Wollet uns hierin behilflich sein und uns wissen lassen, daß wir eure nächsten Nachbarn sind . . ."

Beim Schreiben legten sich die unruhigen Wogen.

Die Arbeit war vollendet. Domina Mechtild faltete den Brief und schrieb die Aufschrift: „An den

---

*) In Gefahr der Seele und des Leibes, ohne Hirten und ohne menschlichen Rat und Trost.

Ehrsamen, hochweisen und umsichtigen Herrn, Herrn Lübecke von Dassel und Herrn Lenhart Töbingh, Bürgermeister der Stadt Lüneburg, unsere besonderen großen Freunde und Sülfmeister freundlich geschrieben."

Zuversichtlicher blickte sie jetzt in die Zukunft: es gab noch Freunde in Lüneburg . . . ihre gute Sache mußte schließlich doch den Sieg behalten.

*   *   *

Dytmar Spitzbart, der letzte Konfessor von Lüne, der einzige Geistliche, welcher den Klosterfrauen noch geblieben war, hatte die Domina Priorissa bitten lassen, den Konvent im Kapitelsaale zusammenzurufen.

In unruhiger Erwartung blickten alle seinen Mitteilungen entgegen. Man wußte nur, daß er Hochwichtiges vorzubringen habe: Gutes würde es in diesen bedrängten Zeiten nicht sein.

Er las den Klosterfrauen ein herzogliches Schreiben vor, welches ihm die Abhaltung von Messe, Beichte und Abendmahl untersagte.

Totenstille herrschte, als er geendet. Wie eine Erstarrung lag es auf der Frauenschar.

Mochten auch viele die tiefeingreifende Bedeutung dieser neuen Maßregel des Herzogs nicht auf den ersten Blick erkennen: Domina Mechtild übersah mit klarem Auge sogleich die ganze Tragweite dieses Verbotes.

Drohend blickte sie in die Ferne, als sehe sie dort den Feind. Ein harter Zug grub sich in ihre Mienen, und unwillkürlich ballte sich ihre Hand. Mit haftigem

Schritt trat sie auf den Geistlichen zu und riß ihm das herzogliche Schreiben aus der Hand. Empört schleuderte sie es zu Boden und setzte hart den Fuß darauf.

„Ihr werdet nicht gehorchen!“

Dytmar Spitzbart wich vor der Erregten bestürzt zurück. Abwehrend hob er die Hände. „Was tut Ihr?“

„Ihr dürft nicht gehorchen!“

Trübe schüttelte der Konfessor das Haupt. „Hab’ es mir lange und ernstlich überlegt. Es geht nicht.“

„Ihr dürft nicht gehorchen,“ wiederholte in hartem Tone die Domina, „Ihr dürft das Kloster nicht ver=lassen . . .“

Schweigend zuckte der Mann die Achseln.

„Denkt daran, was Ihr dem Kloster gelobt habt!“

„Der Herzog macht Ernst. Er hat die Gewalt. Es ist nutzlos, ihm trotzen zu wollen. — — Auch mir zerreißt es das Herz, aber . . .“

„Was soll aus dem Kloster werden? — Ohne Messe . . . ohne Sakramente? — — Ihr könnt uns nicht im Stich lassen.“

Dytmar Spitzbart blieb bei seiner entschiedenen Weigerung.

Schließlich erklärte er sich auf die dringenden Bitten aller Klosterfrauen bereit, noch einmal um ihres Seelen=heiles willen Beichte zu hören.

„ . . . welches er auch,“ erzählt die Klosterchronik, „getan mit großer Beschwer und Furcht und also Beicht gesessen.“ — —

Auch später wagte Dytmar Spitzbart auf immer

neues Drängen der Nonnen noch einigemal, heimlich aus Lüneburg nach Lüne hinauszukommen und Beichte zu hören.

Dann bewirteten ihn die dankbaren Klosterfrauen mit einer Mahlzeit und einem Becher Malvasier und überreichten ihm ein Geschenk und Geld.

Bald aber hörte auch diese heimliche geistliche Versorgung der Nonnen auf. —

Bittere Gedanken zogen durch das Herz der Domina, als sie in die Klosterchronik hineinschrieb:

„Wir sitzen hier in großer Traurigkeit und Angst. In den zeitlichen Dingen werden wir freilich wohl versorgt und leiden keine Not. Aber wir können das heilige Abendmahl nicht feiern und entbehren Messe und Beichte. Das verwundet unsere Seelen tief . . .“

Dennoch verlor sie den Mut und die Hoffnung nicht. Und ihr unbeugsamer Wille gab dem ganzen Konvente immer wieder Halt und Kraft. — — —

In das Kloster drang die Kunde, daß nach Lüneburg ein Abgesandter des Kaisers mit besonderer Botschaft für den Rat der Stadt gekommen sei.

Jetzt sah Domina Mechtild den Ausweg aus der Not: der Kaiser mußte dem Kloster helfen.

So schrieb sie an den Rat zu Lüneburg und bat ihn, sich für Kloster Lüne bei dem Gesandten des Kaisers zu verwenden. Dabei klagte sie den „ehrsamen, hochweisen, günstigen lieben Herren“: „. . . eurer Ehrsamheit ist wohl bewußt, wie es mit unserer Propstei stehet, daß unser würdiger Herr, der Propst, wider unser aller Willen und Vollmacht, Gerechtigkeit und Privilegien abgesetzt ist. Wohl hat unser würdiger Herr, der Propst, darin nicht recht getan, daß er das Regiment seiner Prälatur unserem gnädigen Herrn abgetreten hat, dazu er nicht Macht hatte. Und das ist geschehen wider unser aller Willen und Vollmacht. Aber von allem das Elendeste und Schlimmste ist, daß wir beraubt sind der Sakramente der Kirche und sie nicht brauchen dürfen und hier schon im zweiten Jahre ohne Messe, Beichte und Kommunion sitzen. Wie uns das ankommt, weiß der, welcher die Herzen erforschet. Der Prediger, der hier gesetzt ist, der predigt so, daß wir unsere Seelen dem nicht anvertrauen können . . ." — — —

— — — — — — — —

Noch einmal wandte sich Domina Mechtild mit bitterer Klage an den Rat zu Lüneburg: der Herzog begann, die widerhaarigen Nonnen seine Macht fühlen zu lassen . . . er wollte endlich den Widerstand der hartnäckigen Domina brechen. Er ließ den großen, von Propst Lorbeer aus Klostermitteln angeschafften Kronleuchter und sechs andere Leuchter aus der Kirche zu Lüne fortholen. — In der ersten Morgenfrühe war man an das Werk gegangen, da man tätlichen Widerstand der Nonnen befürchtete. So war es gelungen, die Klosterkirche dieses Schmucks zu berauben, ohne daß die Frauen rechtzeitig einschreiten konnten.

Die Nonnen verharrten weiter in ihrem Widerstreben gegen den evangelischen Gottesdienst . . . ob=

gleich sie sahen, daß der Lüneburger Rat ihnen nicht helfen könne.

Auch als der Fürst befahl, daß sie dem Prediger zu ihrem Chor Zutritt gewähren sollten, verweigerte Domina Mechtild das entschieden.

Selbst Drohungen des Herzogs fruchteten nichts.

Schließlich kündigte er den Nonnen an, er würde sie „vermauern" lassen, daß niemand sie besuchen könne, und aus den Glocken wolle er die Klöppel herausnehmen und die Glockenstränge abschneiden lassen, daß sie zu ihren Horen nicht mehr läuten könnten.

Wirklich ließ der Amtmann, da die Nonnen in ihrem Ungehorsam verharrten, die Glockenklöppel entfernen.

Auch das brach den starren Sinn der Nonnen nicht. Sie hielten fortan ihre Horen ohne Geläut.

———

VIII.

Die Jahre der Sorge und Unruhe gingen nicht spurlos an der betagten Domina vorüber. Harte Linien gruben die Seelenkämpfe in das gütige Antlitz. Ein herber Zug, wie verhaltener tiefer Schmerz, lag jetzt um den Mund, der immer schweigsamer wurde. Die aufrechte Gestalt beugte sich unter schwerer Last.

Aber ruhige Zuversicht und willensstarke Entschlossenheit leuchtete aus den klaren Augen, wenn

Domina Mechtild im Kreuzgange vor dem Marien=
altar ihre Nonnen um sich sammelte zum Singen und
Beten. Und wenn die Klosterfrauen im Kapitelsaale
lasen und von ihren Nöten und den feindlichen Gewalten
sprachen, dann konnten die Augen der ehrwürdigen
Klostermutter hart und scharf aufblitzen.

Doch in den stillen Stunden in der Utlucht der
Schreibstube redeten die bitteren Gedanken immer lau=
ter und aufdringlicher: die Schatten der Vergangen=
heit huschten vorüber. — Es war anders geworden im
Kloster . . . sogar das Schweigen in den Kreuzgängen
und Klosterräumen. Das war nicht mehr die feierliche
Ruhe einer geweihten Stätte . . . die Feiertagsstille,
welche die Herzen aufwärts zieht und frei macht: jetzt
legte sich die Stille wie Ahnung kommenden Unheils
auf die Seele, quälend und niederdrückend. — Vorüber
auch das fleißige Arbeiten, das gemeinsame frohe
Schaffen . . . weit lag das alles dahinten. Vorüber das
freudige Planen für die Zukunft: viele unter den Kloster=
frauen hatten das Hoffen schier verlernt. Ein trost=
loses, scheues und gedrücktes Sichhinschleppen und
aussichtsloses Seufzen und Harren von Tag zu Tag:
kein hoffnungsfrohes Ausschauen nach kommendem
Schönen, kein kraftvolles Ausschreiten nach einem win=
kenden Ziele . . .

Würde bald bessere Zeit wieder anbrechen für das
verlassene, geängstete Kloster? Oder sollte ihre gute
Sache dennoch unterliegen? War ihre Zuversicht
Selbsttäuschung . . . war ihr Blick trübe geworden,

daß sie Recht und Unrecht, Trug und Wahrheit nicht mehr scheiden konnte? — — Was sie wollte und mit starrem Trotz zäh festhielt, das war doch das Rechte: nur nichts versäumen zum Heil der Seelen ... das einmal gegebene Gelübde halten ... Gott und der heiligen Jungfrau und den Heiligen dienen Tag und Nacht ...

Siegreich rang sie die Zweifel nieder: ihre gute Sache mußte den Sieg behalten.

Dann griff sie wohl zur Schreibfeder und bat die anderen Klöster um treue Fürbitte. — —

In die Schreibstube zu der einsam sinnenden Domina Priorissa trat eine Novize: ängstliche junge Augen in einem schmalen Gesicht suchten den Blick der Klostermutter.

„Es wird schlimmer mit der Kranken, hochwürdige Mutter ..."

„Ich komme." Liebevolle Sorge und tiefer Ernst sprachen aus den Zügen der Domina. „Ist der Bote zurück?"

„Noch nicht ..." Zögernd faßte jetzt die kleine Novize sich ein Herz zu der bangen Frage: „Geht es zu Ende?"

Ernst nickte die Domina. „Ich glaube es." —

Als beide durch den Kreuzgang schritten, eilte ihnen eine andere Klosterjungfrau erregt entgegen.

„Will er?" rief ihr die Domina zu. Aus ihren Worten sprach gequälte Sorge.

Ein trübes Kopfschütteln begleitete die Antwort: „Er wagt es nicht. Er besorgt, es könne ihm an Leib und Leben gehen, wenn er noch einmal mit den heiligen Sakramenten zu uns komme."

„Arme Schwester Adelheid . . ." seufzte die Domina. „Hattest so fest erwartet, daß der Konfessor sich erbitten lasse, dir die heilige Wegzehrung zu reichen . . ."

„Sie weiß es schon," flüsterte leise die Nonne.

„Wie hat sie es aufgenommen?"

„Sie ist gefaßt und ergeben."

„Gott erbarme sich unserer Not!"

Domina Mechtild schritt eilig weiter . . . zum Sterbelager der Klosterschwester, die vergeblich den vormaligen Konfessor Dytmar Spitzbart um seinen Zuspruch vor dem Tode und um die kirchlichen Sakramente hatte bitten lassen. — —

In später Nachtstunde kehrte Domina Mechtild von dem Sterbelager zurück. Adelheid Stuver — so hieß die heimgegangene Nonne, die vergeblich nach den Sterbesakramenten verlangt hatte — war still und friedlich entschlafen.

So war es doch gekommen: das Sterbenmüssen ohne die Tröstungen der Kirche. Wie fernes drohendes Unheil hatte sich wohl manchmal den verstörten Klosterfrauen die Frage aufgedrängt: Was soll werden, wenn der Tod an die Klosterpforte klopft und kein Geistlicher sich bereit findet, die Sakramente zu spenden? Aber aller Gedanken hatten sich dagegen gewehrt. Das durfte nicht geschehen . . .

Lange ſaß Mechtild Wilde in ſchweigender Nacht beim Scheine des Öllämpchens. — Wie lange würde es noch dauern, dann legte auch ſie den Wanderſtab aus der Hand. Noch aber galt es zu wirken, zu kämpfen, ſtandhaft bleiben in allen Widerwärtigkeiten und Nöten.

*　　*　　*

Neue Sorge brach über das Kloſter herein.

Zwiſchen dem Rate von Lüneburg und Herzog Ernſt wuchs die Spannung mehr und mehr.

Aus der Stadt kamen beunruhigende Nachrichten: man müſſe mit dem baldigen Ausbruche einer ernſten Fehde rechnen.

Wieder wurde im Konvent beraten, was zum Schutze des Kloſters zu tun ſei, wenn die Schrecken des Krieges über Lüne hereinbrechen würden. Schon wurde heimlich gerüſtet, daß ſich die Nonnen — wie bei der Hildesheimer Stiftsfehde — mit ihrer Habe in ihr Lüneburger Haus flüchten könnten.

Das Wetter zog vorüber. Die Frauen atmeten auf.

Aber ein anderer Druck laſtete weiter auf dem Kloſter: Domina Mechtild, die treue ſtandhafte Kloſtermutter, wurde von Woche zu Woche hinfälliger, und die hellen Augen blickten müde.

Kurz nur war ihr Krankenlager. Bald fühlte ſie ſelbſt, daß ihr Stündlein nahe war. Als in weihnachtlicher Zeit die Herzen auf das nahe Feſt ſich rüſteten, bereitete ſich Mechtild Wilde in der Kloſterſtille zur Heimfahrt.

Schon am dritten Tage der Krankheit begann die Kranke über große Müdigkeit zu klagen. Das Atmen wurde schwerer. Sie bat, daß alle Klosterschwestern sich um ihr Lager sammeln möchten.

Sie selbst tröstete die Weinenden.

Mit matter Stimme ermahnte Domina Mechtild noch einmal die Frauen, standhaft zu bleiben, was auch kommen möge.

Schwer atmend, aber doch für alle Umstehenden verständlich, sprach sie zuletzt mit leiser Stimme: „Kann ich hier des hochwürdigen Sakramentes nicht teilhaftig werden, das ich von ganzem Herzen begehre, so muß mich mein Bräutigam Christus Jesus dort empfangen und ich ihn in seiner Gegenwart."

Es waren die letzten Worte, die über ihre Lippen kamen.

Immer leiser ging der Atem.

Unter den Gebeten der Schwestern entschlief sie. — —

Es war der 23. Dezember 1535, als Mechtild Wilde zum letzten Schlummer die Augen schloß.

Ihre einstige Klostergefährtin Ursula war schon einige Jahre vorher in Frieden heimgefahren, nachdem sie es mit ihrem Manne noch erlebt, daß ihr Martin in dem nahen Bardowik als Prediger des Evangeliums wirken durfte.

*   *   *

Durch die Häuser der Ketzer weit und breit im Lüneburger Lande erklang das weihnachtliche Luther= lied: „Vom Himmel hoch, da komm ich her, ich bring euch gute neue Mär. — — Des laßt uns alle fröhlich sein und mit den Hirten gehn hinein, zu sehn, was Gott uns hat beschert, mit seinem lieben Sohn verehrt.“

Aber in Kloster Lüne kämpften dunkle Trauer und bange Sorge miteinander in den Herzen der Kloster= frauen.

In den frischen Schmerz um die heimgegangene Klostermutter drängten sich rücksichtslos neue Kloster= sorgen: am Weihnachtsfeste traf der Kanzler im Kloster ein . . . auch des Herzogs Kommen wurde erwartet . . . der Konvent fürchtete, daß bei der Neuwahl einer Do= mina ein Zwang ausgeübt werden sollte.

So wählte man auf den Rat der Lüneburger Freunde schleunigst die streng katholisch gesinnte Elisa= beth Schneverding zur Domina Priorissa.

— — — — — — — — — — — — — —

Ein dunkler Wintertag breitete graue Schleier über Kloster Lüne . . . über die Stätten, wo Mechtild Wilde gewirkt und gelitten, gehofft und gebetet hatte.

Nur gedämpft fiel das Licht durch die bunten Fenster der Klostergänge.

Vor dem Marienaltar im Kreuzgange war die entschlafene Domina Priorissa aufgebahrt.

Unruhig flackerten die Kerzen. Leise tönte der Gesang der schmerzgebeugten Klosterfrauen. Kein

Priester las Gebete. Kein Glöcklein erklang. Nur unter=
drücktes Schluchzen und leises Weinen.

In aller Stille wurde Mechtild Wilde beigesetzt.

So hatte sie selbst es gewollt.

Die Beisetzung war beendet, das Weinen still
geworden.

Die neue Domina zog sich in die einsame Schreib=
stube zurück.

Zum ersten Male nahm sie die Feder, die bisher
in Mechtild Wildes Hand von Freud und Leid des
Klosters erzählt.

In die Chronik des Klosters schrieb sie hinein:
„Wir sind von arger Traurigkeit geschlagen. Daß wir
eine so gute und glaubenstreue Klostermutter ver=
loren haben, welche uns so mütterlich, eifrig und treu
32 Jahre geleitet hat und so plötzlich von uns hinweg=
gerafft ist, das zerreißt uns das Herz."

Dann setzte sie Briefe an befreundete Klöster auf
und bat sie, da in Kloster Lüne keine Messen für die Ver=
storbenen gelesen werden konnten, um Totenmessen
für Mechtild Wilde.

*   *   *

Die kraftvolle, unbeugsame Mechtild Wilde ist im
Kloster Lüne die Seele des Widerstandes gegen die
neue Lehre gewesen. Mit ihrem Scheiden war dessen
Kraft gebrochen.

Schritt um Schritt drang von jetzt an der Herzog mit seinen Forderungen durch. Immer aber vermied er es, offene Gewalt anzuwenden. Selbst die oft hart bedrängten Lüner Nonnen bezeugen, daß er „so fromm und so fürstlich" gehandelt habe.

Auch von dem Lüner Konvent wurde schließlich anerkannt, daß man das Wort Gottes hören müsse, und daß man darin der Obrigkeit nicht widerstreben dürfe. Und sie ließen es geschehen, daß in die Wand des Nonnenchores ein großes Fenster eingefügt werde, damit der Prediger von der Kanzel aus sehen könne, ob sie zum Hören der Predigt anwesend seien.

* * *

Das alte Geschlecht starb aus. Damit sank der Widerstand des Klosters in sich selbst zusammen.

Erst unter Anna von Mahrenholt, die 1562 nach Absetzung der Domina Catharine Semmelbecker als erste lutherische Domina erwählt wurde, ist Kloster Lüne förmlich zur lutherischen Kirche übergetreten.

* * *

Seit jenen Tagen der Domina Mechtild sind vier Jahrhunderte über Lüne dahingegangen.

Noch sendet das Klosterglöcklein seinen hellen Ruf grüßend zu Lüneburgs alten Giebeln und dem ehrwürdigen Johannisturm hinüber . . . noch schaffen fleißige Frauenhände in den stillen Klosterräumen kirch=

liche Kunstwerke zu Gottes Ehre: aber aus dem Nonnen=
kloster ist ein lutherisches Damenstift geworden, und die
alte Klosterkirche hütet als ihr bestes Kleinod den Gewinn
der Reformation: „Wir haben einen gnädigen Gott.“

Der Lärm einer unruhigen neuen Zeit schallt oft gar
laut über die Grenze des Klosterparkes: aber die schir=
menden Kronen der alten Eichen schützen die friedliche
Ruhe des Klosters.

Bis tief in die Waldstille des Lüner Gehölzes
drängt sich lärmendes Treiben . . . den heimlichen
Frieden des Klosters vor dem Walde muß es ungestört
lassen.

Ein Strom von Menschen flutet am Kloster vorüber,
wenn auf der weiten Lüner Heide an der Stätte des
alten Sankt Gungels=Brunn alljährlich die Rennen statt=
finden, in deren Namen die Erinnerung an Alt=Lüne=
burg mit Kopefahrt und Sülfmeister lebendig weiter=
lebt . . . . wenig Augen nur achten des versteckten Baues
hinter den hohen Mauern.

Einzelne Vorüberwandernde blicken wohl mit fra=
genden Augen hinein in jene verborgene heimliche
Welt: aber nur die Sonntagskinder unter ihnen sehen,
wie sich noch jetzt der Zauber eines Dornenröschen=
schlosses um den altersgrauen Klosterbau webt und um
die efeuumsponnene Wand der Klosterkirche.

Pillardy & Augustin (vorm. Ernst Röttger's Buchdruckerei), Cassel.

www.ingramcontent.com/pod-product-compliance
Lightning Source LLC
Chambersburg PA
CBHW030353120726
47901CB00007B/2005